동아
COMMUNICATION
GROUP

동아
COMMUNICATION
GROUP

동아

COMMUNICATION
GROUP

동아
COMMUNICATION
GROUP

손만 대면
다 고쳐

손만 대면 다 고쳐 1권

초판 1쇄 인쇄일 | 2022년 5월 20일
초판 1쇄 발행일 | 2022년 5월 27일

지은이 | 해우
펴낸이 | 박성면
펴낸곳 | (주)동아

출판등록 | 제406-2007-000071호
주소 | 경기도 파주시 문발동 223-1 2층
전화 | (031)8071-5201
팩스 | (031)8071-5204
E-mail | lion6370@hanmail.net

정가 | 8,000원

ISBN 979-11-6302-588-7 (04810)
ISBN 979-11-6302-587-0 (Set)

손만 대면 다 고쳐

해우 현대판타지 장편 소설

DONG-A MODERN FANTASY STORY

손만 대면
다 고쳐

목차

손만 대면
다 고쳐

1. 갑작스런 멸망

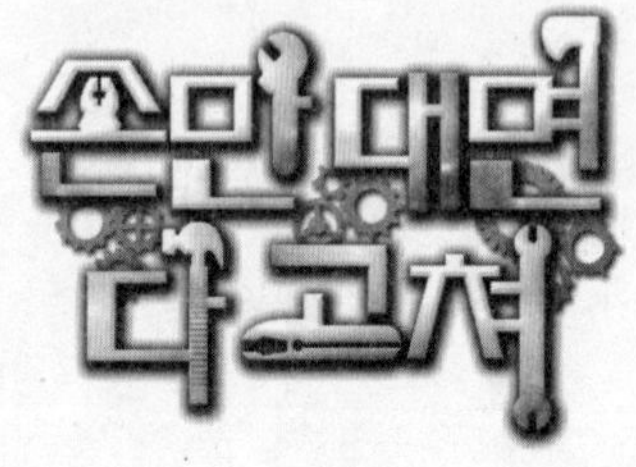
손만 대면
다 고쳐

"5천 원이요."

천 원짜리를 다섯 장 세어서 할머니에게 건넸다.

"조금만 더 주면 안 될까? 내일 더 가지고 올게."

애처롭게 보이는 할머니의 목소리.

손자를 혼자서 키운다. 백발에 허리를 펴지 못해 구부정하게 서 있다. 할머니는 거리를 돌아다니며 폐지와 공병 같은 것을 모아 이곳에 와서 판다.

"오늘 손주 생일이라 그래. 미역국이라도 끓여 먹여야지."

저 애처로운 눈빛에 자연스럽게 손이 주머니로 움직였다.

그리고 꺼낸 지폐 중에 만 원짜리 하나를 뺐다.

"오늘 정수 생일이에요?"

"그려."

"이건 제가 주는 정수 생일 선물이요."

만 원을 주자 할머니의 눈이 커졌다.

온종일 돌아다녀도 폐지를 주워 5천 원 벌기도 힘든 상황이다.

그런데 그 두 배인 만 원을 내미니 이런 반응은 당연했다.

"고마우이. 정말 고마우이."

할머니는 눈물까지 글썽이며 만 원을 어렵게 받는 것 같았다. 그게 왜 이리 가슴을 더 찡하게 하는지. 아마 돌아가신 할머니 생각이 나서 그런지 모른다.

내가 이 할머니를 더 챙기고 할머니의 큰 손주인 정수를 아는 이유가 있다. 나 역시 할머니 손에 자랐기 때문이었다.

그래서 조금이라도 더 챙겨 줬다.

"사장님은 정말 복 받을 거여."

"그냥 성필이라고 부르시라니까요."

"어떻게 그래."

할머니가 고마운 표정을 짓는 것을 보면서 '이게 사람 사는 맛이지.' 그런 생각을 할 때.

"저기……. 이게 얼마나 나갈지 몰라도 주운 건데."

할머니가 내미는 것은 파란색의 돌멩이였다. 울퉁불퉁한 것이 기묘하게 생겼다. 혹시 보석 원석이지 않을까 싶어 일단 받았다.

물론 진짜 보석이라면 돌려줄 생각이고.

돌멩이를 들어 햇빛에 비췄다.

보석상 아르바이트를 해서 어지간한 것은 진짜인지 아닌지 구별이 가능했다.

다이아몬드나 루비가 아닌 천연 보석만 돼도 최소 몇만 원은 할 크기.

할머니에게 도움이 될 수도 있다.

하지만 곧 천연 보석이 아니란 것을 알 수 있었다.

천연 보석은 자외선에 반응하는 것이 많다. 고유의 색상을 볼 수 있다. 그리고 안에 이물질이 없고.

하지만 할머니가 준 파란색 돌멩이는 그냥 수정 같았다. 결정적으로 실지렁이 같은 이물질이 있었다.

아무런 가치가 없는 예쁜 색상의 돌멩이.

하지만 나는 일부러 목소리를 높였다.

"우와. 할머니 이거 어디서 구하셨어요?"

"응? 저기 산 밑에 재개발 아파트 근처에서."

역시 기대하는 눈빛을 하는 할머니.

난 그 기대를 저버릴 수가 없었다.

"이거 가공만 잘해서 팔면 몇만 원은 받을 수 있어요."

그렇다고 가짜를 진짜 비싼 거라고 말할 수는 없었다.

"진, 진짜여?"

"네. 제가 가공해서 팔아 드릴게요. 가공비만 빠져도 5만 원은 받을 거예요."

주머니에서 5만 원을 꺼내자 할머니가 뒷걸음질하며 손을 내저었다.

"아니여. 성필 사장님이 너무 잘해 줘서 내가 선물로 주는 거여."

할머니는 손주인 정수에게 생일 선물로 돌을 주려고 했었다. 하지만 미역국에 수입 삼겹살 한 근 정도는 살 수 있는 돈을 준 것이 너무 고마워 성필에게 주는 것이었다.

"어떻게 이걸 공짜로 받아요. 받으세요."

할머니에게 다가가 억지로 5만 원을 드리려고 했다. 하지만 할머니는 양팔을 뒤로하며 절대 안 받겠다는 의사를 보였다.

할머니 고집을 꺾을 수 없다고 생각할 때 눈에 띄는 것이 있었다. 이거라면 할머니가 절대 거절할 수 없다.

"그럼 대신 이거 가져가서 정수 주세요."

폐품으로 들어온 태블릿 PC였다. 분해해서 3일 동안 고쳤다.

"이걸?"

"네. 지난번에 정수에게 태블릿 PC 사 주고 싶어 하셨잖아요."

"그걸 기억해?"

할머니는 갑자기 눈물을 글썽였다.

한두 달 전인가?

정수가 학교에서 돌아오다가 할머니를 만나 같이 왔었다. 무거운 폐지를 끌고.

그리고 할머니가 정수에게 태블릿 PC 하나 사 주겠다고 말했다. 정수는 안 사 줘도 된다고 했고.

옆에서 들으며 안타까우면서도 기분이 좋았다. 서로를 위하고 사랑하는 할머니와 손자라는 것이 보였으니까.

"완전 새것은 아니지만, 케이스도 깨끗한 것으로 교체해서 거의 새 거나 다름없어요."

할머니가 보기에도 그런지 마음에 드는 눈치였다.

"와이파이 되는 곳에서는 인터넷도 다 돼요. 테스트도 했어요."

수리한 태블릿 PC를 할머니에게 내밀었다. 할머니는 쭈뼛거리며 받았다.

"이거 제가 남는 장사에요. 그냥 버린 것 가져다가 다른 부품으로 갈아 끼운 것뿐이거든요. 재료비는 한 2만 원 들었을라나?"

"진짜야?"

"네. 그러니까 전 3만 원 번 거죠."

솔직하게 인건비만 들어간 것이나 다름없다. 고물상을 하면서 온갖 것들을 모아 놨다. 어려서부터 손재주가 좋아 어지간한 것은 수리해 사용했다. 뭐, 부모님 살아 계실 때는 집에 남아나는 것이 없을 정도로 분해를 많이 했지만.

"이거 정수 주시고 생일 축하한다고 전해 주세요."

결국, 할머니는 눈물을 흘렸다.

"이 은혜를 어떻게 갚을까."

"은혜라니요."

"내가 모를까 그려? 성필 사장님이 일부러 이런 것을……."

끝내 말을 잇지 못하는 할머니.

나는 그냥 어색하게 웃을 수밖에 없었다.

"성필 사장님은 복 받을 거여. 정말로."

"네. 복 받을 겁니다. 정수 집에 오기 전에 가셔야죠."

할머니는 고개를 끄덕이며 고물상을 빠져나갔다. 자꾸 뒤돌아보는 할머니에게 손을 흔들어 주고는 컨테이너로 지은 집으로 들어갔다. 그러자 직원인 신세민이 퉁명스러운 목소리로 말했다.

"사장님! 또 그냥 주셨어요?"

"뭐를 그냥 줘?"

"태블릿 PC요. 그거 아무데서나 인터넷 방송 볼 수 있게 됐다고 좋아하셨잖아요."

나는 그냥 머리를 긁을 수밖에 없었다.

"나야 고물로 들어오는 것 하나 더 있으면 수리해서 쓰면 되지."

"하아. 다른 것은 다 짠돌이인데……. 유독 노인네들만 보면 독하지가 못해요. 우리 사장님."

신세민의 말대로다. 대한민국에서 나고 자라서 그런지 어려운 어르신들을 보면 그냥 있을 수가 없었다.

"그러니까 저렇게 일도 제대로 못 하는 노인네를 받아 주죠. 노 씨 아저씨! 그거 거기 아니라니까요. 비철 구분 좀 해요!"

신세민은 밖에서 일하는 노 씨 아저씨에게 소리치며 나갔다.

노 씨 아저씨.

나이는 모른다. 외모로 봤을 때 60대 정도?

이름도 모른다.

그냥 노 씨라고 불러 달란다.

비 오는 날 고물상 앞에서 오들오들 떨고 있던 노 씨 아저씨를 데리고 들어와 컵라면 하나 끓여 줬다.

그리고 갈 곳 없는 노 씨 아저씨를 숙식 제공 대신에 잔일 하는 직원으로 고용했다.

급여를 준다고 해도 쓸 곳도 돌아갈 곳도 없다면서 받지 않았다.

"이건 구리라고요. 구리."

"아. 미안해."

"이건 그냥 쇠에요. 알루미늄 있는 곳에 놓으면 안 되잖아요."

"그런가? 너무 얇아서……."

노 씨 아저씨는 머리에 흉터가 있다. 그래서 머리를 절대 자르지 않는 것 같았다.

머리를 다쳐서인지 가르쳐 줘도 금방 잊어 먹는다.

그래도 밥 먹는 것과 열심히 청소하는 것은 절대 잊어 먹지 않았다.

"에효. 그냥 두세요. 장갑 끼고 하라니까요. 또 손 다쳐요. 저기 청소나 좀 해요."

신세민은 투덜거리면서도 노 씨 아저씨를 은근 배려했다.

"어. 알았어."

노 씨 아저씨도 신세민에게 단 한 번도 화를 내거나 투덜거리지 않았고. 어떻게 보면 두 사람은 저런 방식으로 친해지고 있는 것일지도 몰랐다.

"이런. 실시간 방송 놓쳤네."

내가 요즘 관심 있게 보는 것이 있다.

인터넷 생방송 채널이다.

절대 동영상을 남기지 않는 채널.

'인류의 멸망이 다가온다.'라는 채널이었다.

평소 서바이벌 동영상을 본다. 혹시라도 모를 상황에 대처해야 할 기본적인 지식은 있어야 하니까.

그래서 특수부대 출신이 알려 준다는 서바이벌 기본 상식 같은 책도 사서 본다.

고물상에 있으면서 가진 내 취미 중 하나다.

그런데 우연하게 저 제목을 보고 들어갔다.

그러면서 지구의 멸망과 외계인 같은 것에 관심이 생겼다.

미국의 소설가이자 과학자라고 주장하는 필립이란 사람이 운영하는 곳이다.

이 사람이 쓴 책도 10만 원이나 주고 주문했다. 동영상을 남기지 않으니 놓친 것들을 보고 싶었기 때문이었다.

하루 30분 생방송을 하는데 25분이나 지났다. 5분 남은 것 귀로나 들어야지 하는 생각으로 방송을 켰다. 그리고 오늘은 다른 일이나 해야겠다는 생각으로 몸을 돌렸다.

"발전기나 고쳐야겠다."

고장 난 자가 발전기를 향해 걸어갈 때, 멈출 수밖에 없는 소리가 들렸다.

[만약 천연 보석 원석과 비슷한 돌을 발견하면 무조건 가지고 있어야 합니다. 특징은 돌 안에 실지렁이 같은 것이 보인다는 것이죠.]

설마 하는 생각이 들었다.

실지렁이.

이 단어가 딱 걸렸다. 자연스럽게 주머니에 넣어 둔 돌을 꺼냈다. 그리고 모니터를 향해 몸을 돌렸다. 하지만 늦은 것 같았다.

[조금 전 그림으로 보여 준 돌을 발견하면 꼭 가지고 있으세요. 살아남을 확률이 높아지니까요. 이것 역시 간단하게 책에 정리해 놨습니다. 오늘은 여기까지 하겠습니다. 멸망을 대비하십시오.]

“아니겠지.”

녹화 방송을 만들지 않는 특성상 다시 확인할 방법은 없다.

책에 정리해 놨다고 하니 며칠 있으면 도착할 책에서 찾아보면 되겠지란 생각으로 다시 발전기를 향해 몸을 돌렸다.

돌멩이는 책상에 올려놓고 작업을 시작했다.

“펌프 순환 계통이 문제인 것 같은데… 뜯어서 청소 좀 하고.”

발전기를 분해하다가 눈에 띄는 것이 있었다.

“쯧. 구멍 났네.”

연료를 공급하는 고무호스 하나가 부식된 것이다.

기름을 넣고 모터를 돌려 발전하는 방식이다. 연료 공급이 제대로 안 되면 당연히 모터가 돌아가지 않는다.

“이걸 그냥 뽑아서… 아얏.”

연료 호스를 연결하는 부분도 약간 끊어져 날카롭게 변한 것을 발견 못 했다.

"이런. 나도 세민이에게 한 소리 듣겠네."

조금 전 세민이가 노 씨 아저씨에게 장갑 안 끼고 일한다고 다그쳤다.

그 소리를 들은 나도 장갑을 끼지 않았으니.

그리고 꽤 깊게 베인 것 같았다.

"젠장, 피 봤네."

이런 자잘한 상처를 꽤 많이 얻는다. 그래서 항상 치료할 준비가 되어 있다.

"어디 보자."

생각보다 피가 많이 흐르는 손가락을 꽉 잡고 책상으로 향했다.

"어? 사장님 다쳤어요?"

"어? 별거 아니야."

조금전 노 씨 아저씨가 혼나던 것이 생각나 슬쩍 발뺌하려 했지만.

"이거 이거 안전 불감증이라니까. 사장님부터 이러시니 노 씨 아저씨도 똑같이 배우잖아요."

"야. 그렇게 말할 시간 있으면 구급상자나 꺼내."

"내가 못살아."

신세민이 책상 서랍을 열고 구급상자를 꺼냈다.

구급상자를 열고 거즈에 소독약을 바르는 것이 보였다.

"어디 봐요."

손가락에서 손을 뗐다.

아직도 제대로 지혈이 되지 않았는지 피가 책상 위로 떨어진다.

"이런……. 많이 베었나 보네요. 꾸욱 누르고 계세요."

거즈를 받아 다시 상처를 눌렀다.

신세민은 구급상자를 이리저리 뒤지다가 말했다.

"지혈제 떨어졌나 보네요. 금방 사 가지고 올게요."

"괜찮아."

"괜찮기는요! 금방 다녀올게요."

신세민은 후다닥 뛰어 나갔다.

조금 더 누르고 있다가 살짝 거즈를 떼 봤다.

"괜찮다니까."

지혈이 된 것 같았다. 피가 멈춘 것 같자 다시 상처를 소독하고 벌어지지 않게 방수 밴드를 붙였다.

상처 난 곳에 물이 묻으면 꽤 쓰라리다.

"사장님!"

"괜찮다니까!"

신세민은 분말 형태의 지혈제와 항생제 그리고 상처 치료 연고까지 사 온 것 같았다.

"괜찮기는요. 손에 또 흉 생기니까 이거 발라요."

"너도 참 피곤하게 산다. 마누라냐?"

"사장님 다쳐서 일 못 하면 제 월급은 누가 줘요. 그리고 사장님 잘못되면 저도 갈 곳 없어요."

"나 잘못될 일 없다."

"사람 일은 모른다면서요. 빨리 연고 바르고 약도 먹어요."

"알았다. 알았어."

상처의 방수 밴드를 떼고 다시 소독한 다음 연고까지 발랐다.

다시 방수 밴드를 붙이자 신세민은 그제야 구겨진 인상을 폈다.

"오늘 저녁은 라면 끓일게요."

"그래라."

신세민도 지방에서 올라와 머물 곳이 없었다.

그래서 고물상 한쪽에 컨테이너에서 지낼 수 있게 해 줬다.

노 씨 아저씨도 같이 지낸다.

대충 상처 치료가 끝났으면 피로 더러워진 책상을 청소할 차례.

"여기도 피가 묻었네."

돌에도 피가 묻어 있는 것이 보였다. 소독약을 묻힌 거즈로 돌을 닦으려 드는 순간, 돌 안의 실지렁이가 꿈틀대는 것 같았다.

잘못 본 것인가 싶어 자세히 다시 봤다.

"이제 눈도 나빠지나 보네."

실지렁이는 아무런 움직임도 보이지 않았다.

깨끗하게 닦은 돌을 주머니에 넣고 다시 발전기로 향했다. 이번에는 장갑을 끼고 작업을 시작했다.

감각이 떨어지는 것 같아 장갑을 잘 안 끼고 일한다. 하지만 이렇게 다친 후에는 감염이나 새로운 상처를 입지 않으려고 장갑을

낀다. 고쳐야 할 습관이지만.

다시 집중해서 발전기를 고치기 시작했다.

* * *

“사장님 라면 불어요!”

“어. 다 됐어.”

신세민이 들어왔다.

탈탈거리며 잘 돌아가는 발전기.

“역시 사장님 손은 금손이네요. 이걸 고쳐요?”

“당연하지.”

어떻게 보면 내 자랑이지만…….

부품만 있으면 어지간한 전자 제품은 다 고친다. 솔직하게 말해 그것뿐만 아니다.

희한하게 고장 난 것이 있으면 어디가 문제인지 알 수 있다. 말로는 설명할 수 없다. 그냥 안다. 그리고 단 한 번도 틀린 적이 없었다.

할머니와 같이 살 때 보일러 배관이 터졌을 때도 어디쯤 문제가 생겼는지 알았다. 전문 기계로 한참을 찾아야 하는 것을.

뭐, 결론은 직접 망치로 바닥을 두들겨 깨고 터진 배관을 찾아 교체했다. 깔끔하게 시멘트 작업까지.

“이건 중고로 팔면 10만 원은 받겠네.”

깔끔해진 외관.

잘 돌아가는 소리와 함께 연결한 전등이 환하게 불을 밝힌다.

3.5kw 발전기 신제품 가격은 약 45만 원.

캠핑용으로도 딱 알맞은 크기와 발전 용량이다. 가격 때문에 쉽게 사기 힘들다. 그렇기에 중고라 해도 10만 원이면 냉큼 사 갈 사람이 많다.

더 큰 것은 완전 산업용이라 고쳐도 잘 팔리지 않는다.

"캠핑 카페에 올릴 사진도 좀 찍고."

스마트폰으로 여러 장의 사진을 찍어 카페에 올렸다. 고물상을 하면서 이렇게 고쳐서 중고로 팔아 다른 수입을 얻는다.

이것도 꽤 짭짤하다.

저 발전기만 해도 그냥 버리는 것을 가져와서 고친 거니까.

"아. 라면 불어 터진다니까요."

"알았어."

신세민의 타박에 일어났다.

* * *

라면으로 저녁을 먹고 신세민과 노 씨 아저씨는 컨테이너에서 TV를 보며 쉬고 있었다.

나는 다시 나왔다. 할 일도 없고.

고질병 중 하나가 있다.

"이제 또 뭐를 고칠까."

수리하는 것이 너무 재미있다.

지금 눈앞에 있는 모니터를 고쳐 볼까 생각이 들었다. 같은 기종 2대가 있다. 하나는 액정이 나갔고, 하나는 전원 공급 장치에 문제가 있다.

"모니터하고 컴퓨터를 세트로 팔면 돈 좀 되려나."

하지만 시계를 보니 벌써 12시.

밤중에 고철 더미를 뒤져 부품을 찾는 것은 아니다 싶었다. 손 벤 곳도 있는데.

주머니 안에 있는 돌을 세공하면 예쁘게 나올 것 같다는 생각이 들었다. 주머니에 손을 넣어 돌을 꺼냈다.

투박한 곳은 깎아 내고 8각형 모양으로 커팅하면 돌멩이 안의 실지렁이가 신기하게 보일 거다.

"응?"

세공용 LED 등 아래 돌멩이를 가져다 보는데, 실지렁이가 꿈틀대는 것이 보였다.

"이거 뭐야."

그리고 방수 밴드가 빨갛게 물든 것도.

이리저리 움직이면서 상처가 벌어진 것 같았다. 그 순간, 실지렁이가 상처를 향해 필사적으로 움직이는 것 같았다. 쌔한 느낌이 드는 순간 돌멩이를 손에서 놨다.

하지만 늦은 것 같았다. 돌멩이 안에서 튀어나온 실지렁이가 상처를 향해 날아가는 것이 슬로우 모션처럼 보였다.

그리고 손을 급하게 뺀다고 하지만 그 역시 느리게 움직였다.

실지렁이가 방수 밴드 위에 닿고 손가락을 돌돌 감았다. 실지렁이는 생각보다 길었다.

다급하게 다른 손으로 뜯어내려는 순간 손에 통증을 느꼈다.

"으윽."

불로 지지는 듯한 느낌.

손을 털어 보려 하지만 엄청난 통증이 몸을 지배하자 그럴 수 없었다. 무언가 손가락 끝을 타고 팔을 기어오르는 느낌.

희한하게도 온몸이 불타는 것 같은데도 그 느낌은 생생하게 알 수 있었다. 결국, 땅에 쓰러져 이를 악물며 부들부들 떨 수밖에 없었다. 이제는 온몸에 실지렁이가 기어 다니는 것 같은 느낌을 받으면서.

* * *

"으허억."

눈을 뜨자 가장 먼저 생각나는 것은 손이었다. 벌떡 일어나 손을 살폈다. 어디로 갔는지 방수 밴드는 없었다. 그리고 베인 상처도.

그뿐만 아니었다. 고물상에서 일하면서 수시로 손을 다쳐 흉터가 많았다. 그런데 그 흉터가 다 사라졌다.

아주 매끈하고 예쁜 손처럼 보였다.

"뭐, 뭐야 이게."

책상 위 거울을 보는 순간 얼굴 피부 역시 변했다는 것을 알았다.

어제까지만 해도 뜨거운 햇볕 아래서 일하면서도 자외선 차단제를 바르지 않아 까맣고 푸석했던 얼굴이었다.

그런데 지금은 피부과를 다니면서 관리한 얼굴처럼 하야면서 매끈했다. 약간 광채도 나는 것 같았다.

"돌!"

책상 위에 돌이 그대로 있다는 생각에 고개를 돌렸다. 하지만 파란색 가루만 보였다. 실지렁이가 나오면서 부서진 것 같았다.

"사장님! 또 여기서 주무셨어요?"

사무실 문을 열고 들어오는 신세민.

"어? 그게."

"아침 드세요?"

나를 보더니 당황하는 것 같았다.

"얼굴이 왜 이렇게 하얗게 질렸어요? 어제 항생제 안 먹었어요?"

안 먹었다.

"사장님 병원 가요. 병원……."

신세민이 말하지 않아도 병원에 가 볼 생각이었다.

"그러자."

갈 것처럼 말하자 신세민은 믿을 수 없다는 표정으로 물었다.

"진짜 병원 가실 거예요? 자기 일론 생전 안 가시더니?"

"이번에는 가야 할 것 같네."

신세민은 울 것 같은 표정을 지었다.

* * *

고물상 트럭을 타고 가까운 대형 병원인 성민 병원으로 갔다.

몇 번이나 왔었다. 나 때문은 아니고 노 씨 아저씨 때문이었다.

정신이 온전하지 못하니 다치는 일이 꽤 많았다.

신세민이 감염된 것 같다고 하면서 난리를 쳐서 피검사는 물론, 엑스레이와 MRI까지 찍었다.

감염하고 엑스레이 그리고 MRI는 무슨 상관인지. 아무래도 이번 기회에 받을 수 있는 검사는 다 받게 하려는 것 같았다.

그냥 모르는 척했다. 어차피 돈은 내가 내니까.

결과가 바로 나와 담당 의사를 만났다.

"아무런 이상이 없습니다. 피 검사 결과도 좋네요. 평소 관리를 잘하시나 봐요."

의사의 말은 틀렸다. 평소 관리 안 한다. 고물상에서 먹고 자고 한다. 신세민도 요리를 잘하지 못한다.

대부분 라면이나 인스턴트식품으로 때운다.

제대로 음식을 챙겨 먹은 적이 없다는 것이다.

몇 년 전에 한 건강 검진에서 고지혈증과 지방간 소견을 받았다. 그런데 지금은 깨끗해도 너무 깨끗했다.

고지혈증과 지방간이 있다는 말에 평소 운동을 좀 하기는 했어도 식생활이 좋지 않은데 크게 나아질 리가 없다.

"폐도 깨끗하시고 복부 지방도 없고요. 몸 안에 이상한 것도 없습니다."

"저기 만약, 몸 안에 무언가 들어온 흔적 같은 것은 없나요?"

의사는 나를 빤히 보더니 웃으며 말했다.

"몸 안에 무언가 들어왔다면 대부분 피검사에서 이상 소견이 나와야 합니다. 염증 수치도 없이 아주 건강하십니다."

"아. 네."

"사장님 다행이네요. 의사 선생님. 우리 사장님 진짜 건강한 거죠?"

의사는 웃음을 참는 것 같았다.

"네. 건강하십니다. 거의 20대 몸이세요. 나이가 32세이신데."

"사장님이 동안이시기는 해요."

두 사람이 대화하는 동안 어떻게 할까……. 고민이 됐다.

'실지렁이 같은 벌레가 아직 몸 안에 있는지 더 봐 주세요.'

이런 말을 할까 말까.

"사장님, 또 언제 올지 모르니까 이번 기회에 의사 선생님에게 물어보고 싶은 것 다 물어보세요."

신세민의 말에 의사는 물론, 나도 좀 당황했다.

"병원 진짜 안 가거든요. 우리 사장님이……. 돈도 많으면서 ……."

"하하. 그러시군요. 그럼 혹시 궁금하신 것이 있으시면 물어보세요."

의사가 저렇게 나오니.

"혹시 실지렁이 같은 벌레가 손가락을 통해 몸 안에 들어왔는지 알 수 있을까요?"

의사는 무슨 소리냐는 듯한 표정을 지으면서 말했다.

"어디 손 좀 줘 보세요."

다쳤던 손을 내밀었다. 손을 꼼꼼하게 살피는 의사.

"어디도 벌레 같은 것이 들어간 흔적은 없네요."

하룻밤 사이에 상처가 사라졌다고 하면 안 믿겠지?

"혹시 괜찮으시다면 정신 의학과에 잠깐 들르시는 것은 어떨까요?"

나를 미친놈 취급하냐는 듯 의사를 쳐다봤다.

"하하. 오해는 하지 마세요. 가끔 심한 스트레스를 받거나 하면 건강한데도 이상이 있다는 착각을 하는 분들이 많아서 그래요. 요즘 세상이 너무 험하지 않습니까. 꽤 많은 분들이 상담을 받습니다."

그 정신과 상담은 부모님이 사고로 돌아가실 때 받았었다. 아마 그 기록을 보고 말하는 것일지도.

"괜찮습니다."

"사장님 요즘 스트레스 많이 받아요? 앞으로 제가 잘할게요."

야. 너는 옆에서 왜 그러냐.

의사가 또 웃는다.

"네. 그러시면 편안하게 마음먹으시고 생활하세요. 아주 건강하십니다."

의사의 말을 들으며 의자에서 일어났다. 그리고 문을 열고 나가는 순간 약간 어지럽다는 것을 느꼈다. 하지만 휘청거리지 않았다. 정신과 상담을 권하는 의사 앞에서 휘청거리기 싫었으니까.

"사장님, 같이 가요!"

* * *

"신기하네요. 진짜 손에 상처가 없네요."

트럭을 타고 돌아오면서 신세민에게 손의 상처가 다 사라진 것을 제대로 보여 줬다.

"진짜로 그 돌멩이에서 실지렁이가 나와 사장님 손의 상처 안으로 들어갔다는 거죠?"

"어. 지금 이 상황은 어떻게 설명이 안 되네."

갑자기 신세민의 표정이 굳어졌다.

"왜 그래?"

"사장님. 이거 병원에서 의사에게 말 안 하길 잘한 것 같아요."

"왜?"

"진짜로 정신 병원에 넣거나……. 어디로 끌려가서 실험을……."

"야! 그런 건 소설에서나 나오는 이야기야."

"그런가요?"

신세민이 머리를 긁적였다. 그때 사무실로 노 씨 아저씨가 들어왔다.

"현실은 소설보다 더할 때도 있어요. 사장님."

"네?"

"아닙니다. 이거 가지고 갈게요."

"네."

사무실 안에 마대 자루를 가지고 나가는 노 씨 아저씨.

가끔 이상한 말도 한다.

"야. 너도 나가서 일해."

"진짜 어디 아프신 것 아니죠?"

"안 아파."

"아프면 말해 줘야 해요."

"걱정하지 마라."

신세민은 힐끔거리면서 사무실 밖으로 나갔다.

나는 책상에 앉아 이 상황을 어떻게 이해하면 좋을지 고민하기 시작했다.

그리고 해답을 찾을 수 있을지도 모른다는 생각이 들었다. 바로 인터넷 방송을 켰다.

필립의 방송 채널에는 이메일 주소가 있다. 이 현상을 물어볼 생각이었다.

하지만 인터넷 방송 사이트 어디에도 필립의 채널은 없었다.

바로 고객 센터에 전화했다. 그리고 긴 통화 끝에 들은 답변은 필립이 방송 채널을 삭제했다는 것.

"하아, 방법이 없네."

필립과 연락할 방법이 없다고 생각하며 어떻게 할까 고민할 때 신세민이 들어왔다.

"사장님, 우체국 택배 왔는데요?"

주문한 것도 없는데.

그런데 갑자기 떠오르는 것이 있었다. 통관 절차를 밟고 있는 책. 며칠 내로 도착한다는 문자.

"어."

"여기요."

택배 상자를 받았다. 묵직한 느낌.

바로 상자를 거칠게 뜯었다. 역시나 필립이 쓴 책이다.

"무슨 책이에요? 또 생존 비법 그런 거예요?"

"아니야."

"이제는 외국에서 책을 다 사시네요."

"야. 내가 외국에서 책을 사든 말든."

"아! 죄송해요. 사장님 아프신데……. 저 나가 볼게요."

나간다더니 안 나가는 신세민.

"사장님 몸도 안 좋으신 것 같은데 오늘은 삼겹살 구울까요?"

"왜? 먹고 싶어?"

신세민을 빨리 내보내고 싶었다.

"제가 먹고 싶은 것이 아니라요."

"카드 줄게. 사 와."

"저도 돈 있어요. 삼겹살 드시고 아프지 말아야 해요."

카드를 꺼내는데 쌩하니 나가는 신세민.

지금은 신세민을 신경 쓸 겨를이 없었다.

이 책 안에 해답이 있을 것이다. 이상하게 확신이 든다.

거의 20cm 정도 되는 두꺼운 책에서 쉽게 찾을 수 있을까?

앞에서부터 차근차근 읽어 나가며 찾기는 싫었다.

혹시나 싶어 목차가 있나 봤는데.

목차도 없다. 책의 소개 글도 없다.

좀 불친절한 것 같은 느낌.

어쩔 수 없다. 이럴 때는 감으로 찾는다.

책을 잡고 차르륵 소리가 나게 넘기다가 느낌이 오는 순간 멈췄다.

약간은 두근거리는 마음으로 책을 펼쳤다.

그리고 볼 수 있었다.

펼친 면에 딱 돌멩이 그림이 있었다.

빙고!

할머니가 준 돌멩이와 똑같은 그림.

하지만 돌멩이는 다 같은 것이 아니었다.

"색이 다르다. 7가지 색을 지닌 돌멩이가 존재하며……."

머릿속에 정보를 넣기 위해 읽기 시작했다.

습관 때문인지 몰라도 읽으면서 외우는 것이 가장 나았다.

간단하게 말하면 일곱 색깔 무지개와 똑같이 빨주노초파남보의 색을 지닌 돌멩이가 존재한다.

돌멩이 안의 생명체는 첫 번째 피에만 반응하며 피를 흘린 사람에게 들어가 생존에 필요한 능력을 얻게 해 준다.

"이게 끝이야?"

색이 다른 돌멩이에 관한 자세한 정보는 없었다. 어떤 능력을 얻게 되는지, 어떻게 얻는 것인지도.

속은 것 같은 느낌을 받았다.

"아닐 거야."

혹시나 하는 생각에 두꺼운 책을 처음부터 천천히 읽기 시작했다.

"멸망에 대비해야 하는 것들."

첫 번째 장에 한 줄로 제목이 쓰여 있었다. 조금은 기대감을 가지고 다음 장을 넘겼다. 하지만 곧 실망할 수밖에 없었다.

진짜 제목대로 대비해야 하는 것들만 있었다.

생존 지침서라고나 할까?

다른 사람들에게 유용할지는 몰라도 나에게는 아니었다.

이런 생존에 필요한 기본 물품과 대응 정도는 다 알고 있었다.

자연과 인간의 대결이란 프로그램을 본 후 그거 따라 해 본다고 몇 번 죽을 뻔했다.

그 후로 책도 더 많이 사서 공부하고 장비도 좀 갖췄다.

뭐, 지금이야 거의 전문가 수준이지만.

“이런 것들은 넘기고.”

앞의 부분들은 다 생존에 관한 내용이라 빠르게 넘겼다.

돌멩이에 관한 페이지가 나오기 전, 꿈에 관한 이야기가 나오기 시작했다. 필립이 멸망을 예언한 것은 꿈을 꾸고서였다.

나 역시 재미로 봤던 것이 돌멩이를 만지고 나서 반신반의하는 중이다.

“갑자기 전자기기가 다 망가진다?”

필립의 첫 번째 꿈은 우주에서 지구를 보는 듯한 장면을 묘사하고 있었다. 어두운 곳을 아름답게 빛내던 불빛이 한순간에 사라진다.

그리고 두 번째 꿈은 추락한 비행기와 멈춰선 자동차 등이다. 필립은 이유는 모르지만, 지구상의 모든 전자기기가 멈추거나 망가진다고 했다.

“이건…….”

세 번째 꿈은 어디선가 나타난 괴물과 그 괴물을 조종하는 이들이 인간을 사냥하는 것이었다.

다음 네 번째 꿈은 돌멩이를 통해 능력을 얻은 사람이 괴물과 괴물을 조종하는 이들에게 저항하는 것이었다.

마지막 다섯 번째 꿈을 묘사한 페이지를 넘기려는 순간.

“이 사장, 안에 있나?”

익숙한 목소리.

하지만 저 목소리를 듣자마자 한숨이 나온다. 아니나 다를까 그냥 문을 열고 들어온다.

"안에 있었네?"

"책 좀 보느라고요."

"그래? 뭐를 그렇게 열심히 공부해. 그냥 여기 땅 팔고 편하게 살라니까."

예의 없이 그냥 들어온 남자는 김규열.

40대 중반의 그는 부모님에게 물려받은 재산으로 부동산 개발을 시작해 돈을 벌었다. 몇 번의 성공으로 짭짤한 재미를 봐서 그런지 여기 고물상 땅을 사서 건물을 올리려 하고 있었다.

"제 대답은 같습니다. 여기는 안 팔아요."

"시세에 2배는 쳐 준다니까."

욕심이 가득 찬 눈빛으로 말하는 그.

여기 고물상을 빼고 주변 땅은 이미 다 그의 소유다. 대로변에 접근성이 좋아 주상복합으로 개발만 하면 최소 5배 이상 남길 수 있다나?

"2배고 3배고 안 팝니다."

"답답하네. 평당 2천만 원이면 10억이야. 고물상 평생 해 봐야 얼마나 벌겠어. 10억 받고 그냥 접어."

10억 원이란 말에 피식 웃음이 나왔다. 가뜩이나 이상한 일 때문에 머리가 아픈 상황이다. 그래서인지 평소 같으면 하지 않을 행동을 했다. 아니나 다를까 김규열이 발끈했다.

"웃어? 10억이란 돈이 얼마나 큰돈인지 몰라?"

김규열이야말로 고물상을 얕보면 안 된다는 것을 모르는 것 같았다.

"저기 쌓여 있는 전선 보이세요?"

나는 손을 가리켜 한쪽에 쌓인 구리 전선 무더기를 가리켰다. 김규열은 그것을 보더니 궁금한 듯 물었다.

"10억 이야기하다가 전선은 왜 가리키는 건가?"

"저기 산더미처럼 쌓인 구리 전선이 600톤입니다. 전선 피복을 제거하면 500톤 정도 나오죠."

"그런데?"

"현재 LME 시세가 얼마인지 아세요?"

LME란 말에 당황하는 김규열이 보였다. 부모님에게 재산을 물려받은 것과 부동산에 재능이 있다는 것 이외에는 아무것도 없는 그가 콤플렉스처럼 생각하는 것이 있다.

"아, LME가 뭔지 모르시겠구나. 국제 원자재 가격을 말하는 겁니다."

"험험. 갑자기 물어보니 생각이 안 난 거야. 당연히 알지. LM……."

알기는 개뿔.

원자재를 취급하는 사람만 아는 것이다. 일반인은 LME가 무엇인지 대부분 모른다.

"뭐, 아신다니까 구리 500톤이면 얼마인지 아세요?"

"그걸 내가 어떻게 알아!"

LME를 제대로 대답하지 못해서 그런지 또 화를 내는 김규열을 보고 방긋 웃어 주며 스마트폰을 꺼내 LME 시세 사이트를 열어서 보여 줬다.

"여기 CU가 구리를 나타내는 겁니다. 편의점 아닙니다."

얼굴이 붉어지는 김규열.

농담으로 말한 것인데 진짜 편의점이라고 생각한 것 같았다.

"험험. 내가 그것도 모를까 봐?"

"그럼 오늘 구리 시세가 5,200불인 것도 아시겠네요. 톤당입니다."

갑자기 놀란 표정을 짓는 김규열.

이런 계산은 빠르기 때문이었다. 톤당 5,200불인 구리가 500톤 있다. 2,600,000불이다.

"현재 환율로 따지면 33억 정도 합니다. 그깟 10억 없어도 되니까 인제 그만 오세요."

"커흠."

김규열은 평소 고물상을 하는 이성필이 거짓말하지 않는다는 것을 잘 알고 있었다.

"고물상이라고 해서 김 사장님보다 돈 못 번다는 인식은 안 하는 것이 좋겠네요."

사실이다. 조금 규모가 있는 고물상은 말이 고물상이지 수십억 원씩 움직인다.

그런데 왜 고장 난 것들 수리해서 파느냐고?

취미이기도 하고, 저 구리 전선 사느라 자금을 다 사용했기 때문이다.

"크흠."

김규열이 입술을 깨무는 것이 보였다. 그런데 눈동자가 이상했다. 하얗던 눈동자가 갑자기 시뻘겋게 변한 것이다.

화가 나서 실핏줄이라도 터졌나 싶었다.

"내가 포기할 줄 알고? 지금까지 투자한 돈이 얼마인데."

순간 다시 흰색으로 돌아오는 눈동자.

분명 잘못 본 것은 아니었다. 왜 이러나 싶어 말을 하지 않자 김규열은 의기양양하게 소리쳤다.

"토지 수용이라는 것이 있다는 것은 아나? 이 사장이 아무리 안 팔려고 해도 팔 수밖에 없을 거야."

토지 수용이란 말에 정신이 들었다. 어이가 없어서였다.

"토지 수용이란 의미나 제대로 알고 말하는 건가요?"

"당연하지. 주변이 다 개발 허가 나면 고물상도 어쩔 수 없어."

"하아. 김 사장님… 김 사장님이 하는 개발은 개인적인 것이라 토지 수용 같은 것은 해당 사항이 없어요."

갑자기 씨익 웃는 김규열.

"내가 그런 것도 모를까 봐? 이 사장, 나를 물로 보는 것 같은데 공공사업으로 만들면 되지."

이건 그냥 하는 말이 아닌 것처럼 들렸다. 시장은 물론 시의원들과 어울려 다니며 친분을 쌓는 것을 자랑하고 다녔으니까.

"그럼 누가 이기나 보자고. 이제 자존심 싸움이니까."

돈 자랑하지 말라고 경고했더니 자존심이 상한 것 같았다.

김규열이 몸을 돌려 나가는 것을 보며 한숨이 나왔다.

"조금 귀찮겠네. 뭐 그것도 괜찮으려나?"

토지 수용 보상금 받아 다른 곳으로 고물상을 이전해도 상관없다. 시에서 도시 계획 세우고 토지 수용까지 가려면 최소 몇 년은 걸릴 테니까.

김규열이 힘을 쓴다 해도 한계가 있다. 절차까지 마음대로 무시하게 할 만한 힘은 없다.

"시간만 버렸네."

마지막 꿈의 장면을 묘사한 것을 봐야 하는데.

다섯 번째 꿈의 페이지를 넘겨서 보기 시작했다. 그리고 걸리는 것이 있었다.

"살인자의 눈은 빨갛다?"

살인을 한 사람은 눈이 빨갛게 변한다. 그리고 살아남은 사람들이 서로를 죽이는 일이 일어난다.

눈의 빨간색이 진하면 진할수록 많이 죽인 것이다. 하지만 예외가 있다. 일곱 가지 돌멩이를 통해 능력을 얻은 사람은 살인해도 눈이 빨간색으로 변하지 않는다.

지금 다른 내용이 눈에 들어오지 않았다. 조금 전 김규열의 눈동자가 빨간색으로 변했던 것이 마음에 걸려서였다.

"설마 김 사장님이……."

한때 그런 소문이 돌았다. 김규열이 부모님 유산을 받기 위해 병원에 입원 중인 아버지의 산소 호흡기를 뗐다고.

살아날 희망이 없다고 해도 욕심을 위해 죽음을 앞당겼다면 그것은 범죄다.

"내가 지금 무슨 생각을 하는 거야."

나는 고개를 절레절레 흔들며 엉뚱한 생각을 날려 버렸다. 김규열이 살인을 했든 안 했든 상관없다.

다섯 번째 꿈의 내용이 끝나고 아직도 읽을 것들이 더 남았다.

하지만 그럴 수 없었다.

"사장님! 삼겹살 5근이나 사 왔어요."

5근이나.

신세민도 돈을 거의 안 쓴다. 돈을 모아 언젠가 좋은 집을 사겠다는 꿈이 있다나?

신세민도 짠돌이다. 그런 신세민이 삼겹살을 5근이나 사다니.

조금 감동이었다.

"국내산이에요."

"진짜?"

수입도 아닌 국내산을.

"네. 사장님 건강에 제 인생이 걸려 있는데 잘 먹어야죠. 큰맘 먹고 산 겁니다."

"그래."

나중에 삼겹살값은 따로 챙겨 줘야 할 것 같았다.

저거 두고두고 말할 테니까.

고맙기도 하고.

"그런데 김 사장 왔다 갔어요?"

"봤어?"

"네. 저 양반 끈질기네요. 고물상이라고 해서 진짜 돈 없는 줄 아나 보네."

피식 웃음이 나왔다.

"너는? 너도 처음에는 고물 팔아서 얼마나 버냐고 물었잖아."

"하하 그건 아무것도 모를 때였고요. 삼겹살 구울게요."

신세민이 도망치듯 나갔다.

신세민을 도와야겠다는 생각에 책을 덮었다.

"읏차. 빨리 먹고 봐야겠네."

그래도 책의 다음 내용이 궁금했다. 삼겹살을 먹은 후 천천히 읽을 생각이었다.

사무실 밖으로 나가는 순간.

쿠웅.

땅이 울리는 것 같은 느낌이 들었다.

쿠웅.

또 그 느낌이다. 마치 큰 소리가 나는 커다란 북이나 대형 스피커 앞에 서 있는 듯한 느낌.

지진인가 싶었다. 드디어 한반도에도 지진이 일어나나 싶었다.

쿠웅.

이번에는 온몸이 흔들리는 것 같았다. 머리가 아파 오기 시작했다. 아니, 온몸이 무언가로 찌르는 듯한 느낌이 든다.

"크흑."

고통이 더 심해진다. 신음이 안 나올 정도의 고통.

머리를 양손으로 꽈악 잡으며 고통을 어떻게 해 보려 하지만 효과가 없었다.

그리고 눈앞이 하얗게 변했다. 너무 심한 고통을 받으면 뇌에서 의식을 잃게 한다는 것을 떠올리는 것이 끝이었다.

* * *

"허억."

눈을 떴을 때 보이는 것은 온통 어둠뿐이었다. 왜 이러지란 생각을 하다가 고통 때문에 기절했다는 것을 떠올렸다.

전기가 끊긴 것 같았다.

그래도 달빛 덕분에 어렴풋이 보인다.

바로 앞에 신세민과 함께 타고 갔다 왔던 트럭이 있다.

차 키는 주머니에 있고.

시동을 걸고 헤드라이트를 켜면 되지 않을까?

그런 생각으로 트럭에 올라탔다. 손을 더듬어 키 꽂는 곳을 찾았다. 키를 넣고 돌렸다. 하지만 아무런 반응이 없다.

"사무실."

사무실에 야간에 사용하는 손전등이 있다는 것이 기억났다.

"바보. 눈앞에 보이는 것만 생각하다니."

트럭에서 내려 어렴풋이 보이는 컨테이너 사무실로 갔다.

그리고 손전등을 찾기 전에 혹시 차단기가 내려갔나 싶어 확인했지만, 차단기는 내려가지 않았다.

여기만 전기가 안 들어오는 것이 아닌 것 같았다.

"책상 위에……."

손전등을 찾으려다가 책상에 놓인 스마트폰이 손에 잡혔다.

스마트폰에도 손전등 기능이 있다. 하지만 스마트폰도 켜지지 않았다.

"뭐야."

옆에 있는 손전등을 찾았다. 하지만 손전등 역시 켜지지 않았다

문득 드는 생각.

망가진 전자기기, 멈춰선 자동차, 사라진 불빛.

순간 '혹시 필립이 경고한 날이 오늘인가?'라는 생각이 들었다.

멸망의 날.

하지만 멸망의 날은 멸망의 날이고, 이 어둠을 밝힐 수단을 찾아야 했다. 캠핑용 초와 라이터가 있는 것을 기억해 내고 찾았다.

곧 컨테이너 사무실 안에 빛이 생겨났다.

"불빛이 이렇게 반가운 적은 처음이네."

촛불 하나가 컨테이너 사무실 안을 다 볼 수 있게 해 주니

그런 것 같았다.

그리고 눈에 띄는 자가발전기.

혹시나 싶어 자가발전기의 시동을 걸었다. 하지만 역시나 시동이 걸리지 않았다.

어제 기껏 고쳐 놓은 것인데 이제 쓸모가 없다.

"자가발전기만 고장 나지 않았어도 전기를 만들 텐데."

푸념처럼 말이 나왔다. 그런데 희한한 것이 보였다.

자가발전기에 파란색 점과 붉은색 점이 나타난 것이다. 붉은색 점은 파란색 점 사이에 존재했다. 마치 길을 막고 있는 것처럼.

그리고 왜인지 모르게 붉은색 점을 지울 수 있을 것 같았다.

나도 모르게 손을 가져다 댔다.

"뭐야?"

손이 붉은색 점에 닿는 순간 무언가 몸에서 쑤욱 빠져나가는 기분이 들었다. 소스라치게 놀라며 손을 뗐다.

하지만 다시 손을 대야 하나 싶었다. 붉은색이 옅어진 것이 보였기 때문이었다.

천천히 손을 움직여 붉은색 점에 닿는 순간 또 몸에서 무언가가 빠져나가는 느낌이 들었다. 이번에는 손을 떼지 않았다. 그리고 붉은색 점이 사라지고 파란색 점이 생기는 것까지 확인했다.

이제 파란색 점만 남은 상황.

파란색 점들이 서로를 연결하는 것처럼 번져 나가더니 자가발전기가 은은하게 빛났다. 마치 '나 괜찮아요.' 하는 것처럼.

그래서 자가발전기 시동을 걸어 봤다.

부드등 탈탈탈탈…….

"이거 혹시."

돌멩이가 나에게 준 능력이 이건가 싶었다.

나는 어려서부터 무언가를 만들고 고치기를 좋아했다.

그리고 도전하는 것도.

파란색 돌멩이는 나에게 맞는 능력을 준 것 같았다. 만들고 고치는 능력을..

하지만 무슨 능력인지만 어렴풋이 아는 것이다.

여러 가지 실험을 하며 능력을 제대로 알 필요가 있다는 생각이 들었다.

"발전기가 망가지지 않았으면 했을 때 보였으니까."

나는 눈을 돌려 다른 전자기기를 쳐다봤다. 바로 노트북이 눈에 들어왔다. 전원 버튼을 눌러 본다.

하지만 역시 불이 들어오지 않았다.

노트북이 온전했으면 좋겠다는 생각을 했다. 그러자 신기하게 노트북에도 파란색 점과 붉은색 점이 나타났다. 그런데 노트북의 붉은색 점은 자가발전기와는 다르게 3개였다. 거기에 색이 더 진하다.

"어째 불안한데."

붉은색 점에 손을 가져다 대 보지만 아무런 반응도 없었다. 몸에서 무언가 빠져나가는 느낌도 나지 않고 붉은색 점도 색이 열어지지 않았다.

"흐음."

손을 떼고 생각해 본다.

망가진 것을 고치고 싶다는 생각을 하면 파란색 점과 붉은색 점이 보인다. 붉은색 점을 사라지게 하면 고쳐진다.

그냥 붉은색 점이 사라지는 것이 아니다. 몸 안에서 무언가 빠져나간다. 현재는 붉은색 점 한 개 정도만 없앨 수 있는 것 같다.

"해가 뜰 때까지 실험해 보는 수밖에 없나?"

자가발전기를 고쳤다고 바로 등을 밝힐 수는 없다. 온 세상이 어둠 속에 잠겨 있는데 이곳만 전기가 들어온다면 이상하게 보일 것이다. 컨테이너 사무실 안에 촛불 하나의 빛은 밖으로 빠져나가지 않으니 괜찮다.

자가발전기를 끄고 촛불에 의지해 노트북에 손을 댔다가 떼는 것을 반복하며 해가 뜨기만을 기다리려고 했다.

하지만 그럴 수 없었다.

신세민이 소리치는 것이 들렸기 때문이었다.

"노 씨 아저씨! 왜 이래요!"

* * *

빠르게 사무실을 빠져나가 컨테이너 있는 곳으로 달렸다.

발에 뭐가 걷어차이는 것 같아도 신경 쓰지 않았다.

신세민의 비명이 들렸기 때문이었다.

"아악. 사장님! 살려 줘요!"

어렴풋이 보이는 컨테이너 문을 열었다.

컨테이너 안은 더 어두웠다.

"죽어!"

노 씨 아저씨의 목소리였다. 노 씨 아저씨가 신세민을 공격하는 것이 분명했다. 노 씨 아저씨가 어떻게 된 것인가?

그런 생각으로 목소리가 들린 곳을 쳐다봤다.

그런데 붉은색 점이 보인다. 아주 선명하게. 본능적으로 노 씨 아저씨라는 생각이 들었다.

그대로 몸을 날렸다. 노 씨 아저씨의 몸을 양손으로 잡은 것 같았다. 그리고 같이 쓰러지며 소리쳤다.

"노 씨 아저씨! 정신 차려요!"

하지만 대답 대신 돌아오는 것은 주먹이었다.

노 씨 아저씨 주먹이 이렇게 강했나? 그런 생각이 들 정도로 꽤 아팠다.

"노 씨 아저씨!"

나는 있는 힘껏 노 씨 아저씨의 몸을 잡으며 소리쳤다.

그나마 몸을 잡고 바닥에 넘어져 있으니 제대로 때리지 못하는 것이다.

손이 풀리고 노 씨 아저씨가 자유롭게 되는 순간 어떤 일이 일어날지 모른다.

"정신 차리라고요!"

뚝.

갑자기 노 씨 아저씨의 주먹질이 멈췄다.

"사… 사장님?"

"정신이 들어요?"

"사… 사장님……. 저 좀 묶어 주세요. 참을 수 없어요. 제발."

무슨 말을 하는지 모르겠다.

하지만 노 씨 아저씨가 공격을 안 할 때 묶는 것은 맞는 것 같았다.

"세민아! 아무거나 튼튼한 줄 가져 와!"

설마 죽었나?

"잠시만요. 어두워서 안 보여요."

한쪽 구석에서 들리는 목소리.

안도의 한숨이 나왔다.

"사장님……. 빨리요. 더 참기 힘들어요."

노 씨 아저씨의 목소리가 떨리기 시작했다.

"여기 줄넘기 줄이요."

신세민이 다가와 어렵게 줄넘기 줄을 내 몸에 댔다.

나는 빠르게 받아 노 씨 아저씨의 팔을 묶은 다음 다리까지 묶었다.

팔과 다리가 줄넘기 줄 하나로 묶인 것이다.

"세민아 사무실 가면 초 있어. 가지고 와."

"아……. 네."

세민이가 문 쪽으로 가는 소리가 들렸다. 문밖에는 어렴풋이 달빛이 비치니 가는 것은 어렵지 않은 것 같았다.

"아저씨. 뭐를 참지 못하겠다는 거예요?"

"사장님……. 나 버리고 가요. 밖에서 문 잠가요. 제발."

조금 이상했다. 평소에 어눌했던 노 씨 아저씨 말투가 아니었다.

"아니요. 전 안 버려요."

"사장님이 죽을 수도 있어요. 난 사람을 죽였어요."

등줄기가 쭈뼛한다.

소름이 돋는 것이다.

"이제 기억나요. 나는……. 크윽."

이빨을 가는 소리가 들렸다. 고통을 참는 것인가?

"왜 이렇게 안 와!"

사무실은 뛰어가면 30초도 안 걸린다. 초도 켜 놓고 왔으니 그냥 들고 오면 되는데.

"왔어요."

찰칵.

라이터 켜는 소리다. 순간 컨테이너 안이 밝아졌다. 초에 불을 붙인 것이다.

그리고 노 씨 아저씨를 제대로 볼 수 있었다. 얼굴 혈관이 튀어나와 있다. 터질 것 같았다. 그리고 눈은 붉어도 너무 붉었다.

"노 씨 아저씨 왜 이래요?"

"몰라."

아무래도 줄넘기 줄 가지고는 안 될 것 같았다. 컨테이너 한쪽 구석에 5C 케이블이 보였다.

동축 케이블이라고도 불리는 것.

유선 방송 같은 것을 볼 때 연결하는 굵은 전선이다.

어지간해서는 사람의 힘으로 절대 끊을 수 없다.

"5C 케이블 가져와."

신세민은 내 손짓에 5C 케이블을 가져왔다. 30m 정도 되는 길이다. 5C 케이블로 노 씨 아저씨를 미이라처럼 둘둘 말았다.

"크아아!"

노 씨 아저씨가 케이블을 끊으려는 듯 힘을 쓴다.

하지만 30m나 되는 케이블이 칭칭 감겨 있다. 겹겹이.

몸을 좌우로 굴리며 애를 쓰기 시작했다. 솔직히 조금 겁이 난다. 나와 신세민은 조금 뒤로 물러났다.

그리고 아침이 될 때까지 노 씨 아저씨는 소리치며 발광했다.

* * *

해가 뜰 때쯤에서야 노 씨 아저씨는 지쳤는지 조용해졌다.

이제야 컨테이너 안을 제대로 볼 수 있었다.

난장판이다.

"너. 머리 피 나."

"아. 넘어지면서 부딪쳤는데……."

손으로 아무렇지 않은 듯 피가 흐른 자리를 닦는 신세민.

"노 씨 아저씨 왜 이러는 걸까요?"

"글쎄. 나도 모르지. 그런데 어떻게 된 거냐?"

"몰라요. 어젯밤에 지진 난 줄 알고 놀라는 순간 그냥 정신을 잃었어요. 그리고 정신이 들자 노 씨 아저씨를 찾았고요. 노 씨 아저씨가 괜찮은지 몸을 흔들었는데……."

그때가 생각난 것인지 신세민은 몸을 부르르 떨었다.

"갑자기 저를 때리더니 목을 조르려 하더라고요. 간신히 떨쳐 내고 급하게 움직이다가 머리를 부딪쳤어요. 어질어질하면서 이제 죽었구나 싶을 때 사장님이 오신 거예요. 어후. 사장님 안 오셨으면……."

또 몸을 부르르 떤다.

"죽었을지도 몰라요. 그런데 사장님 목소리 듣고 노 씨 아저씨가 정신 차린 것 맞죠?"

아무래도 그런 것 같았다.

"그런데 사장님 멀쩡하시네요. 맞는 소리 들렸던 것 같던데."

거울을 안 봐서 모른다. 하지만 신세민의 눈에 그렇게 보인다면 그렇겠지.

"야. 너는 내가 맞고 있는 것을 알면서도 가만히 있었던 거냐?"

신세민은 손을 내저으며 말했다.

"가만히 있고 싶어서 있었겠어요? 어두워서 안 보이는 데다가 머리를 부딪쳐서 어지러웠다니까요."

"그래도 도우려고 노력은 했어야지."

"에이. 제가 도우려고 했으면 더 안 좋아졌을 건데요? 그리고 사장님을 믿었죠."

"믿어? 입에 침은 바르고 말해라."

"우와. 이거 사람 참……. 뭐 하게 만드시네. 제가 언제 사장님 안 믿은 적 있어요? 배터리 사건도 그래요. 방전돼서 전기 안 온다면서요!"

윽.

그건 실수였다. 다른 일과 겹쳐서 정신없이 하다가 보니 배터리를 잘못 연결한 것이다.

"으음."

노 씨 아저씨가 깨어나는 것 같았다.

나는 물론, 신세민도 긴장했다. 또 소리치며 묶은 것을 풀려고 난리칠지도 모른다는 생각 때문이었다.

"사… 사장님?"

목소리가 멀쩡했다.

"노 씨 아저씨 괜찮으세요?"

"죄송합니다. 어젯밤에는 제가 착각을 해서."

"착각이라니요?"

"이것 좀 풀고 말씀드리면 안 될까요?"

신세민을 슬쩍 봤다. 신세민은 고개를 흔들었다.

"죄송하지만……. 그건 어렵겠어요."

노 씨 아저씨도 수긍하는 것 같았다.

"하기는 어젯밤에 그 난리를 쳐 놓고 풀어 달라고 하면 안 풀어 주시겠죠."

그냥 웃는 노 씨 아저씨.

몸을 이리저리 트는 것 같더니 어깨부터 5C 케이블을 벗기 시작했다. 옷을 벗듯이.

어어 하는 사이에 노 씨 아저씨는 케이블을 빠져나왔다.

손과 발을 묶은 줄넘기 줄은 이미 끊어져 있었다.

"제가 힘이 좀 강해진 것 같습니다. 케이블이 늘어나서 헐렁해진 것 같네요."

어색하게 웃는 노 씨 아저씨를 보며 침을 삼킬 수밖에 없었다.

어젯밤에 제정신이었다면 케이블을 벗어날 수 있었을 것 같아서였다.

노 씨 아저씨는 케이블을 옆에 치우고 그냥 앉았다.

두 손을 무릎에 올려놓는 것을 보니 공격할 생각은 없다고 알려 주는 것 같았다.

"조금 긴 이야기인데 좀 들어 주실 수 있나요. 사장님?"

듣지 않겠다고 해도 할 것 같은 분위기인데.

"네. 하세요."

"제 이름부터 다시 소개하겠습니다. 노진수라고 합니다. 그냥 계속 노 씨 아저씨라고 부르셔도 됩니다."

진짜 제정신을 차린 것 같았다. 약간 어리숙했던 노 씨 아저씨는 지금 내 눈 앞에 없었다.

눈도 또렷했다. 아니 날카로운 분위기가 풍겼다.

"저는 고아로 해외 입양이 되어……."

약간은 긴 이야기였다.

노 씨 아저씨는 아이일 때 미국으로 입양되어 양부모에게 자랐다. 하지만 양부모도 노 씨 아저씨를 그렇게 잘 돌보지는 않았다.

결국, 노 씨 아저씨는 살기 위해 군대에 들어갔다.

그곳에서 네이비씰을 거쳐 베스트 오브 베스트라는 비밀 특수부대 유닛을 거쳐 CIA의 암살자까지.

파란만장한 삶인 것 같았다.

"어느 날 모든 것이 지겨워졌습니다. 나이도 들었고요. 그래서 한국에 들어와 부모님을 찾았습니다. 하지만 찾지 못했죠. 그러다가 한 여자를 만나……."

노 씨 아저씨의 불행은 아직 끝나지 않았다.

결혼까지 하고 평화로운 삶을 살려고 할 때 노 씨 아저씨와 원한이 있는 조직에서 습격했다.

아내와 어린 딸을 도망치게 하고 간신히 습격자들을 물리친 노 씨 아저씨는 다친 몸을 이끌고 아내와 딸을 찾았다.

하지만 찾은 것은 아내의 시체뿐.

"딸의 피 묻은 목도리만 발견할 수 있었습니다. 그리고 전 술과

약에 빠져 지내다가 사고로 머리를 다치게 됐습니다. 나머지는 어떻게 살았는지 사장님이 잘 아실 겁니다."

머리 다치고 부랑자처럼 떠돌던 노 씨 아저씨를 고물상에서 일하게 했지.

"어젯밤에는 집이 습격당했다는 착각에 다 죽이려고 했습니다. 분노를 주체할 수 없더군요. 하지만 사장님 목소리에 간신히 제정신을 찾을 수 있었습니다."

노진수는 이성필을 따뜻한 눈으로 보기 시작했다.

그럴 수밖에 없었다.

머리를 다쳐 기억을 거의 다 잃어버렸을 때.

남은 것은 그냥 본능적인 삶뿐이었다. 그저 배고픔을 면하고 비나 눈을 피할 그런 곳을 찾는 생존 본능.

비에 젖에 추위에 덜덜 떨 때 내민 이성필의 손은 너무 따뜻했다.

희한하게 모든 것을 다 기억할 수 있었다.

가족 이외에 자신을 진심으로 따뜻하게 대해 준 이성필에 대한 고마움의 감정은 저 가슴속 깊은 곳에서 항상 존재하고 있었다.

제정신이 아닐 때도 이성필을 해치지 않아야 한다는 강박이 생길 정도로.

"제 긴 이야기는 여기까지입니다. 사장님께서 나가시라고 하시면 나가겠습니다."

노진수는 이성필이 그런 말을 하지 않기를 바라면서도 말할 수밖에 없었다. 자신이 이성필의 입장이 된다면 어떤 반응을 보일지 짐작할 수 있었으니까.

하지만.

"아저씨 눈은 안 나가고 싶다고 하시는 것 같은데요?"

"에이. 가족 잃은 기억이 갑자기 떠올랐다면서요. 그러면 나라도 미치지. 안 그래요. 사장님?"

신세민이 어떻게 반응할까 조금 걱정이었는데.

노 씨 아저씨를 이해하는 것 같아 다행이었다.

"노 씨 아저씨. 어제 저 때린 것 괜찮아요. 우리는 가족이잖아요. 오갈 데 없는 저나 아저씨를 사장님이 거둬 준 가족."

자식. 가끔 기특한 말도 한단 말이야.

"맞네요. 세민이나 아저씨나 저에게는 가족이에요. 우리가 함께 한 세월이 얼마인데. 그리고 지금 분위기가 심상치 않아요."

필립이 예언한 일들이 일어나는 것 같았다.

"그런 것 같습니다. 사장님. 망가졌던 제 몸이 마치 전성기 시절로 돌아간 것 같습니다."

노진수는 확실하게 느끼고 있었다. 반쯤 안 보이던 눈도 제대로 보인다. 주먹을 쥐면 근육에 힘이 들어간다.

어제만 해도 조금만 무거운 것은 들지도 못했는데.

"에이. 농담하지 마세요."

"세민아 농담 아니다. 봐라."

노 씨 아저씨가 500원 짜리 동전을 주머니에서 꺼내는 것이 보였다.

그리고 두 손가락으로 구부렸다.

"어어……."

신세민처럼 나도 놀랐다. 저게 사람의 힘으로 가능한가 싶었다.

"전성기보다 더 좋아진 것 같네요. 전성기 때는 한참 걸렸는데……."

신세민은 믿을 수 없다는 듯 말했다.

"그거 트릭이죠. 500원 짜리 줘 봐요."

노 씨 아저씨는 항상 주머니에 동전을 지니고 다녔다.

커피 자판기에서 뽑아 먹는 인스턴트커피가 유일한 낙처럼 보였으니까.

노 씨 아저씨가 동전을 꺼냈다. 500원 짜리와 100원 짜리가 있었다.

신세민은 500원 짜리 동전 2개를 가져왔다.

"사장님도 해 보세요."

신세민이 내미는 500원 짜리 동전을 받았다. 나도 궁금했다.

"이익."

신세민이 안간힘을 쓴다. 하지만 구부러지지 않았다.

"안 되겠지. 되면 사람이 아니지."

"사장님도 해 보세요."

"안 될 텐데."

"해 보세요."

나는 두 손가락으로 500원 짜리 동전을.

"어?"

"사장님! 사람 아니에요?"

그냥 구부러졌다. 뭐지?

왜 신세민은 안 되고 노 씨 아저씨와 나는 되는 거지?

"우와."

신세민은 내 손에 있는 구부러진 동전을 집더니 펴 보려는 것 같았다.

신세민이 신기해하는 것은 놔두고.

"노 씨 아저씨. 저도 고백할 것이 있어요."

"사장님께서요?"

"네. 사실은 저도 능력이 생긴 것 같아요. 어떤 능력이냐 하면은……."

나는 필립의 인터넷 방송 채널 이야기부터.

할머니가 준 돌멩이.

그리고 실지렁이 같은 것이 내 몸 안에 들어온 것까지 모두 말했다.

자가발전기도 수리한 것까지.

"신기하군요."

"아. 그래서 사장님 어제 병원에서 실지렁이 이야기하셨구나."

신세민도 집중해서 듣고 있던 것 같았다.

노 씨 아저씨는 고개를 갸웃거렸다.

"그런데 저는 그런 돌멩이를 받은 적도 없고 실지렁이 같은 것이 몸 안에 들어온 적도 없는데……. 왜 이렇게 됐을까요?"

그건 나도 모른다. 하지만 알 수 있을 지도 몰랐다.

"필립이 보내 준 책에 노 씨 아저씨에 관한 단서가 있을지도 몰라요."

"그렇겠……. 으윽."

갑자기 노 씨 아저씨가 머리가 아픈지 손을 올리는 것이 보였다.

"괜찮으세요?"

"머리가……. 머리가……. 깨질 것……."

그런데 노 씨 아저씨 머리 바로 밑 목 부근에 붉은색 점이 보였다.

분명 조금 전까지는 없었는데.

"잠시만요."

나는 붉은색 점이 있는 곳에 손을 대고 주물렀다.

몸 안에서 무언가 쑤욱 하고 빠져나가는 것이 느껴졌다.

내 예상대로였다.

"으음. 사장님 이제 참을 만합니다."

손을 떼자 노 씨 아저씨의 붉은색 점이 많이 옅어져 있었다.

"노 씨 아저씨. 제가 붉은색 점이 보인다고 말했죠?"

"네. 조금 전 말씀하시지 않으셨습……. 혹시 제 몸에도?"

너무나 달라진 노 씨 아저씨의 모습에 적응이 안 된다.

이렇게 눈치가 빠른 사람이었나?

"네. 목 부근에 보였어요. 그리고 많이 옅어진 상태고요."

노 씨 아저씨는 곰곰이 무언가를 생각하는 것 같았다.

그리고 입을 열었다.

"아무래도 사장님 능력은 무언가를 치료하는 것 같습니다. 아니면 수리하거나요."

"그런 것 같네요. 그런데 왜 붉은색 점이 보였다 안 보였다 할까요?"

"지금은 또 안 보이십니까?"

"네. 안 보여요. 아픈 것은……."

"왜 그러십니까?"

갑자기 붉은색 점이 보였다.

"어떻게 해야 붉은색 점이 보이는지 알 것 같네요."

신세민이 옆에서 듣다가 끼어들었다.

"어떻게요?"

"고장 난 것을 고치려는 생각이나 아픈 사람을 치료하려는 그런 생각을 하면 나타나는 것 같아."

"진짜요?"

"어."

"부럽다. 나는 왜 아무런 능력도 주지 않는 거야."

투덜대는 신세민에게 노 씨 아저씨가 무거운 목소리로 말했다.

"세민아. 능력이 있다고 해서 다 좋은 것은 아니다."

"왜요? 아저씨는 힘도 강해지고……. 머리도 좋아진 것 같은데……."

신세민의 말에 노진수는 씁쓸하게 웃을 수밖에 없었다.

"능력을 지녔다는 것은 그만큼 책임져야 할 일이 있다는 것을 아직 모르니 그런 말을 하는 거다."

그 책임이 인생을 송두리째 바꿀 만큼 고통스러울 수 있다는 말은 할 수 없었다.

"사장님에게도 해당되는 말입니다. 그 능력을 그냥 얻었을 리가 없습니다. 세상은 그렇게 쉽게 무언가를 주지 않으니까요."

나는 고개를 끄덕일 수밖에 없었다.

짧다면 짧은 인생이지만.

나도 수많은 일을 겪었다.

대가 없는 일은 없다. 지금은 아니더라도 언젠가는 부메랑처럼 돌아오는 경우도 있었다.

"일단 우리 밖이 어떻게 됐는지 살펴봐야 할 것 같아요. 나가죠."

"그렇게 하겠습니다. 사장님."

"아. 능력……."

신세민은 투덜대면서 컨테이너 밖으로 먼저 나갔다.

나와 노 씨 아저씨가 뒤따라 나갔다.

그런데 신세민이 가만히 서 있었다.

"왜 서 있어?"

"사장님 저기……."

신세민이 가리키는 곳을 보니 연기가 올라오고 있었다. 화재 현장에서 올라오는 것 같은.

한두 군데에서 올라오는 것이 아니었다.

나는 노 씨 아저씨에게 고개를 돌렸다.

“밤사이 밖에 많은 일이 있었던 것 같습니다. 사장님.”

“그런 것 같네요.”

“그리고 공기가 달라졌습니다.”

“공기요?”

“네. 전쟁터에서나 맡을 수 있는 그런 냄새라고나 할까요?”

노진수는 확실하게 알 수 있었다.

죽음의 냄새가 진하게 나고 있다. 경험해 본 사람만 알 수 있는 그런 냄새.

“밖은 지금 무법 지대인 것 같습니다. 사장님.”

나도 노 씨 아저씨 말에 동의한다.

전기가 끊기고 전자 제품이 모두 망가졌다.

패닉 상황일 것이다. 정부도 제 기능을 못 할 테고.

뭐가 돼야지 수습을 하지.

“우리 안전을 먼저 확보해야겠어요.”

“맞습니다. 사장님. 사람들이 언제 폭도로 변해 달려들지 모르니까요.”

“에이. 설마요.”

신세민이 고개를 흔들자 노 씨 아저씨가 정색하며 말했다.

“몰라서 그렇게 말할 수 있는 거다. 정말 아무 짓도 못 할 줄 알았던 사람들이 어느 날 갑자기 무기를 들고 미친것처럼 변하는 것을 봤으면 그런 말 못 한다."

신세민도 심각한 표정이 됐다.

"자. 우리 고물상에 뭐가 필요한지 좀 알아보자고요."

"저는 문을 먼저 단속하겠습니다."

"그러세요. 세민이 너는 먹을 것이 얼마나 있는지 살펴보고."

"알았어요. 그런데 사장님은요?"

"나는 발전기 연결해서 사무실에 등이라도 켤 수 있게 하려고."

신세민은 고개를 끄덕이며 컨테이너로 다시 들어갔다.

노 씨 아저씨는 철문 있는 곳으로 갔고.

나는 사무실로 들어와 전등의 전선을 분리해 커넥트를 만들어 자가발전기에 연결했다.

"안 되네."

자가발전기는 잘 돌아간다.

"전구가 문제인가?"

전구를 살피자 밑 부분에 옅은 붉은색 점이 보였다.

손으로 살짝 건드렸다. 그러자 몸에서 또 무언가 빠져나가는 것 같았다. 그리고 전구에 불이 들어왔다.

"확실하네. 문제는 얼마나 쓸 수 있느냐인데."

분명 어젯밤에 붉은색 점을 몇 번 지우자 더는 지울 수 없었다.

주위를 둘러보며 고칠 것이 없나 생각했다.

어젯밤에 고치다 만 노트북이 눈에 들어왔다.

아직 지워지지 않은 붉은색 점이 있다.

그 붉은색 점에 손을 댔다. 그러자 또 몸에서 무언가 빠져나가는 것 같았다.

그리고 옅어지는 붉은색 점.

다시 손을 댔다.

하지만 이번에는 아무런 일도 일어나지 않았다.

"사장님! 라면 10개하고 생수 3통 정도밖에 없어요. 참치 캔하고 햄 몇 개 정도 있고요."

나는 고개를 갸웃거릴 수밖에 없었다.

"며칠 전에 마트 다녀오지 않았어?"

"다녀왔죠."

"그런데 왜 그거밖에 없어?"

"다음 주부터 마트 특가 세일한다고 해서 조금만 사 왔다고 말했잖아요."

"아. 맞다."

"다른 건 정말 잘하면서 이런 것은 진짜 신경 안 쓴다니까요."

신세민의 말에 반박할 수가 없었다.

그런데 노 씨 아저씨의 목소리가 들렸다.

"사장님은 필요한 일에만 집중하시니까 그런 거다. 식자재 같은 것은 세민이 네 담당이잖아."

신세민이 황당하다는 표정을 지었다.

"우와. 하루아침에 할 말이 없게 하시네. 예전의 노 씨 아저씨가 그립다."

아마도 구박하다가 구박받는 위치가 되어서 저렇게 말하는 것 같았다.

"사장님. 잠시 밖에 좀 보셔야 할 것 같습니다."

* * *

노 씨 아저씨를 따라 철문으로 갔다. 철문에는 철판을 덧대어 밖에서 안을 볼 수 없게 해 놨다.

작은 틈이 있어 그곳으로 밖을 볼 수 있었다.

작은 틈으로 보이는 것은 멈춘 차들.

차끼리 충돌도 한 것 같았다. 아예 불타서 뼈대만 남은 것도 보였다.

"사람이 없네요?"

"그렇습니다. 저도 이상하게 생각하는 것 중 하나입니다."

차 안에 사람 모양이 보이기는 했다. 하지만 움직이지 않는다.

작은 틈으로 확인하기는 어려웠다.

"제 느낌으로는 무엇인가를 피해 도망치거나……. 살해된 것 같습니다."

어떻게 보면 고물상에 있어서 다행이었다.

고물상에도 도둑은 찾아온다. 꽤 값나가는 고물들도 있으니까.

그래서 담장도 높은 데다가 철조망까지 해 놨다.

정문의 철문은 트럭이 들이박아도 멀쩡할 정도로 튼튼했다.

어떻게 보면 작은 요새다.

누군가 쉽게 침입할 수 없을 정도로.

"밖으로 나가려면 만반의 준비를 해야 할 것 같습니다. 사장님."

"네. 그래야겠네요."

당장 식료품부터 구해 와야 했다.

* * *

트럭은 수리를 포기했다. 엔진 부분에 붉은색 점이 너무 많았다. 더군다나 진하기가 노트북보다 더했다.

그리고 도로에 멈춘 차들 때문에도 트럭을 이용할 수 없었다.

"이렇게 하죠. 노 씨 아저씨는 저하고 같이 마트에 가요."

"알겠습니다. 사장님."

"저는요?"

"세민이 너는 여기 지켜야지."

"혼자서요?"

"그럼 누가 지켜?"

"저도 따라가면 안 될까요?"

"누가 들어와서 여기 차지하고 문 잠그면?"

신세민은 입을 삐쭉 내밀면서 고개를 돌렸다.

그냥 모른 척했다.

"노 씨 아저씨. 우리는 준비하죠."

"어떤 준비를 하시려고?"

"그냥 나갈 수는 없잖아요. 어떤 위험이 있을지 모르는데. 간단하게 방어구를 만들려고요."

고물상에는 없는 것이 없다.

* * *

전자기기만 망가진 것이지 원심력을 이용해 철판을 구부리는 기계는 멀쩡했다. 손으로 조작하면 얼마든지 성형할 수 있었다.

먼저 널찍한 철판을 몇 개 가지고 왔다.

"노 씨 아저씨 치수 좀 잴게요."

줄자로 노 씨 아저씨의 배 둘레를 쟀다. 둘레의 절반 정도 되는 철판을 두 개 찾은 다음 기계에 넣고 반원형으로 구부렸다.

"대충 맞을 것 같네요."

노 씨 아저씨의 몸 앞과 뒤에 철판을 댄 다음 청색 테이프로 칭칭 감았다.

어설프기는 해도 검 같은 것은 뚫지 못할 것이다. 권총탄도. 소총탄은 모르겠지만.

"팔목도 만들게요. 팔 내미세요."

노 씨 아저씨가 팔을 내밀었다. 팔목과 팔뚝 둘레를 잰 다음 철판을 잘랐다.

몸에 부착한 것처럼 위아래로 팔을 둘러싸고 청색 테이프로 휘감았다.

"어때요?"

"괜찮습니다. 사장님. 움직이는 데 큰 무리가 없습니다."

"그럼 제 것도 만들게요."

노 씨 아저씨에게 만들어 준 것처럼 나도 철판으로 갑옷과 팔목 보호대를 만들었다.

아쉽지만 현재 가장 빠르게 할 수 있는 방법이었다.

그래도 1시간 넘게 걸렸다.

"이제 무기를 준비하죠."

"어떤 무기를 만드시려고."

나는 씨익 웃으며 사무실로 들어갔다. 한쪽 벽에 있는 철제 장에서 등산용 배낭 2개와 삼단봉 2개를 꺼냈다.

"여기요."

배낭과 삼단봉을 노 씨 아저씨에게 건넸다.

"오. 독일제군요. 튼튼하면서도 가벼워서 인기가 많은 제품인데. 이걸 어떻게……."

"예전에 혼자 시작할 때 별의별 놈들이 다 왔었거든요. 그때 2개 구입했어요. 전기 충격기는 고장 나서 안 가지고 왔어요."

전기 충격기도 붉은색 점이 진해서 고치지 않았다.

"그러셨군요."

노 씨 아저씨는 삼단봉을 차르륵 소리 나게 빼더니 이리저리 휘둘러 보기 시작했다.

와우.

가볍게 휘두르는 것 같은데 바람 가르는 소리가 들렸다.

"그럼 출발할까요? 세민아!"

"네. 사장님."

엉망이 된 컨테이너 안을 치우던 신세민이 달려 나왔다.

삐져서 들어간 것 같았지만.

"마트 다녀올게. 문 잠가."

"알았어요."

"가시죠."

나와 노 씨 아저씨는 문을 조금만 열고 밖으로 나갔다.

신세민이 바로 문을 닫고 말하는 것이 들렸다.

"사장님! 무사히 돌아오셔야 해요."

* * *

고물상 밖으로 나가자 아수라장이라는 것이 이런 것이구나 싶었다. 멈춰선 차들과 충돌에 의해 부서진 파편들 그리고 차 안에 머리를 박고 있는 사람들.

차 안에서 충돌 충격으로 죽은 것처럼 보였다. 전자기기가 멈추면서 브레이크 페달을 밟아도 작동하지 않으니 이렇게 될 수밖에 없었다.

부서지고 멈춘 차 사이를 통과하다가 노 씨 아저씨가 갑자기 멈추면서 손을 들어 주먹을 쥐는 것이 보였다. 그리고 낮은 목소리로 말했다.

"사장님. 저기."

노 씨 아저씨가 가리킨 곳에는 사람들이 쓰러져 있었다. 그 주위에 아직 마르지 않은 피가 흥건했다.

이건 좀 이상했다. 아무리 봐도 밖으로 나와 누군가에게 죽임을 당한 것처럼 보였기 때문이었다.

그리고 주변에 사람이 없었다. 갑자기 소름이 등줄기를 타고 올라왔다. 죽은 이들을 제외하고 단 한 명도 보이지 않았으니까.

"사장님, 자세를 낮추세요. 누군가 멀리서 보고 있을지도 모릅니다."

노 씨 아저씨가 하는 대로 자세를 낮췄다. 차에 몸이 가려질 정도로.

노 씨 아저씨의 과민 반응일지 모른다. 하지만 조심해서 나쁠 것은 없었다.

"힘드시겠지만……. 이 자세로 빠르게 가겠습니다."

노 씨 아저씨가 먼저 최대한 자세를 낮추고 차 사이를 통과해 식자재 마트 방향으로 달리듯 걸어갔다.

걸어서 10분 거리인 곳이니 5분이면 도착할 수 있다.

흠칫.

기분 나쁜 무언가가 나를 감싸는 것 같은 느낌이 들었다. 나도 모르게 멈췄다.

노 씨 아저씨는 내가 멈춘 것을 앞에서 어떻게 알았는지 바로 멈췄다.

"사장님. 왜 그러십니까?"

"무언가 끈적한 것이 몸을 둘러싸는 것 같은 느낌이 들어요."

"음. 저도 몸이 좀 이상한 것 같기는 합니다만……. 그럴수록 더 빠르게 이곳을 벗어나야 합니다."

"그렇게 하죠."

노 씨 아저씨가 자세를 더 낮춰 움직이려고 했다.

하지만 그럴 수 없었다. 익숙한 목소리가 들렸기 때문이었다.

"이 사장도 능력을 얻었나 보네."

듣기 싫은 목소리.

김규열이 확실했다. 그런데 그 목소리에 몸에 더 끈적한 무언가 둘러싸이는 느낌을 받았다. 몸이 무거워진다.

손만 대면
다 고쳐

2. 빨간 눈과 살인자

손만 대면
다 고쳐

"어떤 능력을 얻었을까? 대부분 움직이지도 못하던데."

능력을 얻었다는 말과 대부분 움직이지도 못한다는 말.

김규열도 돌멩이를 얻은 것일까?

지금 상황으로 봐서는 상대방의 몸을 움직이지 못하게 하는 능력 같았다.

"이 사장… 아니, 이성필 네놈 피 맛은 어떨까 궁금하네. 다른 놈들은 그저 그랬거든. 거기 병신도 데리고 다니네?"

김규열의 목소리를 들을 때마다 몸이 더 무거워진다.

노 씨 아저씨를 보니 아예 못 움직이는 것 같았다.

"궁금하네. 네놈이 얻은 능력은 무엇인지. 왜 대답을 안 해?

잘났다고 꼬박꼬박 말대답하면서 나 무시할 때처럼 해 보라니까."

이러다가는 노 씨 아저씨처럼 진짜 몸을 움직일 수 없을 것 같았다. 어떻게 해서든 이 상황을 벗어나야 했다.

그리고 노 씨 아저씨를 구해야 한다. 도대체 노 씨 아저씨는 아예 움직이지를 못하는 것일까?

어?

노 씨 아저씨 머리 부근에 새로운 붉은색 점이 생겼다.

정확하게 말하자면 귀 부근이다.

혹시나 하는 생각에 자동차 사이드 미러에 내 얼굴을 비치게 했다.

역시나 붉은색 점이 보인다. 얼굴을 슬쩍 돌려 확인하니 다른 쪽에도 있었다.

"뭐 하나?"

제발. 지워져라.

그런 마음으로 손을 올려 오른쪽 귀의 붉은색 점을 만졌다. 그러자 사라지는 붉은색 점.

그리고 무거웠던 몸이 좀 가벼워졌다.

"귀를 만지는 것 다 보여!"

저벅저벅.

당당하게 걸어오는 발소리가 들린다. 그것을 들으며 수많은 생각이 스쳐 지나간다.

그냥 도망갈까?

그럼 노 씨 아저씨는 어떻게 하고.

더군다나 아직 붉은색 점은 하나 더 남아 있다. 몸이 무거워지는 것이 조금 전과는 다르다. 덜 무거워진다고나 할까?

남은 붉은색 점을 사라지게 한다고 해서 도망칠 수 있을까?

아닐 것 같았다.

저 목소리가 들리지 않는 이상 도망가기도 힘들다.

그래서 나는 노 씨 아저씨를 향해 움직였다.

"왜 그 잘난 박애주의로 병신 놈을 살려 보려고?"

이죽거리는 저 목소리.

다시 몸이 무거워지는 것 같았다. 하지만 노 씨 아저씨에게 갈 수는 있었다.

노 씨 아저씨의 귀 부근 붉은색 점을 만지며 조용하게 말했다.

"그냥 듣고만 있으세요. 몸을 움직일 수 있어도 못 움직이는 척해요. 기회를 노려야 해요."

노 씨 아저씨의 눈이 움직였다. 눈을 깜빡인다.

"뭘 그렇게 속닥이나?"

나는 몸을 돌렸다. 그리고 몸을 아주 천천히 일으켰다. 너무 힘들다는 표정을 지으면서.

김규열이 보였다. 그는 이죽거리며 말했다.

"놀라워. 이렇게까지 버틸 수 있다는 것이."

김규열이 놀랍다는 표정을 짓는 것이 보였다. 하지만 내가 더 놀랐다. 분명 어제까지만 해도 통통했었다. 그런데 지금은 그냥 봐도 근육질의 탄탄한 몸이었다.

그리고 손에 들린 일본도.

일본에서 밀수입해서 자랑하듯 보여 준 것이 기억났다.

"당신이 사람들을 죽인 것인가?"

김규열은 비릿하게 웃으며 대답했다.

"내가 죽이긴 했지. 하지만 나만 죽인 것은 아니야."

김규열의 눈동자가 시뻘겋게 변했다. 지난번에 잘못 본 것이 아니었다. 그리고 그때보다 더 진했다.

순간 김규열이 돌멩이를 얻지 못한 것을 알았다. 돌멩이를 얻었다면 눈이 빨갛게 변할 리가 없다. 그렇다면 온전히 사람만 죽여 이 능력을 얻은 것이 분명하다는 생각이 들었다.

"누가 먼저라고 할 것 없이 시작했지. 나도 처음에는 죽을 뻔했어."

김규열은 자신이 들고 있는 일본도를 향해 시선을 돌렸다.

"이게 없었으면 죽었을지도 몰라. 어떻게 보면 네놈에게 감사해야겠지. 이걸 들고 버릇없는 네놈을 죽일 상상을 하며 차에 들고 다녔거든."

다시 나를 향해 시선을 돌리는 김규열.

그리고 일본도를 들어 앞으로 내밀며 소리쳤다.

"한 번에 죽지 마라."

그대로 달려오는 김규열을 보며 삼단봉을 꺼내 들었다. 내게 무기가 있다는 것을 보고 의외라는 표정을 짓지만, 그뿐이었다.

그대로 일본도를 들어 내리쳤다.

특수합금 삼단봉이면 막을 수 있다.

막는 순간 노 씨 아저씨가 반격하게 소리칠 생각이었다.

그런데 믿을 수 없는 일이 일어났다.

서걱.

삼단봉이 그대로 잘리는 순간 몸을 옆으로 틀었다. 그냥 본능이었다. 그것이 목숨을 살렸다. 하지만 완전히 피하지 못해 어깨를 베였다.

"으윽."

저절로 나오는 신음.

화끈한 느낌이 난다. 일본도로 어떻게 삼단봉을 베었는지 당황하는 내 표정을 보며 김규열은 또 이죽거렸다.

"너 한 명도 안 죽였구나."

김규열의 말투는 꼭 사람을 죽여야 하는 것처럼 들렸다. 아니나 다를까 김규열은 자랑하듯 말했다.

"사람을 죽일 때마다 힘이 늘어나지. 그리고 다른 사람을 죽여 힘이 늘어난 사람을 죽일 때는 힘이 더 늘어나고."

김규열이 가볍게 일본도를 대각선으로 긋자 후웅, 하고 바람 가르는 소리가 들렸다.

노 씨 아저씨는 왜 안 움직이는 걸까?

그런 의문을 가질 때 김규열은 계속 말했다.

"한 20명쯤 죽였나? 그러니까 더는 덤비지 않고 도망가더라고."

배와 팔목에 철판을 댔다고 하지만, 안심할 수는 없었다.

노 씨 아저씨만이 희망이다. 이대로는 도망도 못 간다.

금방 따라 잡힐 것 같았다.

나는 뒤로 조심스럽게 물러났다.

김규열은 천천히 걸어왔고.

중간에 노 씨 아저씨를 힐끗 본 김규열은 관심 없다는 듯 나에게 계속 걸어왔다.

노 씨 아저씨가 완벽하게 김규열의 등 뒤에 있는 순간.

스윽.

소리도 나지 않게 노 씨 아저씨가 일어나 달렸다.

철컥.

삼단봉이 펼쳐지는 소리에 김규열은 당황해 몸을 돌렸다.

하지만 이미 늦었다. 노 씨 아저씨의 삼단봉은 빠르게 김규열의 머리를 향해 내려가고 있었다.

퍼억.

정확하게 머리 정가운데를 맞았다.

"으윽. 뭐… 뭐야."

머리가 부서질 줄 알았는데 김규열은 멀쩡했다.

아프기만 한 것처럼 약간 뒤로 물러섰을 뿐.

그리고 난 노 씨 아저씨의 눈도 빨갛다는 것을 볼 수 있었다.

어젯밤 노 씨 아저씨가 했던 말이 기억났다.

자신은 살인자라고.

하지만 김규열만큼 진한 붉은색은 아니었다.

"병신 새끼가."

김규열이 일본도를 휘둘렀다. 노 씨 아저씨는 가볍게 피하면서 삼단봉으로 김규열의 다리를 때렸다.

"너 병신 아니었어?"

다리를 때렸는데도 멀쩡하게 뛸 수 있다.

"그래. 계속해 봐."

노 씨 아저씨가 일본도를 피하며 어깨와 다리를 계속 때린다.

거의 신기에 가까운 싸움 실력 같았다.

그런데 어느 순간부터 노 씨 아저씨의 움직임이 둔해지는 것 같았다.

노 씨 아저씨 귀 근처에 다시 붉은색 점이 생기기 시작한 것이 얼핏 보였다.

"하하. 그렇지. 어떻게 한 것인지 모르겠지만……. 다시 움직이지 못할 거야."

김규열도 눈치챈 것 같았다.

서걱.

"크윽."

노 씨 아저씨의 배 부근이 베였다.

철판도 잘라낸 것 같았다.

"이 병신 새끼……. 아주 갈기갈기 찢어 줄게."

노 씨 아저씨와 눈이 마주쳤다. 노 씨 아저씨는 순식간에 김규열을 피해 내 앞으로 왔다.

"사장님. 피하세요. 제가 시간을 벌게요."

김규열은 어이가 없다는 표정을 지었다.

"시간을 벌어? 어떻게? 이성필 저놈도 못 움직이게 될 텐데."

"사장님!"

노진수는 있는 힘껏 소리쳤다.

이성필이 어떻게 했는지 몰라도 김규열의 속박에서 벗어날 능력이 있다는 것을 알기 때문이었다.

그것을 말할 수는 없어도.

노진수는 지금 죽는다 해도 여한이 없었다. 죽지 못해 산 삶이었다. 잠시나마 따뜻했던 그 삶을 준 이성필이 살아남기를 바라는 마음이었다.

"어서 가요."

김규열이 비릿하게 웃으며 다가오고 있었다.

나는 노 씨 아저씨를 버리고 갈 수 없었다. 버리고 간다면 평생 죄책감에 시달릴지도 모르니까.

김규열을 어떻게 막아야 하나?

그런 생각을 할 때 김규열의 목젖 부근에 붉은색 점이 보였다.

도박을 해야 할 것 같았다.

어차피 김규열을 죽이지 못하면 죽는다.

"노 씨 아저씨. 한 번만 막아 주세요."

내 말에 노 씨 아저씨는 안 된다는 말을 하지 않았다.

그냥 고개만 끄덕였을 뿐.

"뭐를 막아?"

노진수는 이성필의 말대로 할 생각이었다.

이성필에게 어떤 계획이 있다고 믿었다.

저 일본도를 막을 수는 있다. 하지만 아무런 대가 없이 막을 수는 없었다.

노진수는 삼단봉을 고쳐 잡았다.

"병신 새끼."

김규열의 눈.

나는 김규열이 은근 경계하고 있다는 것을 알았다.

김규열은 상대방을 경계할 때 눈을 옆으로 굴린다.

자주 봐 와서 안다.

김규열을 방심하게 만들어야 할 것 같았다. 그래야 기회가 온다.

마음을 단단히 먹었다. 사람만 안 죽였지 야생 동물 사냥은 수없이 해 봤다. 저놈은 사람이 아닌 짐승이다. 이렇게 마인드 컨트롤하며 말했다.

"인제 보니 재산 때문에 아버지를 죽였다는 소문이 사실이네. 호로자식."

김규열이 가장 싫어하는 말이 호로자식이었다. 평소에 김규열을 싫어하던 편의점 오진수 사장이 그가 있는 줄도 모르고 호로자식이라고 욕했다가 난리가 났었다.

그리고 호로자식이란 말에 김규열은 바로 반응했다.

"호로자식? 이런 개새끼가!"

김규열은 흥분하면서 달려왔다. 그리고 일본도를 높이 들었다.

"비켜 병신 새끼야."

노 씨 아저씨는 막을 것처럼 자세를 잡았다.

"너부터 베고 저 새끼 죽인다."

후웅.

노 씨 아저씨가 삼단봉을 들어서 일본도를 막는다.

그런데 그냥 막는 것이 아닌 것 같았다. 일본도가 미끄러지는 것 같았다. 하지만 김규열의 힘이 더 강했는지 삼단봉이 잘렸다.

그때 노 씨 아저씨가 왼팔을 들었다.

"으윽."

일본도가 반쯤 노 씨 아저씨의 팔에 박혔다.

잘린 삼단봉과 팔에 찬 철판이 없었다면 잘렸을지도 모른다.

당황하는 김규열의 모습이 보였다.

나는 잘린 삼단봉을 들고 개구리가 점프하듯 바닥을 박차고 뛰었다.

푸욱.

"커윽."

김규열은 눈을 크게 뜨고 믿을 수 없다는 표정을 지었다. 하지만 말을 할 수 없었다. 잘린 삼단봉의 날카로운 부분이 그의 목젖을 뚫은 상태다.

피를 흘리며 꺼억거리는 그를 향해 말했다.

"김규열 씨 당신은 항상 당신이 잘나고 옳은 줄 알았죠. 내가 아니었더라도 당신은 얼마 못 버티고 죽었을 겁니다. 미안하다는 말은 하지 않겠어요. 나를 죽이려 한 사람에게 미안해할 만큼 좋은 사람이 아니라서요."

나는 삼단봉을 놨다. 그러자 김규열은 그대로 뒤로 넘어가 쿵, 하는 소리와 함께 땅에 누웠다.

커억거리던 김규열은 곧 숨을 쉬지 않았다.

그때 내 몸에 무언가 들어오는 것 같은 느낌을 받았다. 그리고 마치 푹 자고 난 후의 상쾌함 같은 것도.

순간 일본도에 베인 왼쪽 어깨 부근이 아프지 않았다. 설마 하는 생각에 슬며시 왼쪽 팔을 들었다. 신기하게도 제대로 올라갔다.

김규열의 말이 생각났다.

'사람을 죽일 때마다 힘이 늘어나지.'

이 말이 사실이었다. 그리고 필립의 책에 쓰인 다섯 번째 꿈에서 왜 사람들이 서로를 죽였는지도 이해가 간다.

"노 씨 아저씨 괜찮아요?"

노 씨 아저씨는 팔에 박힌 일본도 보다 내가 더 신기한 것처럼 보고 있었다.

"사장님. 어떻게 김규열이의 몸에 삼단봉을 박아 넣으실 수 있었습니까?"

"그게……. 설명하기 좀 그러네요. 그리고 일본도 빼야 하지 않나요?"

"알겠습니다. 나중에 말해 주십시오."

노 씨 아저씨는 일본도가 박힌 팔을 내밀었다.

나 보고 빼라는 것 같았다.

나는 어색한 표정을 지으며 일본도를 뺐다. 피가 튀었다.

"응급 처치 좀 할게요."

철판을 분리하고 옷을 찢었다. 그런데 노 씨 아저씨 상처 부위에 붉은색 점이 또 보였다.

4개였다.

나는 붉은색 점 한 개를 손으로 만져 지웠다. 그러자 피가 멈췄다.

"사장님. 어떻게 하신 겁니까?"

"잠시만요."

나머지 3개 중 2개를 더 지울 수 있었다. 마지막 1개는 완전히 지워지지 않았다.

대신 신기한 일이 일어났다.

베였던 상처가 아물기 시작한 것이다.

노 씨 아저씨는 놀란 표정을 지었다.

나도 놀랐다.

"사장님의 능력은 수리뿐만 아니군요. 치료도 가능한 것 같습니다."

"그런 것 같네요."

한숨이 나온다.

"진짜 멸망이 시작된 것 같네요."

"네. 사장님. 이제는 그 누구도 쉽게 믿을 수가 없습니다. 왜 이런 일이 일어났는지 모르겠습니다. 하지만 힘이 곧 권력인 세상이 될 것입니다."

나도 노 씨 아저씨와 같은 생각이었다.

"사장님, 정말 조심하셔야 합니다. 사람을 죽여 힘을 얻을 수 있다면 얼마든지 죽일 수 있는 것이 사람이니까요."

노 씨 아저씨는 내게 충고 비슷하게 하며 바닥에 떨어진 김규열의 일본도를 집어 들었다.

"가시죠."

우리는 다시 식자재 마트를 향해 발걸음을 옮겼다.

* * *

이성필과 노진수가 김규열을 죽이고 사라지자 어디선가 세 명의 남자가 나타났다.

"저 새끼들 뭐냐?"

"그러게? 칼도 안 들어가는 이 새끼를 어떻게 죽였대?"

세 명의 남자가 말하는 칼도 안 들어가는 사람은 김규열이었다.

세 명이서 덤볐다가 죽을 뻔했다. 김규열의 몸에는 칼이 안 박히기 때문이었다. 조금 더 힘을 키운 다음 상대할 생각으로 도망갔다.

그리고 우연히 이성필 그리고 노진수가 김규열과 싸우는 것을 봤다.

“저 새끼들, 혹시 약점을 보는 것 아닐까?”

“미친 새끼. 그게 가능하냐?”

농담처럼 한 말에 다른 남자가 구박을 하자 말한 남자는 머리를 긁적였다.

“그렇겠지? 하지만 어떻게 죽인 거야?”

세 남자는 이성필이 진짜로 김규열의 약점을 보는 줄은 몰랐다.

이성필은 김규열의 목젖 부근 붉은색 점을 찌른 것이니까.

“어쨌든 이 새끼 힘을 얻은 놈이니까 조심하자고.”

세 명이 덤벼도 안 되는 김규열이었다. 그 힘을 이성필이 가졌으니 당연히 조심해야 했다.

이성필과 노진수는 세 명의 남자가 이런 이야기를 하는 줄도 모르고 식자재 마트 앞에 도착했다.

하지만 식자재 마트에 들어갈 수는 없었다.

처음 보는 무엇인가가 지키고 있었기 때문이었다.

“이건 또 왜 이래?”

“장미꽃 같습니다. 사장님.”

“그런 것 같네요.”

식자재 마트 앞에 거대한 붉은색 장미꽃이 있었다. 높이 3m 정도의 아름드리나무와 비슷했다. 그리고 수십 가닥의 가시 채찍을 나풀거렸다.

짜악!

가시 채찍이 땅을 사정없이 때리는 소리다. 콘크리트 바닥이 움푹 파일 정도의 힘이었다.

"저 거대한 장미를 어디서 본 것 같은데……."

"어디서 저런 것을 보셨습니까?"

노 씨 아저씨의 질문에 갑자기 생각났다.

"아! 뒷장."

"뒷장이요?"

"네. 제가 책 이야기했었잖아요. 그 책 내용 중에 그림이 있는 페이지가 있어요."

"그렇군요."

"책을 다 읽어 봤으면 저것이 무엇인지 알 수 있었을 텐데요."

책을 고물상에 놔두고 온 것이 아쉬웠다.

"어쩔 수 없다고 생각합니다. 사장님. 지금은 저 장미꽃을 지나야 식자재 마트에 들어갈 수 있을 것 같습니다. 입구를 딱 막고 있으니까요."

"네."

"그럼 제가 앞장서겠습니다."

노진수는 일본도를 단단히 잡았다. 자신의 살인 기술이 이성필에게 도움이 될 줄 알았다.

그런데 도움은커녕 도움을 더 받는 것 같았다.

이번에는 이성필을 위험에 빠지지 않게 하려는 마음이었다.

마음을 가다듬었다. 그리고 집중했다.

저 장미꽃의 채찍이 어느 방향에서 어떻게 날아오는지를 정확하게 파악해야 하기 때문이었다.

노진수는 조심스럽게 한 발 한 발 다가갔다.

장미꽃이 자신을 쳐다보는 것을 느꼈다. 다른 곳을 향하던 꽃봉오리가 이쪽으로 향했으니 확실했다.

"조심해요."

노 씨 아저씨를 노리는 듯한 장미꽃.

눈도 없는 것이 나와 노 씨 아저씨를 쳐다보는 것 같아 소름이 오소소 돋는다.

이제 노 씨 아저씨가 가시 채찍 범위 근처까지 도달했다.

짜악.

가시 채찍이 노 씨 아저씨 발 앞에 떨어졌다. 한 발자국만 더 갔다면 두들겨 맞았을 것이다.

"그냥 멀찍이 돌아서 갈까?"

거대 장미가 입구를 떡하니 지키고 있다고 해서 식자재 마트에 못 들어가는 것은 아니다. 뒷문이나 천장을 뚫고 들어가도 된다.

굳이 위험을 감수하지 않아도 되지 않나 싶었다.

노 씨 아저씨를 부르려는 순간.

노 씨 아저씨가 한 발자국 앞으로 나갔다.

그리고 한 발자국 앞으로 나가는 순간 기다렸다는 듯이 가시 채찍이 노 씨 아저씨를 향해 날아들었다.

노 씨 아저씨가 반사적으로 일본도를 휘두르고.

서걱.

쉽게 잘리는 가시 채찍을 보며 안심했다. 잘하면 장미꽃 괴물을 해치울 수 있을 것 같았기 때문이었다. 그리고 가시 채찍이 생각보다 느리게 날아오는 것 같았다.

"붉은색 점이 어디 있다고 알려 줄 필요도 없겠네."

가시 채찍에도 붉은색 점이 있었다. 약점처럼 보였다.

더 잘 잘리는 곳이거나.

노 씨 아저씨가 여유 있게 가시 채찍을 자르며 한 걸음씩 전진했다.

거대 장미가 위기를 느꼈는지 이번에는 세 가닥의 가시 채찍이 날아들었다.

앞에서 하나, 옆에서 두 개.

하지만 노 씨 아저씨는 일본도를 더 빠르게 휘두르는 것만으로 가시 채찍을 쉽게 잘랐다.

짧아진 가시 채찍은 더 자라지 않는 것 같았다. 이제 열 발자국 정도만 다가가면 거대 장미의 몸통에 다다를 수 있다.

파이팅!

나는 속으로 소리쳤다.

본체만 베어 내면 아무리 괴물이라도 죽을 것이 분명했다.

노 씨 아저씨가 거대 장미에게 다가갈수록 채찍의 속도는 빨라졌다. 하지만 노 씨 아저씨도 만만치 않았다. 일본도를 휘두르는 속도가 빨라졌다.

거의 순간 반응 수준 같았다. 인간이 저렇게 하는 것도 가능하구나. 그런 생각이 들었다.

아니면 노 씨 아저씨가 받은 훈련 때문에 그럴지도.

이제 한 다섯 걸음 남았나?

어?

그런데 노 씨 아저씨가 갑자기 휘청하는 것이 보였다.

"위험해요!"

가시 채찍이 날아오는 것을 보지 못한 것 같았다.

내 외침에 노 씨 아저씨가 반응하는 것 같지만 늦었다.

가시 채찍에 손목을 맞았는지 일본도가 하늘 높이 날아올랐다.

그리고 내 앞에 떨어졌다.

그사이 노 씨 아저씨는 필사적으로 가시 채찍을 피하다가 결국, 가시 채찍에 휘감겼다.

빠져나오려고 애를 쓰고 있다.

제발.

동축 케이블도 늘려 버리는 힘으로 가시 채찍을 풀고 나와요.

하지만 이건 내 바람일 뿐인 것 같았다.

추욱 늘어지는 노 씨 아저씨.

거대 장미는 봉오리를 열었다. 그리고 노 씨 아저씨를 봉오리 안으로 넣는 것이 보였다.

나는 내 앞에 떨어진 일본도를 주웠다.

이대로 노 씨 아저씨를 죽게 둘 수는 없었다.

내 눈에는 거대 장미의 약점인 붉은색 점이 보인다.

일본도를 양손으로 쥐고 뛰었다.

쉬익.

노 씨 아저씨에게만 신경 쓰는 줄 알았는데 가시 채찍이 날아온다. 상관없다. 힘을 줘서 일본도로 막았다.

서걱.

가시 채찍이 그냥 잘려 날아간다. 자신감을 더 얻은 나는 일본도를 사방으로 마구 휘두르며 달렸다.

힘으로 그냥 휘두르는 것이다. 대신 나도 놀랄 정도로 속도가 빨랐다.

가시 채찍은 나를 때리려다가 잘려 나갔다.

조금만 더 가면 거대 장미의 몸통에 다다를 것 같았다.

그런데 갑자기 장미 향이 진하게 풍기는 것이 아닌가.

마치 실수로 향수병을 쏟은 것처럼 장미 향이 진동했다.

"으윽."

장미 향을 맡는 순간 머리가 어지러워지며 휘청거렸다.

순간적으로 생각나는 것이 있었다. 고농도의 향을 흡입하게 되면 신경계를 마비시킬 수도 있다는 것. 그리고 잠시의 휘청거림은 날아드는 가시 채찍을 막을 수 없었다.

나도 노 씨 아저씨처럼 일본도를 놓칠 수밖에 없었다. 그리고 다른 가시 채찍이 몸을 휘감았다.

마치 뱀이 먹이를 휘감아 조여 숨통을 끊으려 하는 것처럼.

머리는 더 어지러워지고 힘이 빠지기 시작했다. 하지만 거대 장미의 가시 채찍이 몸에 두른 철판을 찌그러뜨릴지언정 뚫고 들어오지 못하는 것을 알았다.

희한하게 철판을 두르지 않은 피부도 가시가 뚫지 못하고 있다.

그렇다고 몸을 휘감은 가시 채찍에서 벗어날 수 있는 것은 아니었다. 몸에 힘이 안 들어간다. 그냥 버둥거리는 것이 다였다.

노 씨 아저씨가 왜 그렇게 무력하게 잡혔는지 알 것 같았다.

목소리도 안 나온다.

거대 장미 봉우리가 활짝 열렸다. 나를 노 씨 아저씨처럼 봉우리 안으로 넣으려는 것이다.

봉우리 입구까지 들어 올려졌다.

"우욱."

거대 장미 봉우리 안을 보자마자 욕지기가 올라왔다. 그 안에는 서서히 녹아 가는 사람들이 있었다.

노 씨 아저씨도 있었다. 하지만 노 씨 아저씨는 녹지 않고 있었다.

옷과 철판은 녹는 것 같은데.

하지만 시간이 더 지나면 어떻게 될지 모른다.

천천히 녹아 버릴 수도.

의식이 있는 상태에서 녹아 버리는 것을 느낀다면…….

어떻게든 벗어나 보려고 했지만 몸에 힘이 거의 들어가지 않았다. 몸을 약하게 틀고 손을 간신히 움직일 수 있는 정도밖에.

장미 향이 원인이라고 생각할 수밖에 없었다.

절망적이다. 뾰족한 수가 없었다. 그대로 장미 봉우리 안으로 들어가지고 있다.

거꾸로 머리부터 들어가면서 점점 가까워지는 거대 장미 내부의 액체를 보며 숨을 크게 들이마셨다.

녹아내리는 것보다 숨을 못 쉬어 죽을 수도 있으니까.

하지만 숨과 함께 장미 향을 더 많이 들이마셨다. 눈앞이 핑 도는 것 같은 느낌을 받으며 잠이 들 것만 같았다.

몸에서 힘이 더 빠진다. 내 몸이 추욱 늘어지는 것이 느껴졌다. 애써 마신 숨도 소용이 없게 됐다.

몸이 액체에 들어가는 것을 느끼며 의식이 희미해졌다.

그런데 액체 안에 정말 붉은 장미꽃이 있었다. 그리고 그것이 붉은색 점 같았다. 나도 모르게 손을 뻗었다. 붉은색 점을 향해.

* * *

"사장님! 정신 좀 차려 보세요. 사장님."

누군가 내 뺨을 톡톡 치는 것 같았다. 악몽을 꾼 것 같은 느낌이 들었다. 그리고 더 자고 싶은데 누가 깨우나 싶기도 하고.

순간 정신이 번쩍 들었다. 분명 거대 장미에게 붙잡혀 죽기 직전이었다.

"누구?"

눈을 뜬 나는 내 뺨을 때리던 사람이 누구인지 알 수 있었다.

"사장님……."

눈물을 글썽이며 나를 쳐다보는 사람은 정수였다.

나에게 돌멩이를 준 할머니의 손자 김정수.

"정수야. 할머니는?"

습관처럼 묻는 내 질문.

가끔 정수가 몸이 안 좋은 할머니 대신 폐지와 고철을 가지고 와서 팔았다. 그때마다 할머니 안부를 물었다.

하지만 지금은 이 질문이 좋지 않았다.

"흑."

바로 눈물을 흘리는 정수.

답을 듣지 않아도 어떤 일이 일어났는지 알 것 같았다. 그대로 몸을 일으켜 앉으려 했다. 그런데 손에 무언가 들려 있었다.

장미꽃 한 송이.

마지막에 장미꽃을 향해 손을 뻗은 것이 환상이 아니었다는 생각을 할 때 정수가 말했다.

"사장님 할머니의 복수를 해 주셔서 감사해요."

"복수?"

장미꽃을 손에 쥔 상태로 일어나 앉았다. 그리고 윗몸에 간신히 걸쳐 있던 옷과 철판이 떨어져 나갔다. 하지만 몸은 멀쩡했다.

어쩌다 보니 상탈이 되어 버렸지만, 그게 중요한 것이 아니다.

"정수야. 복수라니?"

"사장님이 괴물 안으로 들어가자마자 갑자기 괴물이 발버둥 치더니 녹아서 사라졌어요."

정수 눈에는 녹아서 사라진 것처럼 보였던 것 같았다. 하지만 나는 어렴풋이 알 것 같았다. 내 손에 들린 장미꽃이 그 괴물이었다.

그리고 내 능력으로 장미꽃을 원래대로 돌린 것이 분명했다.

장미꽃을 잠시 바라볼 때 정수가 울먹이기 시작했다.

"괴물이 할머니를 집어삼켰어요. 나 때문에……."

김정수는 자신을 밀치며 거대 장미에게 대신 붙잡힌 할머니를 생각하며 이내 울음을 참지 못했다.

"무서워서. 할머니가 붙잡힌 것을 보고도 난… 난……."

고개를 숙이는 정수를 보며 난 손을 들어 머리를 쓰다듬어 줬다.

"무서운 것은 당연해. 사실 나도 무서워."

내가 무섭다는 말에 고개를 드는 정수. 믿지 못하겠다는 눈빛이었다.

"사장님은 괴물과 싸웠잖아요."

"보고 있었어?"

다시 고개를 숙이며 조그마한 목소리로 정수는 말했다.

"네. 멀리서요."

"싸운다고 해서 안 무서운 것은 아니야."

사실이다. 단지 이 상황을 냉정하게 바라보고 최선을 다하려는 것뿐이다. 하루아침에 세상이 변해 버렸다. 안 두렵다면 거짓말이다.

"진짜요?"

"그래. 하지만 난 어른이고 정수 너는 아직 학생이잖아."

정수는 이제 15살인 중학교 2학년이다.

한참 투정 부리고 자기 멋대로 하고 싶은 나이이다. 그런데도 할머니와 둘이 살면서 그 나이 또래와는 다르게 철이 일찍 들었다.

그래도 아이는 아이다.

"무서운 것을 꾸욱 참는 훈련이 되어 있는 것뿐이야."

정수는 고개를 끄덕이며 이해하는 것 같았다.

"네. 그런데 저기……."

정수가 무언가를 말하기 전에 갑자기 생각나는 한 사람.

"노 씨 아저씨는?"

"노 씨 아저씨요?"

"어. 나와 함께 싸우던……."

정수는 내 뒤를 가리켰다.

"노 씨 아저씨인지는 모르겠는데요. 저기 벌거벗고 있는 분은 있어요."

나는 고개를 돌렸다.

진짜 벌거벗고 있는 남자가 보였다. 머리카락도 없는 완벽한 대머리까지.

내 생각에는 다 녹아 버린 것 같았다.

나보다 조금 더 일찍 장미 봉우리 안에 들어가서 그런 것 같았다.

"으윽."

노 씨 아저씨일까?

일어난 벌거벗은 대머리 남자는 머리를 흔들더니 나를 쳐다봤다.

그리고 반가운 표정으로 말했다.

"사장님!"

노 씨 아저씨가 맞다. 그런데 거의 폐인 같이 보이게 했던 더부룩한 머리와 수염이 사라진 노 씨 아저씨는 완전 다른 사람이었다.

말끔하게 생긴 30대 중후반 정도로 보였다.

과하지 않은 근육질 몸매에.

"괜찮으십……."

노 씨 아저씨는 일어나다가 자신이 벌거벗고 있다는 것을 안 것 같았다.

엉거주춤하며 중요한 곳을 가릴 줄 알았다. 하지만 노 씨 아저씨는 아무렇지 않은 듯 걸어왔다.

"이거 장미 괴물 액에 옷이 다 녹아 버린 것 같습니다. 하하."

웃음이 좀 어색해 보이는데.

노 씨 아저씨는 나에게 걸어오다가 주위를 두리번거리더니 일본도를 찾아 손에 들었다.

"정수, 오래간만이네."

"어……. 저기……. 노 씨 아저씨 맞으세요?"

"맞아."

"그런데 중요한 부분은 좀 가리는 것이……."

내가 하고 싶은 말이야.

"음. 일단 대충 가릴게."

노 씨 아저씨는 주위를 둘러보더니 말했다.

"마침 의류 수거함이 있네요. 옷 좀 찾아 입고 오겠습니다. 사장님."

"그러세요."

노 씨 아저씨가 의류 수거함으로 가자 정수는 나에게 할 말이 있는 것처럼 보였다.

"저기 사장님……."

"왜?"

"드릴 말씀이 있는데요."

"뭔지 모르지만, 말해 봐."

정수는 용기 내서 말하는 것 같았다.

"할머니가 사장님 찾아가라고 하셨어요."

"언제?"

"그게……. 할머니하고……."

정수는 할머니가 거대 장미의 채찍에 휘감겨 꽃봉오리에 삼켜지면서 나를 찾아가라고 소리친 것을 말해 줬다.

나에게 몸을 의탁하라는 것이겠지.

"그래?"

"네. 할머니 말처럼 사장님에게 가도 될까요?"

정수의 말에 나는 쉽게 결정할 수가 없었다. 이런 세상에서 누군가를 돌본다는 것은 어려운 일이다. 그리고 정수가 사람을 안 죽였다고 장담할 수 없었다.

식자재 마트와 가까운 뒤편 허름한 빌라에 살고 있다고 하지만, 할머니와 둘이서 살아남았다.

그곳에도 사람들은 있었을 것이다.

"먼저 물어볼 것이 있어."

"네."

"여기까지 할머니하고 둘이서 어떻게 왔니?"

정수가 당황하는 것이 보였다.

당황하는 정수를 유심히 살폈다.

그것도 눈을.

살인자라면 눈이 빨갛게 변할 것이다.

하지만 다행스럽게도 눈동자가 빨갛게 변하지는 않았다. 일단 사람은 안 죽인 것 같았다.

"저기… 사장님은 믿을 수 있으니까요. 말해 드릴게요. 사실 제 생일날 할머니가 선물이라고 태블릿 PC하고 예쁜 초록색 돌멩이를 주셨어요."

"돌멩이? 혹시 보석 비슷하게 생겼고, 안에 기다란 실지렁이 같은 것이 들어 있는?"

"보석 비슷한 것 같기는 했는데요. 실지렁이인지는 모르겠어요. 무언가 있는 것 같아요."

"그 돌멩이 어디 있는데?"

정수는 머뭇거리다가 대답했다.

"사라졌어요. 할머니가 태블릿 PC 주신 것에 너무 기뻐서 방방 뛰다가 그 돌멩이에 손을 베였거든요. 그리고 돌멩이에서 무언가 제 몸으로 들어왔어요."

할머니가 주운 돌멩이는 하나가 아니었다.

파란색은 나에게 주고 초록색은 정수에게 준 것 같았다.

"그리고 아팠고?"

"네. 좀 아프긴 했어도 별 이상 없어서 병원에는 안 갔어요."

병원에 갈 돈이 없어서 안 간 것이다.

"그리고 신기하게 몇몇 벌레가 제 말을 듣더라고요."

정수는 곤충을 좋아한다. 그리고 곤충학자가 되기를 희망했다. 할머니가 정수 이야기를 많이 해서 알고 있었다.

"무서운 사람들을 피할 수 있게 도와줬어요."

"어떻게?"

"바퀴벌레는 어디로 피할지 알려 주고요. 벌은 그래도 쫓아오는 사람들을 공격했어요."

그냥 필사적으로 도망치는 할머니와 정수가 머릿속에 그려졌다.

몇백 미터 거리라 해도 여기까지 오는 것이 쉽지 않았을 것 같았다.

"혹시 나를 찾아오는 길이었니?"

말없이 고개를 끄덕이는 정수. 할머니라면 그랬을 것 같았다.

"저기 사장님, 도와주세요. 뭐든지 할게요."

똑똑한 정수는 내가 망설이는 것을 눈치챈 것 같았다. 망설일 수밖에 없었다. 돌멩이를 통해 능력을 얻으면 눈이 붉어지지 않는 것 같았다.

김규열을 죽인 내 눈이 붉어지지 않았다는 것을 오면서 자동차 사이드 미러로 확인했었다.

그러니 정수가 살인을 했는지 안 했는지 모른다는 것.

이런 내 고민을 모르는 정수는 본능적으로 자신이 살려면 나의 보호를 받아야 한다고 생각하는 것 같았다.

"저 청소도 잘하고요. 밥도 할 수 있어요."

간절한 눈빛을 보내는 정수를 보며 입술을 굳게 다물었다. 정수는 내가 거절하는 줄 알았는지 필사적으로 말했다.

"저 소설하고 영화를 많이 봐서 제 능력이 사장님에게 도움이 된다는 것 알아요. 약속할게요. 사장님 말에는 무조건 복종하고 제 능력을 사장님을 위해서 사용할게요."

하기는 요즘 시대에 중학교 2학년이라고 해서 너무 어리게만 보면 안 된다. 이런 멸망하는 지구에 대한 영화나 소설은 생각보다 꽤 많다. 자연스럽게 이 상황을 받아들일 수 있는 기반이 있다고나 할까?

"벌레나 곤충 모아서 주변 경계할 수도 있어요. 벌을 키우면 꿀도 먹을 수 있어요. 나쁜 사람들 공격도 가능하고요. 절대 사장님 공격은 안 해요. 약속할게요. 믿어 주세요."

피식 웃음이 나왔다. 거대 장미의 가시 채찍도 몸을 뚫지 못했다.

벌 따위가 공격해도 아무런 피해를 주지 못한다.

현재 정수가 나를 어떻게 할 능력이 되지 못한다는 것이다. 또한, 정수의 능력이면 도움이 많이 될 것 같았다.

필립의 책 내용대로라면 어차피 돌멩이로 인해 능력을 얻은 사람들과 힘을 합쳐서 싸워야 했다.

"사장님 여기 윗옷 입으세요."

노 씨 아저씨가 옷을 가져왔다. 나는 옷을 받으며 물었다.

"노 씨 아저씨는 어떻게 생각하세요?"

"어떤 것을 말이십니까?"

"정수를 데리고 가는 것이요."

노 씨 아저씨는 웃으며 말했다.

"그건 제가 판단할 일이 아닌 것 같습니다. 사장님께서 판단하실 일입니다. 저는 그대로 따를 뿐이고요."

노 씨 아저씨도 의견을 냈으면 좋겠다는 생각이었는데.

"아직 어린 정수를 그냥 두고 갈 수는 없다고 생각해요."

"그러실 줄 알았습니다. 사장님."

내 말을 들은 정수는 너무 좋은지 양팔을 번쩍 들었다.

"만세!"

"아직 좋아하기는 이르다. 정수야."

팔을 내리며 시무룩한 표정으로 묻는다.

"왜요?"

"한 가지 약속을 해야 해."

침을 꿀꺽 삼키며 고개를 마구 위아래로 흔드는 정수.

나는 웃으며 말했다.

"앞으로 사장님 말고 성필 형이나 그냥 형이라고 불러라."

나는 정수가 바로 대답할 줄 알았다. 하지만 아니었다.

"형이요?"

"그래. 형. 아직 결혼도 안 했는데 사장님이라고 부르면 나이 들어 보인다."

"음. 그건 아닌 것 같아요. 사장님이 싫으시면 보스는 어떠세요?"

"보스?"

"네. 그래야 저도 정신 똑바로 차릴 것 같아요."

생각보다 더 똑똑하면서 강한 아이라는 생각이 들었다. 자신이 선을 넘지 않으려 하는 것이다. 어떻게 보면 안쓰럽기도 했다.

지금까지 할머니와 둘이서 살아온 세상은 정수에게 마냥 너그럽지 않았다. 일종의 처세술 같았다.

이것을 이해하는 것은 나 역시 부모님이 돌아가시고 할머니 손에 컸기 때문이었다.

"사장님보다는 보스가 어울릴 것 같아요."

"조직 두목 된 것 같은데."

이상하다고 생각했는데 노 씨 아저씨는 아닌 것 같았다.

"사장님보다 보스가 더 어울립니다. 보스!"

"아저씨!"

노 씨 아저씨는 굳은 표정으로 말했다.

"보스. 이런 세상에서 하나의 구심점이 있어야 합니다. 저는 무조건 보스를 따를 생각입니다. 정수도 세민이도 보스를 따르는 이들입니다."

그래도 무슨 조직 두목 같잖아.

"저기 보스가 싫으시면 대장님은 어때요? 노 씨 아저씨도 부하고 저도 부하니까요."

대장이란 어감은 괜찮은 것 같았다.

"그럼 대장으로 하죠. 어때요 노 씨 아저씨?"

"흐음. 네. 대장님으로 하시죠."

"저도 대장님이라고 부를게요."

"그래라."

나는 한숨을 쉬며 일어났다.

"읏차."

일어나서 보니 다행히 바지는 멀쩡했다. 노 씨 아저씨가 준 윗옷을 입었다.

"지금부터 식자재 마트를 털러 가죠."

눈치 빠른 정수가 소리쳤다.

"네. 제가 카트 가지고 올게요."

정수는 카트를 가지러 뛰어갔다. 그리고 카트 2개를 끌고 왔다.

"왜 2개야? 3개 가지고 와야지."

"대장님은 지시를 하시고 노 씨 아저씨하고 저는 담아서 끌고 다녀야죠."

웃으며 이야기하지만, 나는 벌써부터 눈치를 보는 정수의 행동이 좀 그랬다. 마음이 아린다. 하지만 지금은 가여워하고 그럴 상황이 아니었다. 애써 마음을 다잡으며 말했다.

"안에 사람이 있으려나?"

그러자 정수가 대답했다.

"없어요."

"어떻게 알아?"

"얘가 알려 줬어요."

정수가 가리키는 곳에는 바퀴벌레 한 마리가 있었다. 편리한 능력이라는 생각이 들었다.

"그럼 우리가 식자재 마트 안에 있을 때 누군가 오는 것도 알려 줄 수 있니?"

"네. 대장님!"

정수가 손짓하자 어디선가 우르르 몰려나오는 바퀴벌레들이 보였다. 정수는 쪼그려 앉아 바퀴벌레들에게 말했다.

"주변에 퍼져 있다가 누군가 오면 알려 줘."

더듬이를 파르르 떤 바퀴벌레들은 사방으로 흩어졌다.

"대장님 명령을 수행했습니다."

노 씨 아저씨는 징그럽다는 표정을 지었다.

나는 당당하게 말하는 정수의 머리를 한번 쓰다듬어 준 다음 바로 식자재 마트 안으로 들어갔다.

* * *

식자재 마트 안은 생각보다 깨끗했다. 몇몇 진열대는 무너져 상품이 이리저리 흐트러져 있긴 했다. 하지만 이런 난리에 이 정도는 깨끗한 편이다.

"사람들이 안 왔나 보네."

내가 궁금하다는 듯 말하자 정수가 그 궁금증을 풀어 줬다.

"사람들 왔었어요."

"그래?"

"네. 하지만 그 괴물이 모두 먹어 치웠어요."

"안에 있던 사람들은?"

"그건 잘 모르겠어요."

정수도 식자재 마트 안에 사람이 있었는지는 모르는 것 같았다. 어떻게 보면 거대 장미가 식자재 마트를 지켜 준 셈이 됐다.

얻는 것이 있으면 잃는 것이 있다. 어렵다고 피하지 않고 뛰어넘으면 극복한다. 만약 거대 장미가 없었다면 식자재 마트는 사람들에 의해 약탈당했을 것이다.

또한 거대 장미를 피했다면 식량을 구하지 못했고.

식자재 마트에 들어오면서 바지 뒷주머니에 꽂아 놓은 장미꽃이 은근 신경 쓰였다. 하지만 지금은 꽃 그 이상은 아니니 걱정하지는 않았다.

"정수 너는 통조림 같은 보존 식품 위주로 담아라."

"네. 대장님."

"노 씨 아저씨는 생수 같은 것을 찾아 주세요. 전 쌀을 찾을게요."

"네. 대장님."

정수가 먼저 카트를 밀며 달려 나갔다. 마치 열심히 한다는 것을 보여 주려 하는 것처럼.

노 씨 아저씨는 생수 있는 곳으로 갔다.

나는 쌀이 있는 곳을 찾았다. 잘만 보관하면 몇 개월은 그냥 먹을 수 있는 것이 쌀이다. 20kg짜리 쌀이 30포대 정도 있었다. 이것을 5포대 정도 옮겼다. 아무래도 카트 하나 더 가지고 와야 할 것 같았다.

쌀 포대를 들면서 확실하게 느낀 것은 힘도 세졌다는 것이다. 원래도 40kg 쌀 포대를 한 손으로 들기는 했다.

하지만 이렇게 쉽게 들지는 못했다.

슬쩍 정수를 쳐다봤다.

"정수야!"

"네. 대장님."

어느새 카트를 가득 채운 정수가 달려 왔다.

"여기 쌀 포대 한 손으로 들어 봐."

정수는 말도 안 된다는 눈빛으로 잠시 나를 쳐다보더니 이내 한 손으로 20kg짜리 쌀 포대를 잡았다. 그리고 힘을 줘서 들었다.

"어어어……."

생각보다 쉽게 들리는 쌀 포대 때문에 정수가 뒤로 넘어지려

했다. 그것을 내가 손을 등을 받치며 막아 줬다.

어이가 없다는 표정으로 자세를 바로하며 자신의 손에 들린 20kg 쌀 포대를 보는 정수.

"이거 너무 가벼운데요?"

"그게 가벼운 거가 아니다. 정수 네가 힘이 세진 거지."

내 예상대로 정수도 신체가 변했다.

"진짜요?"

"그래. 다시 해 봐."

정수는 진짜인가 싶어 다시 쌀 포대를 들었다. 하지만 진짜 힘이 세진 것을 알았다. 양손에 20kg짜리 쌀 포대를 들어도 크게 힘들지 않았으니까.

"우와. 나 힘 정말 세졌네요."

"양손으로 들고 있어 봐라. 얼마까지 들 수 있는지 보자."

"네."

정수는 양손으로 20kg 쌀 포대를 들었다. 그 위에 내가 하나씩 더 쌓았다.

3개를 쌓자 조금 힘들어 하는 것 같았다. 4개인 80kg이 되자 힘이 드는지 팔이 조금 내려갔다. 2개를 더 쌓아 6개인 120kg에서는 조금 버티다가 쌀 포대를 떨어뜨렸다.

정수는 자신이 이렇게 힘이 센지 몰랐다는 듯 눈을 동그랗게 떴다.

"우와. 저 진짜 힘이 세졌네요."

"그런 것 같네."

정수는 갑자기 눈을 반짝였다. 정수가 무슨 생각을 하는지 알 것 같았다. 나도 궁금했다.

"그래 나도 한번 해 보자. 올려라."

양팔을 앞으로 내밀자 정수가 쌀 포대를 하나씩 올리기 시작했다. 정수의 한계인 6개째를 올려도 '조금 무겁다.' 정도밖에 느끼지 못했다.

"역시 대장님. 조금 구부려 주시면 안 될까요?"

내 키는 182cm다. 정수는 아직 성장 중인 163cm 정도였다. 쌀 포대를 쌓기 위해서는 내가 무릎을 구부려야 했다.

바로 무릎을 구부려 기마 자세를 했다. 그러자 정수가 쌀 포대를 더 쌓았다. 어떻게 4포대 정도를 더 쌓았지만, 더는 쌓을 수가 없었다.

"대장님 안 힘드세요?"

"그냥 무겁다 정도?"

200kg을 들어도 무겁다 정도밖에 못 느끼다니.

헬스를 좋아하는 근육질 남자라면 200kg 정도는 힘을 줘서 들 수 있기는 하다. 이 정도면 600kg까지는 어렵지 않게 들 수 있을 것 같았다.

덩치 좋은 성인 남자 3명 정도의 힘이라.

좋기는 했다. 하지만 다른 이들도 나와 비슷하거나 더 강한 힘을 가지고 있을 수 있다는 생각이 들었다.

노 씨 아저씨가 생수를 가득 담아서 오는 것이 보였다.

"노 씨 아저씨도 한번 해 보실래요?"

내 말에 노 씨 아저씨는 와서 양팔을 내밀었다.

내가 쌓기 시작했다. 하지만 의미가 없었다. 나와 똑같이 200kg까지는 무겁다 정도란다.

더 쌓을 수가 없으니 측정을 할 수 없었다.

의미 없는 일은 그만하고.

"정수야, 카트 더 가지고 와라."

"몇 개나 더 가지고 올까요?"

"있는 대로 다 가지고 와."

"있는 대로요?"

정수는 고개를 갸웃거렸다. 카트를 다 가지고 오면 어떻게 가지고 가나 싶은 심정이었다.

"그래. 다 가지고 와라. 옮기는 건 걱정하지 말고."

"네. 대장님."

정수는 궁금한 표정을 지으며 밖으로 나갔다. 그리고 20개의 카트를 가지고 왔다.

식자재 마트 앞마당.

쌀과 보존 식품은 물론 냉동된 고기까지 싹 쓸어 담은 카트가 일렬로 서 있다.

"저는 왜 이런 생각을 못 했을까요?"

정수는 기차처럼 길게 연결된 카트를 보며 감탄했다.

"경험이 없으니 그런 거야. 정수 너도 여러 가지 경험을 쌓게 되면 다 할 수 있다."

정수가 고개를 절레절레 흔들며 나에게 말했다.

"경험이 아무리 많아도 대장님처럼은 못 할 것 같은데요?"

노 씨 아저씨도 정수와 같은 생각인 것 같았다.

"대장님이라 가능한 겁니다. 저는 그냥 여러 번 왔다 갔다 했을 겁니다."

조금 긴 쇠막대 양쪽을 원형 고리처럼 만들어 연결한 것을 보고 말하는 것 같았다. 이렇게 한 이유가 있었다. 카트끼리 그냥 연결한다고 다 되는 것이 아니다. 휘어지는 길이 나오면 유기적으로 카트가 휘어지게 해야 한다. 힘이 좋아지니 도구가 없어도 손으로 휘어서 연결 고리를 만들 수 있었다.

"제가 앞에서 끌 테니까 중간에 휘는 부분이 있으면 잡아 주세요."

"걱정하지 않으셔도 됩니다. 대장님."

"그럼 저는요?"

"정수는 누가 오는지 안 오는지 경계를 해야지. 잘하는 거잖아."

"네. 그렇게 할게요. 대장님."

정수가 눈과 머리를 좌우로 흔들며 주변 경계를 한다.

나와 노 씨 아저씨는 그 모습에 웃을 수밖에 없었다.

어쨌든 이 정도 식량이면 네 명이서 6개월은 버틸 수 있다.

엄청난 무게에 처음에는 잘 끌리지 않았다. 하지만 한 번 움직이기 시작한 카트는 쉽게 끌리기 시작했다.

노 씨 아저씨는 중간에서 뛰어다니며 휘는 카트가 없도록 신경 썼다. 정수는 주변을 두리번거리며 살폈고.

고물상을 향해 절반 정도 갔을까?

“대장. 누군가 와요.”

정수가 손을 들어 가리켰다. 정수가 가리킨 곳에서 사람들이 나타났다. 많은 식량을 보고 욕심이 난 이들인 것 같았다.

한 번에 많이 옮기려 한 것이 실수인 것 같았다.

남자 세 명에 여자 한 명이었다. 모두 손에 쇠파이프 같은 무기를 들고 있었다. 여자 한 명만 검을 지니고 있었다.

나는 저들을 헤치고 싶지 않았다. 그렇다고 어렵게 얻은 식량을 줄 생각도 없었다.

“너희들에게 줄 것은 없으니까 그냥 가라.”

내가 경고를 하자 노 씨 아저씨가 일본도를 들고 앞으로 나섰다. 그러자 남자 중 스포츠머리를 한 남자가 자신보다 어려 보이는 여자에게 고개를 조아리며 말하는 것이 보였다.

“제 말이 맞지 않습니까. 저놈이 일본도를 가지고 있다니까요.”

여자는 노 씨 아저씨의 손에 들린 일본도를 보더니 검을 들었다. 그리고 나를 향해 소리치며 달려왔다.

“네놈이 죽인 사람들의 복수다!”

죽인 사람들의 복수란 말에 오해가 있다는 것을 알았다. 하지만 변명할 시간이 없었다. 스포츠머리 남자가 왜 여자에게 저자세로 나왔는지 알 것 같았다.

빠르다.

노 씨 아저씨가 가볍게 여자의 검을 막는 것이 보였다. 하지만 뒤로 조금 밀리는 것 같았다.

여자는 뒤로 살짝 물러나며 놀란 표정을 지었다.

“너희들 도대체 몇 명이나 죽인 거야!”

나는 이 싸움을 말려야겠다는 생각으로 소리쳤다.

“잠깐만!”

하지만 말이 통하지 않는 것 같았다. 바로 다시 노 씨 아저씨를 향해 달려오는 여자.

그리고 검을 휘둘렀다.

노 씨 아저씨는 익숙하게 여자의 검을 막으려는 듯 일본도를 올렸다. 그런데 여자의 검이 일본도에 닿는 것 같다가 휘어지는 것이 아닌가.

스윽.

여자의 검이 순식간에 노 씨 아저씨의 배를 긋고 지나갔다. 노 씨 아저씨가 순간적으로 몸을 뒤로 빼서 크게 베이지는 않은 것 같았다. 하지만 소름이 좌악 올라왔다.

만약, 노 씨 아저씨가 아닌 나였다면 어떻게 됐을까?

피부가 단단해지지 않았다면 그대로 배가 갈라졌을 것이다. 더 문제인 것은 여자가 어떻게 한 것인지 모른다는 것이다.

“괴물 같은 놈.”

여자는 포기할 생각이 없는 것 같았다. 다시 검을 휘두른다.

노 씨 아저씨는 일본도를 움직여 막으려 했다. 하지만 또 일본도는 여자의 검을 막지 못했다. 그리고 조금 전 베였던 자리를 검이 또 긋고 지나갔다.

노 씨 아저씨의 흰옷이 붉어지기 시작했다. 진짜 베인 것이다.

거대 장미의 액에도 녹지 않았던 피부가.

이건 위험했다.

"네놈들을 죽이기 위해 나는 지옥을 걷기로 했다."

다시 검을 휘두르는 여자. 여자는 검술을 능숙하게 사용하는 것 같았다. 그렇지 않다면 일본도를 피하며 같은 자리를 벨 수는 없다.

"대장님. 이 여자와 함께 죽겠습니다. 나머지는……. 죄송합니다."

노 씨 아저씨는 저 여자를 이길 수 없다고 생각하는 것 같았다.

어쩔 수 없나?

나는 또 도박을 걸기로 했다.

"노 씨 아저씨. 한 번만 막아요."

알아들었겠지?

노 씨 아저씨가 살짝 고개를 끄덕이는 것이 보였다.

나는 카트의 철심을 하나 슬쩍 뜯었다.

여자가 빠르게 노 씨 아저씨를 향해 달려오는 것이 보였다.

여자의 검은 노 씨 아저씨의 일본도를 피하며 몸을 노렸다.

깡.

그런데 노 씨 아저씨가 막아 냈다.

"같은 방식으로 같은 곳을 또 노리면 안 되지."

노 씨 아저씨가 일부러 말하는 것 같았다.

여자가 당황하는 순간 나는 철심을 던졌다.

후웅.

여자가 검으로 가볍게 철심을 쳐 냈다.

노 씨 아저씨가 여자를 공격했다. 하지만 여자는 옆으로, 뒤로 다시 옆으로 몸을 틀며 일본도를 피해 냈다.

무협에서나 나오는 보법 같았다.

그리고 노 씨 아저씨를 다시 공격했다.

노 씨 아저씨가 막으려는 순간 여자가 소리쳤다.

"막을 수 있으면 막아 봐!"

노· 씨 아저씨는 일본도를 좌우로 흔들며 뒷걸음질 쳤다.

여자의 검이 빨라도 너무 빠르다.

여자의 검이 노 씨 아저씨의 어깨를 뚫는 것이 보였다.

일본도를 놓치는 노 씨 아저씨.

"대장님, 지금입니다."

일부러 당한 것 같았다. 노 씨 아저씨는 여자를 꽉 잡고 놓지 않았다.

나는 카트의 철심을 하나 더 뽑아 달려갔다.

그리고 붉은색 점이 있는 목 부근을 찔렀다.

"아악!"

"노 씨 아저씨. 이제 놔요."

노 씨 아저씨가 손을 풀었다. 그대로 주저앉아 부들부들 떠는 여자.

여자의 붉은색 점은 목 부근이었다.

도박이 성공했다. 하지만 절반의 성공 같았다. 노 씨 아저씨의 배와 어깨에서 피가 꽤 많이 나고 있었다.

"대장님!"

뒤에서 지켜보던 정수가 뛰어왔다. 그리고 여자와 함께 온 3명의 남자도 달려왔다.

"정수야, 다가오지 말고 친구들 불러."

정수는 내 말대로 멈췄다. 그리고 손을 마구 흔들기 시작했다.

나는 노 씨 아저씨를 살피며 3명의 남자를 경계하기 시작했다. 지금 상황에 3명을 상대하기는 어려울 수도 있었다. 노 씨 아저씨 배의 상처 부위를 꾸욱 누르고 있는데도 피가 멈추지 않기 때문이었다.

그런데 이상한 일이 일어났다. 3명의 남자는 우리를 공격하지 않았다. 2명이 경계하고 1명이 쇠사슬로 부들부들 떠는 여자의 팔과 다리를 묶기 시작했다.

나는 짐작 가는 것이 있어 물었다.

"같은 편이 아니었나?"

스포츠머리의 남자가 대답했다.

"같은 편? 크. 아니야. 괴물 같은 저년을 이용해서 너희를 상대하게 하려고 한 것뿐이야."

"우리를?"

나는 이해할 수 없었다. 내가 이들에게 피해를 준 적도 없었고 아는 사이도 아니었다.

"황당하다는 표정인데……. 멍청한 네놈들이 어떻게 그놈을 죽였는지 이해가 안 가네."

나와 노 씨 아저씨가 죽인 사람이라고는 김규열 한 명뿐이다. 그것을 이놈들은 어디선가 보고 있었다.

"상대방을 죽여야 힘을 얻는 세상에서 더 강한 놈을 죽여서 힘을 얻고 싶은 것은 당연한 거 아니야?"

순간 나는 머리를 망치로 맞은 것 같은 느낌을 받았다. 너무 안일하게 생각하고 있었다.

저들은 인간으로서의 양심을 완전히 버렸다. 독하게 마음먹어야 살아남을 수 있다. 내가 그런 마음을 먹은 것을 아는지 스포츠머리가 손가락을 흔들며 말했다.

"쯧. 눈빛이 달라졌네? 하지만 늦었어. 저년의 검에 당하면 피가 잘 안 멈추거든. 너는 저 사람보다 싸움을 못 하는 것 같으니."

스포츠머리가 주머니에서 너클을 꺼냈다. 반지를 연결한 것처럼 보이는 것이다. 그것을 양쪽 손가락에 끼더니 주먹을 쥔다.

그리고 제자리에서 살짝 통통 뛰며 자세를 잡았다.

"저 사람은 몰라도 너는 일반인 같은데 나를 막기 힘들 거야."

노 씨 아저씨가 작은 목소리로 내게 말했다.

"검을 뽑아 주세요. 대장님."

"어떻게 하시려고요."

"저 여자만 아니라면 저런 놈은 이런 상처를 입어도 상대할 수 있습니다."

굳은 표정. 그리고 단호한 눈.

나는 스포츠머리가 공격하기 전에 또 도박을 해야 했다.

노 씨 아저씨의 어깨에서 검을 뽑았다. 그러자 스포츠머리가 달려들었다.

하지만 노 씨 아저씨가 더 빨랐다. 검을 쥐고 앞으로 구르면서 검을 휘둘렀다.

"아악!"

한쪽 다리가 절반쯤 베인 것 같았다.

노 씨 아저씨가 일어났다.

"권투를 한 것 같은데……. 생전 처음 보는 검술이 아니라면 나를 어떻게 할 수 없다."

바닥을 박차고 빠르게 달려 나가는 노 씨 아저씨.

캉.

스포츠머리의 너클이 노 씨 아저씨의 검을 막았다.

하지만 노 씨 아저씨의 공격은 끝난 것이 아니었다.

무릎으로 스포츠머리의 배를 공격했다.

퍼억 소리와 함께 뒤로 날아가는 스포츠머리.

간신히 일어난다.

노 씨 아저씨는 멈칫했다. 아무래도 상처 때문인 것 같았다.

나도 보이는데 스포츠머리라고 모를 리가 없었다.

"야! 한 명만 그년 감시하고 와. 저놈 다쳐서 오래 못 버텨."

여자를 감시하던 놈 중 목검을 지닌 한 명이 달려왔다.

"노 씨 아저씨는 스포츠머리만 상대하세요."

나는 목검을 지닌 놈에게 달려갔다.

스포츠머리는 다리를 다쳐서인지 나에게 올 수 없었다.

더 정확히는 노 씨 아저씨 때문이다.

노 씨 아저씨가 검을 들고 공격했다.

이제 목검을 든 놈과 마주 선 나. 긴장된다.

"너 무기도 없으면서 덤비는 거냐?"

이죽거리며 겁이라도 주려는 듯 목검으로 손바닥을 탁탁 친다.

그리고 천천히 다가온다.

노 씨 아저씨는 신경 쓸 겨를이 없었다.

"자, 막아 봐."

어깨를 향해 목검을 휘두르는 남자.

그대로 맞았다가는 뼈가 부러질 것 같았다. 목검이라고 해서 약하다고 생각하면 큰일 난다.

몸을 오른쪽으로 트는 순간.

퍼억.

오른쪽 어깨를 목검에 찔렸다.

놈은 베는 척하다가 찌른 것이다. 변칙 공격이었다.

"이거 진짜 일반인이네."

목검을 마구 휘두르는 놈.

나는 양팔로 머리를 감쌌다. 머리만 보호하면 된다.

왜냐. 목검에 찔렸는데 생각보다 안 아팠다. 저놈이 휘두르는 목검은 내게 큰 타격이 없다.

그래도 모르니 머리를 보호하는 것이다. 그리고 저놈은 눈치도 없다.

내가 목검을 마구 맞으면서도 뒤로 물러나거나 아프다는 시늉도 안 하는데.

"이익."

더 빠르게 그리고 강하게 나를 때린다.

그래도 그냥 아프네.

그런 정도였다. 나는 놈이 더 흥분하기를 기다렸다.

"이 새끼가."

기회다. 놈은 너무 접근했다. 발로 나를 차려는 것 같았다.

습관이겠지.

발로 차서 넘어뜨린 다음 목검으로 때리는.

나는 머리를 방어하던 팔을 뻗었다.

놈의 윗옷을 잡은 나는 순간적으로 허리를 낮추며 오른발을 축으로 빙글 돌며 엉덩이를 튕겨 올렸다.

휘익. 쿵.

"커억."

하늘을 향해 바닥에 누운 놈.

나는 그대로 발을 들어 놈의 가슴을 강하게 밟았다.

으드득 소리가 나며 갈비뼈가 부서지는 느낌이 났다.

놈의 붉은색 점은 가슴 부근에 있었다. 목검 때문에 접근하기 어려워 기회를 노렸다.

"커윽. 커윽."

갈비뼈가 폐를 찔렀는지 숨을 제대로 못 쉬는 놈을 보며 한마디 했다.

"누가 일반인이래. 상대를 제대로 봐야지. 나 유도 2단이야."

어렸을 적에 따 놓은 것이다.

20대 초반에.

지금은 실력이 그만큼 안 되는 것 같지만.

나는 발을 들어 다시 놈의 가슴을 밟았다. 완전히 숨을 멈췄다.

김규열을 죽였을 때와 마찬가지로 무언가 나에게 들어오는 것 같았다

이제 노 씨 아저씨를 도와야겠다는 생각에 몸을 돌렸다. 그때 무언가 하늘을 날고 있었다.

스포츠머리의 머리였다.

스포츠머리를 죽인 노 씨 아저씨는 몸을 부르르 떨기 시작했다.

무언가 희열에 찬 듯한 그런 표정으로.

그리고 눈이 더 붉어졌다.

노 씨 아저씨가 또 미치는 것이 아닌가 싶었다.

하지만 그건 아닌 것 같았다.

"대장님, 죄송합니다. 제가 못나서 또 움직이게 했습니다."

아주 편안하게 걸어오는 노 씨 아저씨.

어깨의 상처가 나은 것 같았다. 배의 상처도.

"이제 저들을 어떻게 할까요?"

노 씨 아저씨는 마지막으로 남은 1명과 쇠사슬에 묶인 여자를 가리켰다.

어쩔 수 없는 상황이었다고 애써 자책하는 것은 나중으로 미룰 생각이었다.

"여자는 모르겠지만, 저놈은 그냥 둘 수 없을 것 같네요."

여자는 오해인 것이 분명했다.

"알겠습니다. 대장님."

노 씨 아저씨가 검을 들고 저들에게 다가간다.

그러자 여자를 감시하던 남자는 의외의 행동을 했다.

"가… 가까이 오지 마."

어이가 없었다. 날카로운 송곳 같은 것으로 제정신이 아닌 여자를 일으켜 목에 대고 있었다.

노 씨 아저씨는 상관없다는 듯 다가갔다. 그러자 놈이 소리쳤다.

"가까이 오면 이년 죽여 버릴 거야."

"잠시만요. 노 씨 아저씨."

노 씨 아저씨가 멈췄다. 나는 무슨 생각으로 저런 짓을 하는지가 궁금했다. 그래서 놈에게 큰 소리로 물었다.

"죽인 다음에는 어떻게 할 건데?"

내 물음에 남자가 당황하는 것이 보였다. 이런 전개는 예상하지 못한 것 같았다. 아니 예상할 머리가 없었겠지.

"우리 죽이겠다고 한 여자를 내가 구할 거라고 생각하는 거는 아니겠지?"

더 당황하는 남자. 내 말을 들으니 자신이 잘못 생각했다는 것을 알았기 때문이다.

송곳을 여자의 목에서 떼고 손을 들어 올리는 것이 보였다.

"나는 그냥 저 새끼 때문에 끌려다닌 것뿐이야."

남자가 가리키는 사람은 머리 없는 스포츠머리였다.

"나는 사람도 가장 적게 죽였어. 어쩔 수 없었어. 그렇게 하지 않으면 내가 죽었을 거야."

어떻게 해서든 도망가려는 생각이 훤히 보였다.

"나도 피해자야. 끌려다닌 거라니까."

"끌려다녔든 아니든 자신이 한 선택에 대한 책임은 져야 하지 않을까 싶은데."

"무… 무슨 선택?"

"우리를 죽이려 한 것."

내 말이 끝나자마자 노 씨 아저씨가 발을 움직여 앞으로 나아갔다. 그러자 남자는 여자를 잡은 그대로 주춤거리며 뒤로 물러섰다.

그때 어디선가 나타난 벌들이 남자의 눈을 공격했다.

"뭐… 뭐야!"

일반 벌 정도로 사람을 죽여 능력을 얻은 남자에게 피해를 줄 수는 없다. 하지만 사람의 습관이란 무섭다.

눈동자를 공격하면 그게 무엇이 되었든 반사적으로 반응한다. 남자가 당황하며 손을 휘젓기 시작했다.

정수가 벌을 보낸 것이라 생각했다.

노 씨 아저씨가 땅을 박차려는 순간.

움직이지 못하던 여자가 남자의 손을 잡더니 송곳을 빼앗았다.

더 당황한 남자가 멈칫거릴 때 여자는 주저하지 않고 송곳을 이마에 박았다.

"아악!"

이마를 감싸며 뒤로 넘어가는 남자를 향해 여자가 손바닥으로 송곳을 치는 것이 보였다. 나 역시 예상하지 못한 상황에 멈췄다.

송곳 손잡이까지 머리로 들어간 것 같았다. 사람을 죽이고 능력을 얻었다 해도 뇌가 부서지면 죽지 않을까 싶었다.

내 생각이 맞았는지 아니면 여자의 능력인지 모르겠지만, 머리에 송곳을 박은 남자는 일어나지 않았다.

대신 송곳을 박느라 남자와 함께 쓰러진 여자가 멀쩡한 모습으로 일어났다.

그리고 양손에 묶인 쇠사슬을 풀어내려 애쓰기 시작했다.

저 여자를 어떻게 하나 고민스러울 때 여자가 쇠사슬 푸는 것을 멈추더니 양발로 껑충 뛰어서 다가왔다. 다리 역시 쇠사슬로

묶여 있기 때문이었다.

노 씨 아저씨가 앞을 막았다. 그러자 여자는 고개를 숙였다.

“저기, 조금 전에는 정말 죄송했습니다.”

그리고 고개를 들더니 손을 내밀었다.

“이것 좀 풀어 주시면 안 될까요?”

몇 분 전만 해도 죽이겠다고 검을 휘두르던 여자가 이렇게 나오니 당황스러웠다.

노 씨 아저씨도 그런 것 같았다.

“제가 누워서 들어 보니 오해했더라고요. 아니 멍청했어요. 저런 놈들 말을 믿다니요.”

어색하게 웃는 여자.

노 씨 아저씨는 나에게 어떻게 할 것이냐고 묻는 듯 쳐다봤다.

나는 여자를 향해 한숨을 쉬며 말했다.

“내가 당신을 죽일 수 있다는 생각은 안 하나 보죠?”

“네.”

너무 당당하게 말하니 어이가 없었다. 그런 나를 보며 이유를 말하기 시작했다.

“저를 죽이실 것 같았으면 벌써 죽이셨겠죠. 아! 물론 저를 죽인다고 해서 원망하지는 않을 거예요. 제가 먼저 죽이려고 했으니까요.”

여자의 말이 맞다. 죽일 것 같았으면 쇠사슬을 풀려 하기 전에 죽이라고 했을 것이다. 그런데 그것보다 더 신경 쓰이는 것이 있었다.

김규열을 죽일 때는 어쩔 수 없는 상황이어서 그랬다고 치자.

그런데 조금 전 스포츠머리의 동료를 죽일 때 나는 망설임이 없었다. 그리고 죽였을 때의 죄책감 따위도 일어나지 않았다.

이것이 나만의 문제가 아닌 것 같았다. 앞에 있는 여자의 말이나 행동도 사람을 죽일 때의 망설임이나 죄책감이 보이지 않았다.

"몇 가지 물어볼 것이 있어요."

내 말에 여자는 고개를 끄덕였다.

"네. 물어보세요. 제 이름은 이연희고요. 나이는 29세. 아버지에게서 해동검도를 배웠어요. 남자 친구는 없고요."

묻지도 않은 것을 말하는 이연희를 보며 원래 성격이 이상하다고 생각했다. 그래도 확실하게 해야 했다.

"그것 말고 다른 것을 물어보려고 합니다."

"네. 물어보세요."

"아까 지옥의 길을 걸었다고 했는데요. 사람 많이 죽였나요?"

조금은 당황하는 이연희.

하지만 고개를 끄덕이며 대답했다.

"네. 많이 죽였어요. 하지만 사람을 죽인 놈들만 죽였어요. 이건 맹세해요."

맹세하건 안 하건 상관없다. 다음 질문이 중요하니까.

"사람을 죽일 때 망설임 따위는 안 보이던데 원래 그랬나요?"

내 질문에 이연희는 잠시 생각하다가 무언가 생각났다는 듯한 표정을 지었다. 자신의 감정과 표정은 감추지 못하는 사람 같았다.

"그러고 보니 이상하네요. 저 원래 벌레도 못 죽였었어요. 부모님이 그놈에게 살해당하실 때도 무서워서 도망쳤는데."

이연희도 자신이 이상하다는 것을 아는 것 같았다.

그런 그녀에게 마지막 질문을 했다.

"혹시 보석 같이 생긴 울퉁불퉁한 돌멩이를 보거나 만진 적이 있나요?"

"어? 어떻게 아셨어요?"

이연희는 깜짝 놀라 되물었다. 나는 이연희의 눈동자가 빨갛게 변하지 않는 것을 보고 짐작했을 뿐이다.

"질문은 내가 했어요."

이연희는 조금 망설이다가 대답했다.

"아버지가 그놈을 막고 있을 때 도장으로 도망쳤어요. 그때 저는 팔을 다쳤었고요. 저와 부모님만 아는 그런 비밀 공간이 있어요. 그곳에 빨간색 돌이 있었어요."

정수는 초록색 돌을, 이연희는 빨간색 돌을 만졌다. 생각보다 색이 있는 돌멩이를 만진 사람이 많은 것 같았다.

"저기 대장님."

정수가 벌과 바퀴벌레 떼를 몰고 다가왔다.

그리고 미안한 표정을 지었다.

"잠시만 이야기 좀 마저 끝내고."

정수는 시무룩하게 고개를 숙였다. 자신이 도움이 안 되었다고 생각해 저러는 것 같았다.

나는 다시 이연희에게 말했다.

"그러니까 그 돌을 만지고 나서 사람을 죽여도 아무렇지 않게 된 거네요."

이연희는 고개를 끄덕였다.

"아무래도 그런 것 같아요. 고통에 기절했다가 일어났을 때 처음 드는 생각은 사람 죽이는 놈들 죽이고 아버지를 죽인 놈에게 복수하겠다는 것뿐이거든요."

이연희가 말하지 않았지만, 스포츠머리가 한 말로 그녀의 능력 한 가지는 알 수 있었다. 검으로 베면 상처가 잘 낫지 않는 것.

노 씨 아저씨가 스포츠머리를 죽이고 회복하지 않았다면 그 역시 과다 출혈로 쓰러졌을 것이다.

"대답해 줘서 고마워요."

"뭘요. 그럼 이 쇠사슬 좀."

팔을 내미는 이연희에게 나는 씨익 웃어 줬다.

"이종성 관장님과의 인연을 생각해서 죽이지는 않을게요."

"아버지를 아세요?"

"이 근처에서 해동검도장은 하나뿐이니 당연히 알죠."

큰 인연은 아니다. 그저 사거리 커피 전문점에서 자주 마주치는 사이 정도였다. 몇 번 이야기를 나눴다. 붙임성 있는 이종성 관장이 먼저 다가와 말을 걸었다.

커피도 얻어먹고.

"그렇다고 그 쇠사슬을 풀어 줄 생각은 없네요."

정말 당황하는 이연희.

내가 아버지 이름을 언급하자 당연히 풀어 줄 것으로 생각한 것 같았다.

"알아서 살아남읍시다. 노 씨 아저씨, 가요."

나는 몸을 돌렸다. 그러자 이연희가 소리쳤다.

"저기요. 제가 아저씨를 도울게요. 아니 은혜를 갚을 기회를 주세요."

나는 이연희의 말에 대꾸하지 않고 정수에게 다가갔다.

시무룩하게 있는 정수의 머리를 쓰다듬으며 말했다.

"나를 돕지 못했다고 생각하지 마라. 너 자신을 지킨 것만으로도 나를 도운 것이니까."

"정말이요?"

"그래. 너 없으면 카트 혼자서 끌고 가기 불편하거든. 방금 전에도 누가 온다고 미리 알려 줬잖아."

정수는 그제야 기분이 풀렸는지 활짝 웃었다.

"그럼요. 저 없으면 카트 끌기 힘들죠."

노 씨 아저씨는 일본도를 주워 자신이 갖고, 이연희의 검을 내게 내밀었다.

나는 검을 그냥 버렸다. 누군가 사용하겠지.

노 씨 아저씨는 아무런 말도 안 했다. 카트를 끌고 다시 출발했다. 노 씨 아저씨는 중간에서 카트가 다른 곳으로 휘지 않도록 살피며 따라왔다.

* * *

성필 일행이 카트를 끌고 가자 가만히 있던 이연희는 깡충깡충 뛰어서 자신의 검이 있는 곳으로 갔다. 그리고 양손으로 검을 잡아 발을 묶은 쇠사슬을 단숨에 잘라 버렸다.

"손은 힘들겠네."

이연희는 자신의 팔을 묶고 있는 쇠사슬은 혼자 힘으로 풀기 어렵다고 생각했다. 정확하게 힘을 줘서 잘라야 하기 때문이었다. 하지만 양손으로 검을 휘두를 수 있으니 자신의 안전은 확보할 수 있었다.

그런 생각이 들자 성필과 정수가 사라진 방향을 보며 미소 지었다.

"저 아저씨가 부모님 복수해 준 것이 분명해."

해동검도 도장에 숨어들어 아무리 기다려도 부모님은 오지 않았다. 이연희는 죽었다고 생각하고 흐느끼며 맹세한 것이 있었다.

신이 있다면 부모님을 죽인 그놈을 벌해 달라는 것.

그럴 수만 있다면 내 모든 것을 바치겠다. 그것이 생명이라 해도.

빨간색 돌멩이를 만지고 난 후 직접 복수할 힘을 얻었다고 생각했다. 그래서 미친 듯이 사람을 죽이는 놈들을 사냥하고 다녔다. 그 누구도 이연희의 상대가 되지 못했다. 성필을 제외하고.

"아저씨가 거부해도 내가 거부 안 해요."

이연희는 성필과 정수가 사라진 방향으로 걸음을 옮겼다.

삶의 목표였던 부모님의 복수가 사라지자 성필에게 은혜를 갚겠다는 목표가 생긴 것이다.

뻥 뚫린 가슴을 채워 줄 대상이 나타난 것이다.

이연희는 성필의 검이 되어 줄 생각이었다.

* * *

이연희를 놔두고 어렵게 고물상에 도착했다.

"세민아!"

크게 부른 다음에야 튀어 나오는 신세민.

철문을 열자마자 거의 울먹이듯 말했다.

"왜 이렇게 늦었어요! 사장님!"

"카트나 들여."

"에……. 네?"

20개의 카트를 본 신세민은 깜짝 놀라는 것 같았다.

"안녕하세요. 세민 형."

"정수구나. 그런데 이분은……."

머리까지 말끔해진 노 씨 아저씨를 못 알아보고 있었다.

"나다. 노진수."

눈을 끔뻑이며 믿을 수 없다는 듯한 표정을 짓는 신세민.

"맞아. 노 씨 아저씨야."

"이렇게 젊었어요?"

"나중에 이야기하고 카트 좀 넣자."

"아. 네."

우리는 카트를 안쪽으로 넣고 철문을 닫았다.

"정수는 주변에 누군가 접근하는지 경계를 해 줘."

"네. 대장님."

정수는 같이 데리고 온 벌과 바퀴벌레를 사방으로 보내 누군가 접근하면 알리게 했다.

그리고 나에게 다가왔다.

"대장님. 주변 경계 배치 완료했습니다."

"잘했다."

정수를 칭찬해 준 다음 신세민을 불렀다.

"세민아. 이 식자재들 옮겨야 하니까 컨테이너 하나 비우자."

"노 씨 아저씨하고 같이 해도 돼요?"

"그건 노 씨 아저씨에게 물어봐야지."

신세민이 노 씨 아저씨에게 물어보러 간다.

내 고물상에는 컨테이너가 몇 개 있다. 그 안에는 고쳐서 사용할 만한 전자 제품들이 있었다. 거의 멀쩡한 제품을 수리도 안 하고 폐품으로 내놓는 사람들이 있다. 세탁기, 냉장고, TV 등 생각보다 많았다.

신세민이 노 씨 아저씨와 컨테이너를 비우기 시작했다. 그러자 정수가 다가왔다.

"대장님. 저기 그런데요."

김정수는 무언가 궁금한 것이 있다는 듯한 표정을 지었다.

"왜?"

"아까 그 예쁜 누나는 왜 안 죽였어요?"

정수의 질문에 나는 정수 역시 돌멩이로 인해 영향을 받았다는 것을 알았다. 사람 죽이는 것을 아무렇지 않게 생각하는 것 같았다.

"내가 죽였어야 한다고 생각하니?"

"이해가 안 가서요. 같이 있던 다른 남자들은 다 죽였는데 그 누나만 안 죽였잖아요."

정수는 지금 헷갈려하는 것 같았다. 명확하게 알려 줘야 할 것 같았다.

"이건 바로잡고 가야겠다. 나는 아무나 죽이지 않아."

"그 누나가 대장님 죽이려 했는데도요?"

"이번에는 조금 다른 상황이야. 오해에서 벌어진 일이기도 했고, 자신이 아무나 죽이는 그런 사람이 아니라고 말한 것도 믿을 만했거든."

정수는 어렵다는 표정을 지었다.

"정수야. 어떻게 받아들일지 모르겠다만… 하루아침에 이렇게 변한 세상에서도 사람이 사람을 죽이는 일은 되도록 안 해야 한다고 생각한다."

정수는 아직도 이해하지 못한다는 표정을 지었다. 하지만 고개를 끄덕였다.

"네. 대장님이 그러라고 하면 그렇게 할게요."

정수는 나에게 맹목적인 믿음을 보이는 것 같았다. 할머니를 잃은 후에 의지할 곳이 없어서인지도 모른다.

나는 정수의 머리카락을 손으로 휘젓는 것처럼 쓰다듬으며 말했다.

"자식. 나 너무 믿는 거 아니냐?"

"제가 믿을 사람은 대장님뿐인걸요."

"하하. 그래. 알았다. 그러면 비밀 하나 알려 줄까?"

비밀이란 말에 눈을 반짝이는 정수.

기대하는 표정으로 나에게 물었다.

"뭔데요?"

"그 누나… 그러니까 이연희 씨는 곧 우리를 찾아올 거야."

눈을 휘둥그레 뜨는 정수는 또 물었다.

"정말요?"

"그래."

"에이. 아무리 대장님이라고 해도 그건 쉽게 못 믿겠어요."

나는 정수를 가르친다는 심정으로 말했다.

"노 씨 아저씨가 지닌 일본도를 보자마자 이연희 씨가 왜 우리를 공격했는지 기억나니?"

정수는 잠시 생각하다가 대답했다.

"네. 부모님의 원수··· 아."

정수가 눈치챈 것 같았다. 그래서 자세히 설명해 주기 시작했다.

"상황에 따른 확률 게임이기는 한데. 내가 이연희 씨 부모님을 죽인 원수를 죽여 준 거지."

"나랑 비슷한 상황이네요. 대장님이 은인이잖아요."

"그렇지. 하지만 이연희 씨는 자존심이나 개성이 강하지. 그런 사람은 내가 가자고 해서 같이 가는 것이 아니라 자발적으로 움직여야 해."

정수는 눈을 반짝였다. 마치 동경하는 사람을 보는 것처럼.

"거기에 우리가 운반하는 식량도 봤어. 어떤 생각이 들까?"

"배부르게 먹는다?"

"정답이라고 할 수 없지만, 거의 정답에 가깝다."

"정답이 뭔데요?"

"안전한 곳이 있을 거라는 생각."

정수의 반응이 어떻게 나오나 기다렸다. 그런데 엉뚱한 반응이 나왔다.

"우와! 대장님 그 누나 벌써 온 것 같은데요?"

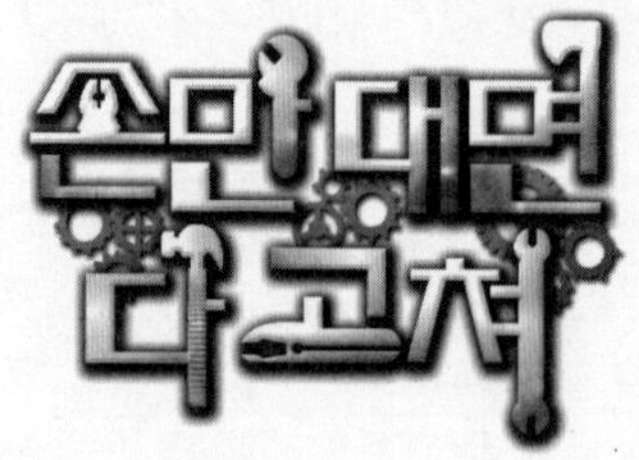
손만 대면
다 고쳐

3. 능력과 생존자들

손만 대면
다 고쳐

"누가 와?"

"대장님이 온다고 했던 그 예쁜 누나요. 근처에서 이곳을 살피고 있어요."

"그걸 어떻게 알아?"

정수가 수줍게 웃으며 말했다.

"대장님에게 도움이 안 된 것 같아 마음이 안 좋았거든요."

"뭐가 도움이 안 된 것 같다는 거냐?"

"아까 싸울 때요."

스포츠머리 일당과 싸울 때를 말하는 것 같았다.

"그래서 여기 오면서 도움이 될 만한 것이 뭐가 있을까 고민했어요. 그러다가 제가 잘할 수 있는 것이 무얼까? 그런 생각을 하다가 경계를 더 잘해야겠구나. 하는 생각이 들었어요. 그때 이상한 일이 일어났어요."

자연스럽게 정수의 이야기에 흥미가 일어난다.

정수 역시 돌을 흡수했다. 정수에게 무언가 변화가 생겼다면 나에게 필요한 정보였다.

"갑자기 벌의 날갯짓 소리가 마치 말처럼 느껴지는 거예요. 전에는 근처에 와서 누군가 있다는 것만 알려 줬거든요."

"지금은 벌이 말하는 것을 알아듣는다는 거야?"

정수는 고개를 끄덕였다.

"벌은 춤으로 자신의 의견을 전달하는 것으로 알고 있는데?"

학계 연구에 따르면 벌은 팔자 원형 춤을 춰서 의사 표현하는 것으로 알려져 있다.

"저도 그렇게 알고 있었는데요. 계속 따라온 벌이 날갯짓으로 예쁜 누나의 모습을 정확하게 알려 줘요."

누구도 예상하지 못한 세상이 되어 버린 지금, 벌이 날갯짓으로 의사를 표현하고 정수가 그것을 이해하는 것도 이상하지 않았다.

"어?"

갑자기 정수가 당황했다.

"왜?"

"가로수가 갑자기 누나를 공격해요."

"가로수가?"

"네."

순간 거대 장미가 생각났다. 장미꽃이었던 것이 거대해져서 사람을 잡아먹었다. 가로수라고 해서 그러지 말란 법이 없다.

그리고 가로수가 이연희만 공격하는 것은 아닌 것 같았다.

고물상 바로 앞에 있는 가로수가 움직이는 것이 보였으니까.

"대장님 저기!"

정수가 몸을 돌려 손으로 가리켰다. 벌과 바퀴벌레가 알려 준 것 같았다. 나야 철문 방향을 보고 서 있었으니 정수보다 먼저 알았다.

"나도 봤다."

가로수의 나뭇가지가 팔처럼 움직이기 시작했다. 그리고 철문으로 다가온 가로수 2마리가 팔이 되어 버린 나뭇가지로 문을 두드렸다. 마치 철문을 넘어 이곳으로 오고 싶다는 듯이.

"대장님. 저놈들 좋은 의도가 아닌 것 같아요."

정수의 말대로 나도 그렇게 생각하고 있었다. 괴물이 되어 버린 가로수의 적의가 느껴진다고나 할까?

철문을 두드리는 나뭇가지 이외의 나뭇가지는 나와 정수를 향해 계속 휘두르고 있었다.

"걱정하지 마라. 저 정도 힘에는 철문이 부서지지 않을 거야."

커다란 트럭이 충돌해도 견딜 수준의 철문이다. 지렛대처럼 철문을 지지하는 쇠봉이 10개나 달려 있다.

하지만 그 예상은 잘못된 것 같았다. 다른 가로수가 접근하기 시작했다. 그것도 3마리나.

곧 5마리가 커다란 몸으로 밀어붙이기 시작했다. 나뭇가지로는 어떻게 할 수 없다는 것을 아는 것 같았다.

끼익 소리를 내며 철문이 앞으로 휘어지는 것이 보였다.

이대로 뒀다가는 철문이 무너진다. 한꺼번에 5마리가 무너진 철문을 넘어와 공격하면 곤란하다는 생각이 들었다.

"대장님. 어떻게 해요?"

나도 좀 곤란했다. 혼자서는 절대로 저 5마리의 가로수를 상대할 수 없을 것 같았다.

"정수야. 노 씨 아저씨 오시라고 해라."

"네. 대장님."

정수가 뛰어가려 했다. 하지만 그럴 필요가 없었다. 노 씨 아저씨가 어느새 달려오고 있었다.

"대장님."

"어떻게 알고 오셨어요?"

"항상 주변을 경계하는 것은 기본입니다. 그리고 대장님 주변은 더더욱이요."

그런가? 과연 전문가는 다른 것 같았다.

"저 가로수들 상대하실 수 있으시겠어요?"

"저것들 가로수였습니까?"

"그런 것 같아요."

"해보겠습니다."

노 씨 아저씨는 일본도를 들고 철문을 향해 뛰었다. 노 씨 아저씨를 본 가로수 괴물이 나뭇가지를 뻗어 온다. 노 씨 아저씨는 너무나도 쉽게 지그재그로 뛰며 가지를 피했다.

펑펑 소리가 나며 땅이 파이는 것을 보면 그 위력이 꽤 강했다.

나는 그것을 보며 가로수 괴물의 약점인 붉은색 점을 찾으려 했다. 하지만 보이지 않았다.

아무래도 철문 너머 안 보이는 곳에 약점이 있는 것 같았다.

노 씨 아저씨가 절대로 피할 수 없게 하려는 듯 여러 방향에서 나뭇가지가 뻗어 오는 것이 보였다.

노 씨 아저씨는 일본도를 휘둘렀다.

깡.

노 씨는 있는 당연히 나뭇가지가 잘라질 줄 알았다.

하지만 일본도가 튕겨 나갔다. 단단함이 거대 장미와는 다르다는 것을 안 순간 본능적으로 굴렀다.

머리 위를 지나가는 나뭇가지.

그리고 자신 혼자서는 절대로 이 가로수 괴물을 상대할 수 없다는 것을 알았다.

이성필……. 아니 대장이 필요하다는 것을.

하루아침에 세상이 바뀌었다. 그리고 위험한 상황이 될 때마다 대장은 해결법을 알고 있었다.

순식간에 주변을 훑고 소리쳤다.

"대장님, 밖으로 나가서 저놈들 유인하겠습니다. 이놈들을 살펴

주세요."

노 씨는 왼쪽으로 방향을 바꿔 철문 근처에 있는 드럼통을 밟고 담장을 넘었다. 가로수 괴물과 조금 떨어진 곳이기 때문이었다.

노 씨 아저씨의 생각대로 가로수 괴물은 그를 향해 움직이는 것 같았다.

나는 노 씨 아저씨의 말대로 하기 위해 철문으로 뛰었다. 그리고 철문 틈으로 밖을 살폈다.

가로수 괴물은 뿌리를 다리처럼 이용해 걷고 있다.

그리고 뿌리 부근에 붉은색 점이 있다. 뿌리가 약점이다.

뿌리가 잘리면 나무는 살 수 없다. 그래서인가?

"노 씨 아저씨! 뿌리를 잘라요."

어느 뿌리라고 정확하게 알려 줄 수 없었다.

뿌리가 너무 많다. 그리고 수시로 움직인다.

"알겠습니다."

노 씨는 이성필의 말을 듣고 팔에 힘을 줬다. 정확하게 말하자면 일본도에 힘을 준 것이다. 모든 힘을 일본도에 넣는다는 생각으로.

그러자 힘이 집중되는 것 같았다.

날아오는 나뭇가지를 향해 일본도를 휘둘렀다.

서걱.

이번에는 잘렸다. 하지만 그 반동이 만만치 않았다.

좌우로 빠르게 휘둘러 양쪽으로 접근하는 나뭇가지를 잘랐다.

하지만 곧 당황할 수밖에 없었다. 잘린 나뭇가지가 재생하기 시작한 것이다. 이런 방식으로는 가로수 괴물 근처에 갈 수 없었다.

숫자가 너무 많다.

점점 더 많은 나뭇가지 공격에 힘이 조금씩 빠지기 시작했다.

스포츠머리를 죽이면서 힘이 더 강해진 것을 알았다.

그리고 몸 안의 힘이 점점 더 소모되는 것도.

이 힘이 다 소모되면 자신은 죽는다.

죽는 것은 두렵지 않았다.

하지만 저기 있는 이성필과 어린 김정수와 그동안 친구처럼 지낸 신세민을 놔두고 죽는 것은 두려웠다.

특히나 이성필에게 받은 은혜를 제대로 못 갚는 것이 더더욱.

점점 더 많은 나뭇가지가 날아오고.

결국, 나뭇가지를 자르지 못할 정도로 힘이 약해졌다.

이제 끝인가?

"아저씨. 뒤로 빠져요."

서걱.

이연희는 몰래 지켜보다가 노 씨 아저씨가 위험해지자 어쩔 수 없이 나섰다.

"이런 것도 상대 못 하면서."

비아냥처럼 말하긴 했다. 하지만 이연희는 정확하게 노 씨 아저씨의 상황을 말한 것이다.

"조금만 부탁하지."

노 씨 아저씨는 뒤로 물러서지 않았다. 이연희의 뒤를 지켰다.

나뭇가지를 자를 수는 없다. 하지만 튕겨 낼 수는 있다.

"뿌리를 잘라야 해."

노 씨 아저씨의 말에 이연희는 황당하다는 목소리로 말했다.

"저 많은 나뭇가지를 뚫고 뿌리를 잘라요? 미쳤어요? 그냥 다른 곳으로 유인하죠. 이놈들 걷는 것은 느리니까 멀리 떨궈 놓을 수 있을 것 같은데요."

노 씨 아저씨는 괜찮은 생각이라고 생각했다.

그때 고물상 안쪽에서 유리병이 하나 날아왔다.

그리고 가로수 괴물의 몸에 맞아 깨졌다.

"노 씨 아저씨! 뒤로 물러나요!"

이성필의 목소리였다. 노 씨는 그 어떤 의심도 하지 않고 뒤로 뛰었다.

이연희는 황당해하면서 뒤로 물러났다.

* * *

"이런, 안 되겠네."

노 씨 아저씨가 밀리는 것을 보며 다른 방법을 찾아야 한다고 생각했다.

지금 노 씨 아저씨는 수십 명에게 공격받는 것이나 같았다.

가로수 괴물의 나뭇가지가 워낙 많아서였다.

더군다나 재생까지.

나무. 괴물이 된 나무. 상대할 수 있는 방법은…….

문득 사무실 안에 있는 필립으로부터 산 책이 기억났다.

나는 바로 사무실로 뛰었다.

"정수야, 지켜보다가 위험한 것 같으면 노 씨 아저씨에게 도망치시라고 해."

"네. 대장님."

나는 사무실로 들어와 책을 찾았다. 책상 위에 그대로 있었다.

책을 마구 넘겼다. 뒷부분에서 나무 같은 괴물들의 그림을 찾을 수 있었다.

"뭐야. 간단하네."

불타는 그림도.

괴물이라는 것에 너무 복잡하게 생각한 것 같았다.

나무면 아무리 괴물이라도 불에 약할 수밖에 없다.

"어. 끝이 아니구나."

불에 탄 나무는 완벽하게 죽는 것이 아니었다.

다시 살아난다. 책에는 잠시 멈춘 나무에게서 도망치거나 완전히 분해를 해야 한다고 되어 있다.

그 어디에도 약점은 나와 있지 않았다.

어쨌든 빨리 나무를 불태워야 했다.

사무실에서 나왔다.

"사장님. 무슨 일이에요?"

"세민이 너 마침 잘 왔다. 빈 병 좀 가져와."

"빈 병이요?"

"어. 휘발유 담을 거야. 빨리. 나중에 설명할게."

꼬치꼬치 캐물을 신세민이기에 일단 시켰다. 이래야 빨리 움직인다.

"네. 사장님!"

내가 이렇게 말할 때는 정말 급하다는 것을 세민이도 안다.

신세민이 빈 병을 가져올 때 나는 발전기 옆에 있는 휘발유 통을 가져 왔다. 없는 것이 없는 고물상의 장점이다.

병이 부딪치는 소리가 들리고 신세민이 유리병을 통에 가지고 왔다.

"3분의 2씩 담아."

휘발유 통은 2개다. 발전기 때문에 4통이나 사다 놨다.

그중 2통을 가져온 것이다.

"화염병 만들려면 천도 필요하지 않아요?"

"그냥 담아."

"네."

휘발유를 넣은 병에 천을 꽂는 것은 몇 개 안 할 것이다.

나무에 화염병을 던진다고 해서 바로 불이 활활 붙지 않는다.

영화나 뉴스에서 보는 화염병은 휘발유보다는 시너를 채운 게 더 많다. 발화가 더 빨리 되는 것이다.

영화에서 휘발유에 성냥 던져서 불 붙이는 것은 거짓말이다.

성냥은 그냥 꺼진다.

발화점이 다르다.

순식간에 휘발유 병이 20개나 만들어졌다.

"담아."

통에 병을 담았다. 그리고 철문을 향해 뛰었다.

신세민은 왜 뛰는지도 모르고 통을 들고 같이 뛰었다.

철문을 열고 나갔다.

"어……. 사장님……. 저게……."

"나중에 말하자."

나는 휘발유 병에 수건을 찢어 넣었다. 딱 3병만. 나머지는 그냥 던질 것이다. 나무에 휘발유가 충분히 적셔질 때까지.

"저 여자는 누구에요?"

"나중에!"

나는 휘발유 병을 들었다. 그리고 던지면서 소리쳤다.

"노 씨 아저씨! 뒤로 물러나요!"

병은 정확하게 가로수 괴물의 몸을 맞췄다. 덩치가 더 커진 가로수 괴물을 못 맞춘다는 것이 이상할 것이다.

"너도 던져."

"네. 사장님."

신세민도 던졌다. 그런데 가로수 괴물의 몸을 맞추지 못했다. 뿌리 부분과 땅에 부딪치며 깨졌다.

"야."

"아. 제가 던지는 것은 좀."

"던져."

"네."

노 씨 아저씨와 이연희가 빠지는 것을 보면서 계속 던졌다.

가로수 괴물들이 몸을 돌려 이곳으로 온다.

나뭇가지를 마구 흔드는 것이 화가 많이 났다는 것처럼 보였다.

"사장님……. 저것들 화 난 것 같은데요?"

"던져!"

"네."

"그거 말……."

신세민이 수건이 꽂힌 병을 던져 버렸다.

"아……. 죄송요."

아직 다른 병이 남았다. 신세민은 양손으로 병을 잡고 던지기 시작했다. 가로수 괴물이 가까이 와서 그런지 몸에 정확하게 맞았다. 이제 불을 붙일 차례다.

"라이터."

"네?"

맞다. 신세민은 담배를 안 핀다.

나도 지금은 라이터가 없다.

"대장님 여기요!"

정수가 라이터를 던진다. 왜 라이터를 지니고 있는지 모르겠지만, 그건 나중에 묻기로 하고.

바로 수건에 불을 붙였다. 어느새 가로수 괴물은 철문 근처까지 왔다. 그대로 병을 던졌다.

화르륵.

끼이익!

다닥다닥 붙어 와서 그런지 아니면 휘발유가 골고루 묻어서 그런지 5마리 가로수 괴물에 불이 순식간에 번진다.

불을 끄려는 듯 나뭇가지를 마구 흔든다.

불똥이 고물상 안까지 튀었다.

"이크."

신세민이 불똥을 피한다.

"안 죽어. 혹시 모르니까 휘발유 병 더 만들어 와."

"네. 사장님."

신세민이 뛰어가고 가로수 괴물의 움직임이 멈추기 시작했다.

재생도 되지 않는다.

노 씨 아저씨과 이연희가 달려왔다.

"노 씨 아저씨. 뿌리를 잘라요!"

노 씨 아저씨와 이연희는 가로수 괴물의 뿌리를 자르기 시작했다. 많은 뿌리 중 붉은색이 있는 부분을 자르자 가로수 괴물이 그대로 쓰러졌다. 덩치가 작아지면서.

노 씨 아저씨가 부르르 떠는 것 같았다. 무언가 희열을 느끼는 것처럼.

* * *

일본도에도 안 잘리던 가로수 괴물이 불에 너무 쉽게 움직이지 않는 것을 보자 노진수는 신기하다는 생각이 들었다.

고물상 사장이자 자신의 은인인 이성필이 마치 모든 문제를 해결할 수 있는 것처럼 느껴졌기 때문이었다.

가로수 괴물들이 완전히 움직임을 멈췄다.

문득 생각나는 것은.

이성필이 한 지시였다. 뿌리를 자르라는.

노진수는 몸이 회복되자 예전 습관도 살아나는 중이었다.

임무가 주어지면 무슨 일이 있어도 완수해야 한다는 그 압박감.

지금 해야 할 일은 이성필이 준 임무를 완수하는 것이다.

바로 아직 불이 꺼지지는 않았다.

하지만 지금이 임무를 완수하기 좋은 기회라는 것은 확실했다.

가로수 괴물이 재생을 안 한다.

노진수는 바로 가로수 괴물을 향해 뛰었다.

뒤에서 따라오는 발소리가 들린다.

이성필과 자신을 오해해서 죽이려던 여자.

이제는 적의가 보이지 않았다. 믿을 만하다는 생각이 들어 그냥 따라오게 뒀다.

가로수 괴물 근처에 도달하자 이성필의 목소리가 들렸다.

"노 씨 아저씨. 뿌리를 잘라요!"

이성필의 말에 노진수는 팔에 더 힘을 줬다. 그리고 다리이자 뿌리를 자르기 시작했다.

뿌리는 가지보다 약한 것 같았다. 가지는 있는 힘을 다해도 자르기 힘들었다.

하지만 뿌리는 너무 쉽게 잘렸다.

절반 정도 뿌리를 잘라냈을 때 무언가 몸 안으로 들어오는 것을 느낄 수 있었다.

이 느낌은 스포츠머리를 죽였을 때와 비슷했다.

왜인지 모를 쾌감이 온몸을 적신다. 자신도 모르게 몸을 부르르 떨었다.

가로수 괴물이 쓰러지면서 덩치가 작아진다. 확실하게 죽었다는 것을 알 수 있었다.

노진수는 바로 옆에 있는 가로수 괴물에게 시선을 돌렸다.

이 느낌. 강해진다는 쾌감. 더 강해지고 싶다!

노진수는 그 열망을 바로 실현하기 시작했다. 옆의 가로수 괴물을 향해 한 걸음에 달려가 뿌리를 자르기 시작한 것이다.

그리고 알았다. 진짜 더 강해졌다.

조금 전보다 힘이 덜 든다. 자신의 지닌 힘이 일본도를 더 단단하고 날카롭게 하는 것도 알았다.

그랬으면 하는 생각에 힘을 주고 있었으니까.

두 번째 가로수 괴물의 뿌리가 더 쉽게 잘린다.

그리고 운이 좋았는지 절반도 자르지 않아서 또 무언가 몸 안으로 들어오는 것이 느껴졌다.

가로수 괴물이 옆으로 쓰러지면서 작아진다.

그리고 느껴지는 쾌감.

첫 번째보다는 덜한 것 같았다. 하지만 이런 쾌감을 느낄 수 있다는 것 자체가 기뻤다.

그런데 여자가 가로수 괴물 하나를 쓰러뜨리는 것이 보였다.

그것을 보자 화가 치밀어 오른다.

노진수는 자신의 것을 빼앗긴 것 같은 느낌을 받았다.

여자가 다른 가로수 괴물에게 가려는 것을 보자 자신도 모르게 여자를 향해 뛰었다.

정확하게 말하자면 여자가 휘두르려는 검을 막기 위해서였다.

깡.

"뭐 하는 거예요?"

노진수는 대답하지 않았다.

막은 일본도를 순간적으로 떼면서 몸을 빙그르르 돌리며 여자를 공격했다.

여자는 뒤로 풀쩍 뛰면서 노진수의 검을 피했다.

하지만 노진수는 공격을 멈추지 않았다. 여자가 그럴 줄 알았다는 듯이 어느새 낮은 자세로 여자를 따라잡은 것이다.

다리를 노리고 휘둘러지는 일본도를 피해 여자는 위로 살짝 뛰었다.

그러면서 노진수를 공격해야 하나 고민이 됐다.

그렇지 않아도 오해해서 이성필을 죽이려 했다.

이연희는 쇠사슬을 끊고 이성필의 흔적을 쫓아 이곳에 온 것이다.

부모의 원수를 갚아 준 은혜를 갚으려는 의도도 있다.

하지만 이성필과 함께라면 안전할 것 같은 생각도 들어서였다.

그런데 노진수를 공격해 다치게 하면 이성필과 함께할 수 없다.

그런 망설임.

그것이 몸을 약간 둔하게 했다.

노진수는 방심할 상대가 아니란 것은 몰랐다.

사악.

어느새 노진수의 일본도가 오른쪽 허벅지 부근을 가르고 지나갔다.

"아악!"

꽤 깊게 베인 것 같지도 않은데 다리가 잘 안 움직이는 것 같았다.

이연희는 등줄기가 서늘해졌다. 자신이 배운 검술은 다리가 온전해야 제대로 된 위력이 나온다.

깡.

간신히 머리를 향해 날아오는 일본도를 막았다.

예상보다 더 강한 힘.

가로수 괴물을 죽이면서 노진수의 힘이 더 강해진 것을 알았다.

까강.

이정도 힘이라면 자신과 비슷하거나 약간 아래.

하지만 지금은 오른쪽 다리를 다친 상태다.

노진수의 검을 막을 수는 있어도 반격은 무리라는 것을 알았다.

이대로 가다가는 자신이 죽을 수 있다는 것도.

노진수의 검은 너무 날카로웠다.

빈틈을 기가 막히게 찌르고 들어온다.

가로수 괴물을 상대할 때와는 완전히 달랐다.

마치 인간에 최적화된 것처럼.

이연희는 자신이 조금만 더 약했더라면 벌써 죽었을 것 같았다.

"아저씨. 왜 이러는데요?"

이연희는 노진수의 공격을 멈추려 했다.

하지만 노진수는 눈을 번뜩이며 계속 공격했다.

까가강.

순식간에 세 번의 부딪침.

그리고 빈틈.

"죽어라."

아무런 감정도 실리지 않은 것 같은 목소리.

이연희는 노진수에게 공포를 느꼈다.

공포를 느낀 이연희는 제대로 대응할 수 없었다.

노진수는 그것을 아는지 일본도를 그대로 이연희의 머리를 향해 내리그었다.

이연희는 죽는다는 생각에 눈을 감았다.

"노 씨 아저씨!"

이연희는 슬며시 눈을 떴다. 그리고 기겁했다.

일본도가 눈앞에 보였기 때문이었다. 머리 바로 앞에서 멈춘 일본도.

1cm……. 아니 1mm만 더 왔어도 머리가 베였을 것이다.

노진수는 이성필의 목소리가 들리자 제정신을 차렸다.

그리고 자신이 광기에 물들어 이연희를 죽이려 한 것도 알았다.

자신의 광기를 잠재울 수 있는 것은 이성필뿐이라는 것도.

* * *

가로수 괴물을 잘 쓰러뜨리는 줄 알았는데.

노 씨 아저씨가 이연희를 향해 달려가 공격하는 것이 보였다.

그냥 이연희를 견제하는 줄 알았다.

이연희는 아직 우리 편이 아니니까.

조금은 불안하지만, 노 씨 아저씨가 이연희를 몰아붙이는 중이니 조금 지켜볼 생각이었다.

그런데 이상하다는 생각이 들었다.

노 씨 아저씨가 이연희를 진짜로 죽이려는 것 같이 보였기 때문이었다.

마치 원수를 만난 것처럼.

왜 그러지?

마트에서 고물상으로 올 때 일 때문인가?

이연희가 다리를 베인 것 같았다.

그리고 노 씨 아저씨가 마구 공격하더니 결국, 이연희의 머리를 향해 일본도를 위에서 아래로 내리치는 것이 보였다.

나도 모르게 소리쳤다.

"노 씨 아저씨!"

그러자 거짓말처럼 노 씨 아저씨의 일본도가 멈췄다.

그리고 일본도를 이연희 머리에서 치우고 뒤로 돌았다.

이연희는 죽지 않은 것 같았다.

"죄송합니다. 대장님."

노 씨 아저씨가 고개를 살짝 숙이며 소리쳤다.

하지만 나는 노 씨 아저씨에게 대답할 수가 없었다.

남은 2마리 가로수 괴물의 나뭇가지가 재생하는 것이 보였기 때문이었다.

"세민아!"

나는 고물상 안을 향해 소리쳤다. 빨리 휘발유가 든 병을 만들어 가지고 오라는 의미였다.

그런데 세민이의 목소리가 가깝게 들렸다.

"가요!"

철문 사이로 세민이가 나타났다.

양손에는 통이 들려 있었다. 딸그랑 소리가 난다.

휘발유가 든 병이 있다.

"어어……. 사장님!"

세민이도 가로수 괴물이 재생하는 것을 본 것 같았다.

"대장님! 피해요!"

노 씨 아저씨의 목소리였다. 고개를 돌렸다.

노 씨 아저씨가 나를 향해 뛰어온다. 꽤 빠르다.

"사장님 위험해요!"

신세민의 목소리에 나는 고개를 살짝 돌렸다.

어느새 가로수 괴물의 나뭇가지가 나를 향해 날아오고 있었다. 피하기는 늦은 것 같았다.

그때 노 씨 아저씨가 내 앞을 가로막았다.

그리고 일본도를 휘둘렀다.

서걱.

가로수 괴물의 나뭇가지가 그대로 잘렸다.

가슴이 철렁했다. 아. 이래서 사람들이 위기의 순간에 아무 생각도 안 난다고 하는구나.

피할 생각 따위는 나지도 않았으니까.

그냥 내게로 다가오는 가로수 괴물의 나뭇가지를 쳐다만 보고 있었다.

그것을 노 씨 아저씨가 막아 준 것이다.

"고… 고마워요."

"죄송합니다. 빨리 제정신을 차렸어야 하는데."

노 씨 아저씨는 내게 말하면서도 쉽게 가로수 괴물의 나뭇가지를 잘라냈다.

하지만 내가 보기에 가로수 괴물이 완전히 회복하면 처음과 비슷한 상황이 벌어질 것 같았다.

나뭇가지를 막느라 정신없었던.

"세민아 던져."

"네!"

뒤에서 휘발유 병이 날아갔다. 그리고 가로수 괴물의 몸에 맞았다. 그러자 가로수 괴물이 움찔하는 것 같았다.

노 씨 아저씨를 공격하던 나뭇가지가 멈칫했으니까.

생각을 하는 것인가?

아니면 경험한 것을 아는 것인가?

2마리 가로수 괴물이 조금씩 뒤로 물러나는 것 같았다.

아니, 확실히 뒤로 물러난다.

아직 완전히 회복되지 않아 느리지만.

"사장님 여기요."

신세민이 옆에 왔다. 내게 휘발유가 든 병을 내민다.

세민이가 주는 병을 받아 가로수 괴물을 향해 던졌다.

노 씨 아저씨는 가로수 괴물을 따라가지 않았다.

내 앞을 지키기 위해서인 것 같았다.

가로수 괴물이 공격을 멈추고 온전히 도망가려는 것 같았다.

하지만 그렇게 둘 수는 없지.

언제 다시 공격해 올지 모른다. 아니면 다른 사람을 공격할 수도 있다.

"세민아 수건 꽂은 건?"

"……."

신세민이 당황했다.

"대충 옷이라도 찢어."

"제 옷이요?"

"빨리!"

신세민은 옷을 찢으려 했다. 하지만 당황해서 그런지 옷이 잘 찢어지지 않았다.

"잠… 잠시만요."

"미안하다."

부욱.

그냥 옷 목 부근을 잡아서 힘차게 내렸다.

"억."

찢어진 옷을 대충 휘발유 병에 꽂았다. 아직은 약간 기다려야 한다. 옷에 휘발유가 스며들 때까지.

그나마 다행인 것은 가로수 괴물이 빠르게 움직이지 않는다는 것이다.

휘발유가 든 병을 거꾸로 들어 더 잘 스며들게 한 다음 불을 붙였다. 그리고 도망가는 가로수 괴물을 향해 던졌다.

화악.

화르륵.

끼이익.

가로수 괴물이 마치 소리를 지르는 것 같았다.

하지만 활활 타오르는 불길에 재생한 나뭇가지들이 타오르는 소리 같기도 했다.

얼마 못 가 다시 멈춘 가로수 괴물. 큰 몸통은 검은색이 됐고, 나뭇가지는 불타서 쪼그라든 것처럼 보였다.

밑의 불길은 거의 사라졌다. 나뭇가지 부분만 아직 남아 있다.

"노 씨 아저씨. 뿌리요."

뿌리 부근의 붉은색 점을 없애야 가로수 괴물이 완벽하게 죽는다.

그런데 노 씨 아저씨는 움직이지 않았다. 내게 일본도를 내밀었다.

"대장님이 직접 하시는 것이 나을 것 같습니다."

"왜요?"

"조금 전과 같은 일이 또 일어날지 모릅니다. 저 괴물을 죽이면 몸 안에 무언가 들어옵니다. 그때 전 쾌감 같은 것을 느꼈습니다. 그 감정에 휩쓸리기는 싫습니다."

나는 노 씨 아저씨가 내미는 일본도를 받았다.

그리고 성큼성큼 가로수 괴물을 향해 걸어갔다.

"사장님! 조심해요."

신세민의 말대로 조심할 필요는 없어 보였다.

조금 전에도 가로수 괴물은 아예 움직이지 않았다.

그냥 빠르게 약점을 공격해 없애는 것이 낫다.

나는 정확하게 가로수 괴물의 붉은색 점이 있는 뿌리를 잘랐다.

그러자 가로수 괴물이 옆으로 쓰러지며 작아진다.

그리고 내 몸에 들어오는 무언가가 있다.

힘이 강해진 것 같은 기분이 들었다. 하지만 노 씨 아저씨처럼 쾌감이 느껴지지는 않았다.

바로 옆에 있는 가로수 괴물을 향해 갔다. 그리고 붉은색 점이 있는 뿌리를 잘랐다.

역시 옆으로 쓰러지며 작아지는 가로수 괴물. 이번에도 내 몸에 무언가 들어왔다. 확실히 몸이 좋아지는 것 같았다. 마치 며칠 잠을 못 자다가 푹 자고 난 개운함 같은 것이 느껴진다. 활력이 넘친다고나 할까?

이제 가로수 괴물은 다 죽었다.

한쪽에 주저앉아 있는 이연희를 봤다. 그녀는 윗옷으로 다리를 지혈한 것 같았다. 절뚝거리며 일어난 이연희가 몸을 돌리는 것이 보였다. 나는 이연희에게 다가갔다.

"다리는 치료하고 가는 것이 나을 것 같은데요?"

멈칫.

이연희는 몸을 돌렸다.

"치료해 준다는 말은 내가 저 안에서 머물러도 된다는 건가요?"

단도직입적으로 묻는 것 같았다. 저번에도 느꼈지만, 특이한 성격 같았다.

“머물고 싶다면 내 명령을 따라야 하는데요?”

“명령을 따르면 내게 어떤 이익이 있어요?”

이거 만만치 않은 것 같았다.

그냥 합류하지는 않겠다는 건데.

“반대로 묻죠. 이연희 씨는 내게 어떤 이익을 줄 수 있나요?”

미안하지만 성격이 너무 강한 것 같았다.

그래서 누가 갑인지 정확하게 알려 줄 생각이었다.

세상이 어떻게 변했는지.

아니 변하고 있는지 모른다. 하지만 한 가지는 확실했다.

내가 주도권을 가지지 않으면 안 된다는 것.

“노 씨 아저씨를 도와 줬으니 치료 정도는 해 줄 생각이에요.”

“치료만 받고 떠나라는 건가요?”

“아니요.”

“그럼요?”

“물었잖아요. 내게 어떤 이익을 줄 수 있느냐고요.”

이연희가 고민하는 것 같았다. 그래서 더 직설적으로 말했다.

“이연희 씨는 고물상에 머물고 싶잖아요.”

“…….”

이연희가 당황하는 것 같았다. 하지만 그것도 잠시였다.

“빙빙 돌려서 말하려니 성격에 안 맞네요. 그래요. 나 오빠하고 같이 있고 싶어요.”

이번에는 내가 당황했다. 잘 모르는 여자가 갑자기 오빠라고 부르니.

"저기요. 이연희 씨 저 언제 봤다고 오빠라고 부르나요?"

"저보다 나이 많으시지 않아요? 제 나이는 아까 말한 것 같은데요. 다시 알려 드릴까요?"

시간이 얼마나 지났다고 그것을 기억 못 할까.

29살이라고 말한 것 기억하고 있다.

"이름은 이연희고요. 29살. 남자 친구는 없어요."

기가 막히네.

"왜 꼭 남자 친구 없다는 말은 하는 거죠?"

"그냥요."

대화가 이상하게 흘러가는 것 같았다. 그래서 다시 원래 대화로 돌아가려 했다.

"이연희 씨가 나에게 어떤 이익을 줄 수 있나요?"

"많아요. 첫째로 여기 다 남자만 있잖아요. 여자도 한 명 있어야 분위기가 칙칙해지지 않죠."

"남자만 있다고 해서 다 그렇다고 생각하는 것은 잘못된 겁니다."

"뭐 그럴 수 있다고 하죠. 하지만 나 같은 미인이 한 명 있는 것도 괜찮은 일 아닌가요?"

객관적으로 이연희는 미인 축에 속하는 것은 맞다.

큰 키에 운동을 해서 그런 것인지.

아니면 돌멩이 때문인지 몸이 좋다.

거기에 이종성 관장을 닮아서 그런지 얼굴의 이목구비도 뚜렷했다.

그렇다고 해서 이연희의 말을 그대로 인정해 주기는 싫었다.

"미인인지 아닌지는 몰라도 그런 이익은 없어도 돼요."

"음. 그럼 경호원 어때요?"

"노 씨 아저씨가 있어요."

"저 아저씨 싸움 잘하는 것은 인정하겠는데요. 그래도 한 명보다는 두 명이 낫지 않아요?"

맞다. 사실 이연희가 찾아와 주기를 바랐던 이유다.

그동안 종종 지나가다 만났던 이종성 관장은 밝고 인사성이 밝았다. 먼저 인사하고 말 한마디라도 걸었다. 두루두루 친해지고 싶어 하는 사람이었다. 그런 아버지 밑에서 자랐다.

그리고 몇 시간 전에 이연희가 자신의 잘못을 바로 인정하는 것을 봤다. 죽을 수 있는데도.

이연희의 인간성을 어느 정도는 믿을 수 있다는 판단을 했다.

"굳이 입을 하나 더 늘려서 여러 가지 생각을 더 하게 하기는 좀 그러네요."

일부러 밀어낸다.

이연희가 정말로 고물상에 머물고 싶다면 이정도 밀어내는 것은 아무렇지 않게 받아 내야 한다고 생각했다.

"오빠 말 따르면 되잖아요. 어차피 오빠 찾아 왔는데 갈 곳도 없어요. 진짜로 오빠가 저 필요 없다고 하면 갈게요."

밀어냈더니 아주 확 다가오네.

이렇게 나오면 더 밀어낼 수가 없다.

아예 떠나 버릴 테니까.

조금은 연기를 해야 할 것 같았다.

"하아. 알았어요. 그럼 이곳에서 머무는 대신 내 말에 무조건 따라야 해요."

이연희가 손뼉을 치며 좋아했다.

"꺄아. 네. 그럴게요. 오빠가 죽으라고 하면 죽을게요."

"무슨 그런 말을 해요. 죽으라고는 안 할 테니까 걱정 안 해도 됩니다."

이연희는 고개를 저었다.

"아니요. 오빠가 죽지 말라고 해도 죽을 수밖에 없는 상황이 생길 수 있잖아요. 그때는 오빠 대신에 제가 죽을게요."

이연희의 눈빛은 진심인 것 같았다.

"그렇게 안 놔둡니다."

욱하는 마음에서 나온 말이었다. 하지만 진짜로 그럴 생각이다.

내가 책임지는 사람을 죽게 둘 생각은 없었다.

"갑시다."

내 말에 이연희는 절뚝거리면서 다가왔다. 그런데 조금 이상했다. 절뚝거리는 것이 부자연스럽게 느껴진 것이다.

"오빠. 부축 좀 해 줘요."

싸늘한 느낌이 든다.

나는 신세민을 불렀다.

"세민아! 이리 와 봐."

"네. 사장님."

신세민이 뛰어왔다.

"여기 부축 좀 해 드려라."

"제가요?"

"어. 나는 노 씨 아저씨하고 이야기 좀 할 것이 있어서."

신세민의 입이 귀에 걸리려는 것 같았다.

"어디 잡아 드릴까요?"

"됐어요. 혼자서 걸어갈 수 있어요."

"네."

당황하는 신세민. 내 저럴 줄 알았다. 이연희는 조금 전보다는 편하게 절뚝거리면서 고물상을 향해 걸어갔다.

그러면서 나를 흘겨봤다.

신세민은 이연희를 따라가며 물었다.

"진짜 안 잡아 줘도 돼요?"

"네. 옷이나 입어요. 그리고 운동 안 해요?"

"……."

신세민은 찢어진 옷을 여미며 멈췄다.

좀 미안한데……. 어쩔 수 없다.

나는 노 씨 아저씨에게 갔다. 그리고 일본도를 주며 말했다.

"아저씨 좀 전에 한 말 자세히 듣고 싶어요."

노 씨 아저씨는 분명 쾌감이란 감정에 휩쓸렸다고 했다.

"잘 모르겠습니다. 괴물을 죽이고 나서 어떤 힘……. 아니 기운이 몸 안으로 들어오는 것 같았습니다. 그리고 온몸이 짜릿할 정도로 기분이 좋아졌습니다. 또 느끼고 싶을 정도로요. 그때 이연희 씨가……."

노 씨 아저씨는 잘 모르겠다고 하면서 자세하게 설명해 주기 시작했다.

"사장님 목소리가 아니었다면 이연희 씨를 죽였을 겁니다. 마치 약에 취해 제정신이 아닌 것 같은 느낌이었습니다."

"약이요? 무슨 약이요?"

어떤 약인지 짐작하면서도 일부러 물어보는 것이다.

"예전에 죄책감 같은 다른 감정이 생기지 않도록 약을 맞거나 먹은 적이 있습니다. 마약류였죠. 그때와 비슷했습니다. 아니 더 심했습니다."

노 씨 아저씨의 눈이 더 붉은색이 되어 있었다.

그리고 조금 옅어졌던 목과 머리 근처의 붉은색 점이 다시 진해졌다.

"아저씨 잠시만요. 목 좀 만져 봐도 될까요?"

"네."

노 씨 아저씨는 내가 잘 만지라는 듯이 고개를 숙이며 머리를 내밀었다.

목을 마사지하는 것처럼 하면서 붉은색 점을 만졌다.

붉은색 점이 점점 옅어진다.

손을 통해 내 몸 안의 무엇인가가 빠져나간다.

하지만 머리 부근의 붉은색 점은 변함없었다.

"머리도 좀 만져 볼게요."

"네. 그래 주세요. 정말 시원합니다. 머리가 엄청 맑아지는 것 같아요."

노 씨 아저씨의 목소리가 나른한 것 같은 느낌을 준다. 진짜 편해지는 것 같았다.

나는 머리 부근도 손가락으로 꾸욱 눌렀다. 사실 누르는 것보다는 붉은색 점을 만지는 것이 목적이다.

머리 부근의 붉은색 점도 옅어진다. 하지만 내 몸 안의 무엇인가도 빠져나갔다. 어젯밤과 다른 점은 더 오래 만지는 것이다.

하지만 노 씨 아저씨의 붉은색 점은 완벽하게 없앨 수 없었다. 아주 옅게 남았다. 느낌으로는 이 옅은 붉은색 점은 쉽게 사라질 것 같지 않았다. 한참을 건드려도 더는 옅어지지 않았으니까.

"이제 어떠세요?"

"머리 아픈 것이 사라졌습니다. 그리고 쾌감을 계속 누리고 싶은 갈증 같은 것도 사라졌습니다."

노 씨 아저씨는 손을 떼자 신기하다는 듯한 표정으로 나를 봤다.

"다행이네요."

"어떻게 하신 겁니까?"

"그냥 목과 머리를 풀어 주면 될 것 같았어요."

노 씨 아저씨 목과 머리에 붉은색 점이 있다는 것을 말할 수가 없었다. 그것이 노 씨 아저씨의 약점일 수도 있다. 그리고 노 씨 아저씨의 눈이 맑아졌다. 붉은색이 거의 사라진 것이다.

그것을 보며 한 가지 의문이 들었다. 살인을 많이 하거나 눈이 붉으면 붉을수록 힘이 강한 것 같았다. 노 씨 아저씨의 눈의 색이 옅어졌으니 힘이 다시 약해진 것일까?

"노 씨 아저씨 저 가로수 일본도로 베어 보실래요?"

"네. 대장님."

노 씨 아저씨는 왜 그렇게 해야 하는지 묻지도 않고 쓰러진 가로수로 갔다. 그리고 일본도를 휘둘렀다.

아주 깔끔하게 잘리는 가로수. 그렇게 힘을 주지 않은 것 같은데도 한 번에 몸통을 두 동강이 냈다.

"더 자를까요?"

"아니요. 그런데 힘이 약해졌다거나 그런 느낌은 없나요?"

"없습니다. 더 깔끔하게 힘을 쓸 수 있는 것 같습니다."

"깔끔하게요?"

"네. 간신히 제 생각대로 움직이던 몸이 지금은 자연스럽게 움직입니다. 도대체 어떻게 하신 건가요?"

노 씨 아저씨는 진짜 궁금하다는 표정으로 묻고 있었다.

"그냥요."

어떻게 설명해야 할까. 아직은 노 씨 아저씨에 관한 것은 말을 못 하겠다.

"알겠습니다."

그냥 수긍하는 것 같았다.

"하지만 한 가지는 더 확실해지는 것 같습니다."

"뭐가요?"

"사장님……. 아니 대장님이 특별한 분이시라는 것을요."

조금 머쓱했다.

"갑자기 변한 세상에 대장님이 꼭 필요한 분이라는 것도요."

"하하. 왜 그러세요. 사람 무안하게."

"아닙니다. 다른 사람은 몰라도 저에게는 꼭 필요하신 분입니다. 그리고 더 힘을 키우십시오."

"힘을요?"

"네. 이런 세상에서는 힘이 모든 것을 결정하니까요."

노 씨 아저씨의 시선이 쓰러진 가로수 괴물을 향해 있었다.

갑자기 생각나는 것이 있었다.

"혹시 저에게 가로수 괴물의 힘을 흡수하게 한 건가요?"

"사장님과 저희를 지키시려면 힘이 필요하실 테니까요."

몸을 돌리는 노 씨 아저씨. 솔직하게 좀 적응이 안 된다. 그냥 사람 좋고 항상 아무런 걱정 없는 표정으로 살던 사람이 하루아침에 다른 사람이 되었으니까. 그래도 좀 든든했다.

"아저씨 이거 가져가야죠."

나는 일본도를 들고 바쁘게 노 씨 아저씨를 따라갔다.

* * *

고물상으로 들어가면서 다시 철문을 닫고 자물쇠를 채웠다.

사무실로 가면서 생각이 많았다.

영화나 소설 속에서나 나오던 일이 현실이 됐기 때문이었다.

도대체 필립이라는 사람은 어떻게 이런 일을 알고 있었을까?

오늘은 필립에게서 산 책을 처음부터 끝까지 읽어 봐야 할 것 같았다.

"그냥 이연희 씨라고 부르면 안 될까요?"

"안 돼. 누님이라고 불러."

사무실에서 들리는 소리였다.

"누님?"

사무실에 들어가며 신세민에게 물었다. 그러자 신세민은 나를 쳐다보며 말했다.

"저보다 1살 많다고 하네요."

"그럼 누나 맞잖아."

"에이. 1살 차이인데요. 사회 나오면 10살까지는 친구라고 했어요."

"웃기고 있네. 그럼 나도 네 친구냐?"

"사장님은 다르죠. 직장 상사잖아요."

신세민은 이연희에게 호감이 있는 것 같았다. 저 녀석이 저렇게 행동하는 것은 처음 봤다.

"오빠, 치료 안 해 줘요?"

이연희는 앞에 있는 신세민은 신경도 안 쓰는 것 같았다.

다친 다리 부분을 내게 보여 준다. 옷도 찢어져서 다친 다리 쪽은 반바지처럼 되어 있었다.

"치료 안 해도 될 것 같네요. 거의 아물었는데요?"

신기했다. 꽤 크게 다친 것 같았는데 벌써 상처가 아물고 있다.

"치료해 준다면서요. 오빠가 한 약속이잖아요. 약속 안 지키실 건가요?"

"지켜야죠."

"그럼 빨리 치료해 주세요."

다리를 내 쪽으로 스윽 내미는 것이 보였다.

막상 이렇게 되니 좀 난감했다. 피가 나는 것도 아니고 아물고 있는 상처다. 여자 다리를 막 만지기가.

"내가 좀 보지."

구원자처럼 등장한 사람은 노 씨 아저씨였다. 노 씨 아저씨는 이연희의 대답도 듣지 않고 살짝 무릎을 굽혀 다리를 살폈다.

"어딜 만져요!"

"근육을 잘랐는데 잘 붙은 것 같군. 괴물 같은 회복력이야."

"괴… 괴물이요?"

왜 나를 보는 건데.

"그래도 무리해서 움직이지 않는 것이 좋을 거야. 확실하게 낫지 않은 이상. 압박 붕대 줄 테니까 대충 감아 놔."

노 씨 아저씨가 일어났다.

그러자 이연희는 내게 말했다.

"오빠가 정확하게 봐줘요. 치료해 준다고 했잖아요."

"내가 해 준다는 말은 안 했는데……."

그래도 신경은 쓰였다. 이연희의 다리가 괜찮은가? 그런 생각으로 봤다. 그런데 붉은색 점이 옅게 보였다. 정확하게 베인 곳에 말이다. 그리고 점점 더 색이 옅어진다. 그러더니 파란색으로 변했다.

"다 나았나 보네."

"그걸 어떻게 알아요."

"상처가 완전히 아물었잖아요."

내가 손으로 가리키자 이연희는 자신의 다리를 봤다.

그리고 진짜 다 아문 것을 확인했다.

"아. 그러네요."

"그럼 좀 쉬고 있어요. 세민아, 라면 좀 끓이자."

조금 전까지 긴장해서 그런지 배가 고팠다.

"몇 개나 끓일까요?"

"사람이 5명이니까 5개?"

신세민은 고개를 저었다.

"사람이 5명인데 5개 끓이면 어떻게 해요. 최소 7개는 끓여야죠."

"너 찬밥 말아 먹을 거잖아. 노 씨 아저씨도."

그런데 이연희의 목소리가 들렸다.

"오빠, 라면은 원래 많이 끓여야 해요. 저 생각보다 많이 먹어요."

노 씨 아저씨도 같은 생각 같았다.

"대장님, 체력 소모가 크면 먹는 것도 많습니다."

"그런가요? 그럼 7개 끓이고 모자라면 더 끓여 먹자."

"네. 사장님."

신세민이 사무실 밖으로 나가려 했다. 라면 끓일 준비를 하기 위해서겠지.

그런데.

"어? 정수야. 너 왜 이렇게 땀을 많이 흘리냐?"

신세민의 말에 나는 몸을 돌렸다. 신세민의 말대로 정수가 땀을 비 오듯 흘리고 있었다.

나는 정수에게 다가갔다.

"정수야, 너 어디 아파?"

정수는 어렵게 웃으며 말했다.

"대장님……. 괜찮아……."

"정수야!"

정수가 옆으로 그냥 쓰러진다. 반사적으로 정수의 몸을 붙잡았다. 정수는 의식을 잃은 것 같았다.

"정수야!"

어디가 아파서 기절한 것일까? 그런 의문이 들 때.

정수의 몸 곳곳에 붉은색 점이 보이기 시작했다.

옷에 가려진 부분은 안 보여도 얼핏 보이는 가슴 부분의 붉은색 점이 생긴 것을 봤을 때 온몸에 붉은색 점이 생긴 것 같았다.

왜 이러지?

몇 군데 붉은색 점이 점점 진해진다. 목과 머리 부분이다. 정확히 말하자면 목선을 따라 머리를 향하는 곳.

땀도 더 많이 흘리는 것 같았다. 옷이 젖을 정도였다.

거기에 열까지 난다. 점점 더 뜨거워지는 것 같았다.

"대장님. 아무래도 이대로 뒀다가는 탈수가 심해져서 죽을 수도 있습니다."

노 씨 아저씨의 말이 맞는 것 같았다.

땀 흘리는 양을 봐서는 진짜 몸에서 모든 수분이 빠져나올 것 같았다.

"열도 많이 나요!"

"일단 어디 눕힌 다음 살펴보는 것이 어떨까요?"

노 씨 아저씨 말대로 하는 것이 좋을 것 같았다.

사무실에는 정수를 눕힐 만한 곳이 없었다.

바로 숙소로 사용하는 컨테이너로 정수를 안고 뛰었다.

생각보다 가벼웠다. 내가 힘이 강해져서 그런 것도 있겠지만, 정수의 몸이 너무 말랐다.

옷에 가려져 모르고 있었다.

숙소는 신세민이 치워 놓은 것 같았다.

매트리스에 정수를 눕혔다. 그러자 노 씨 아저씨가 다가왔다.

"대장님, 제가 좀 보겠습니다. 아프리카에 있을 때 비슷한 증상을 보인 환자를 봐서요."

노 씨 아저씨의 말대로 옆으로 비켰다.

노 씨 아저씨의 예전 경력이라면 여러 종류의 환자를 봤을 것 같았기 때문이었다.

노 씨 아저씨는 정수의 윗옷을 거침없이 찢어 버렸다.

그리고 수건을 가지고 정수의 몸을 닦았다.

나는 정수의 상체에 많은 붉은색 점을 확인할 수 있었다. 그리고 심장 부근의 색이 진한 붉은색 점도.

더 옅긴 하지만 다른 진한 붉은색 점도 보였다.

"경련까지 합니다."

"어떤 약이 필요하죠?"

"강력한 마약성 진통제가 필요할 것 같습니다. 대장님."

그런 것이 있을 리가 없다.

노 씨 아저씨는 정수의 몸에서 떨어졌다. 그리고 어두운 표정으로 나를 보며 말했다.

"아무래도 포기할 수밖에 없는 것 같습니다. 죄송합니다."

그리고 노 씨 아저씨는 고개를 숙였다.

"제 능력으로는 어떻게 할 수 없습니다."

노 씨 아저씨는 너무 단정적으로 말하고 있었다.

환자 경험이 좀 있는 노 씨 아저씨도 포기한다고 해서 나도 포기하는 것이 맞을까?

순간 내가 왜 이런 고민을 하나 싶은 생각이 들었다.

아픈 사람이 있으면 어떻게 해서든 돌봐야 하는 것이 맞다.

내가 여력이 된다면 그렇게 하며 살았다.

더군다나 정수는 모르는 사람도 아니다. 고민해야 할 대상이 아니다. 그런데 나는 지금 망설이고 있다.

왜?

갑자기 정수가 한 말이 생각났다. 자신이 도움이 되지 않는다는 말이었다.

사실 정수가 그렇게 도움이 되지는 않았다. 그렇다고 죽어 가는 것이 분명한 정수를 그냥 둔다고? 마치 내 안의 깊은 곳에서 생존에 도움이 되지 않으면 버리라고 하는 것 같았다.

"으으. 할… 머니…"

정수가 신음과 함께 내뱉는 소리였다.

신세민이 다급하게 정수에게 소리친다.

"정수야! 정신 차려 봐. 정수야!"

정수는 신세민의 목소리에 살짝 눈을 떴다.

"미안해요."

정수의 눈은 신세민이 아닌 내게 향해 있었다.

그런데 정수는 내가 아닌 할머니에게 미안하다고 말하는 것 같이 느껴졌다.

"정말 미안해… 요."

정수의 눈에서 눈물이 주르륵 흘러내렸다.

땀을 너무 많이 흘려 눈물이 안 나올 것 같은데도.

지금도 땀을 계속 흘리고 있다.

그런데 이연희가 정수에게 다가간다. 그리고 검을 드는 것이 보였다. 노 씨 아저씨는 그것을 보고도 말릴 생각을 하지 않는 것 같았다. 나는 순간 이연희에게 소리쳤다.

"무슨 짓을 하려는 거야!"

이연희는 아무렇지 않은 표정으로 말했다.

"이렇게 고통받다가 죽는 것보다는 나아요. 오빠가 할래요?"

이연희의 말이 맞다. 그러니 노 씨 아저씨도 가만히 있는 것이겠지.

"아니. 정수를 살릴 거야!"

정말 이건 아니다 싶었다. 왜 내가 망설이는지. 이연희와 노 씨 아저씨가 왜 냉정하게 정수를 죽이려 하는지 모른다.

하지만 또 다른 내가 생각하는 방식은 지금까지 내가 살아왔던 삶이 아니다.

이대로 정수를 죽게 두면 내 삶을 부정하는 것이나 다름없다.

"비켜."

이연희는 순순히 옆으로 비켜섰다. 그녀의 표정은 안타까움 그 이상도 그 이하도 아니었다.

내가 정수에게 손을 댈 때 이연희가 말했다.

"오빠. 정수가 죽어도 오빠 책임이 아니에요. 어쩔 수 없는 경우가 있잖아요."

"해 보지도 않고 포기하는 것은 어쩔 수 없는 경우가 아니야."

짜증을 내듯 말하고는 정수의 심장 부근에 손을 댔다.

낫기를 바라면서.

그러자 몸 안에서 무언가 빠져나가는 것이 느껴졌다.

심장 부근의 붉은색 점이 점점 옅어진다.

그러자 정수의 거칠었던 숨소리도 점점 좋아지기 시작했다.

그런데 어느 정도 옅어진 붉은색 점은 더 옅어지지 않았다.

주변의 붉은색 점이 옅어진다.

주변의 붉은색 점과 연결된 것이 분명했다.

점점 더 많은 무언가가 내 몸에서 빠져나가고 심장 주변의 붉은색 점은 다 사라졌다.

아직 심장 부근의 붉은색 점만 아주 옅게 남아 있었다.

하지만 더는 정수를 치료할 수가 없었다.

"으음."

머리가 핑 하는 느낌이 들었다. 어지럽다. 나도 모르게 엉덩방아를 찧듯 주저앉았다.

"대장님!"

"오빠!"

"사장님!"

세 사람이 거의 동시에 소리쳤다. 하지만 내가 뒤로 넘어가지 않게 등을 받쳐 준 사람은 노 씨 아저씨였다.

"대장님. 좀 쉬었다가 하시죠. 정수가 좀 괜찮아진 것 같습니다."

노 씨 아저씨의 말대로였다.

정수가 흘리던 땀이 많이 줄었다.

"오빠. 신기하네요. 어떻게 한 거예요?"

이연희에게 대답해 주기 싫었다.

그런데 신세민이 자랑하듯 말했다.

"사장님 능력이죠. 발전기도 고쳤다니까요. 내가 보기에 사장님은 다 고칠 수 있는 능력이 있는 것 같아요."

가끔 신세민이 얄미울 때가 있다. 지금 같은 경우다. 시키지도 않았는데 나선다. 하지만 어떤 의도가 있지 않는다는 것을 잘 알기에 그냥 넘어가곤 했다.

"그래? 오빠에게 그런 능력이 있어?"

"몰랐죠? 우리 사장님이 얼마나 대단한 사람인데."

"사장님 자랑이야?"

"자랑할 만하니까 하는 겁니다. 그리고 그런 사장님 곁에 있는 사람이 나고요."

가뜩이나 어지러운데 머리 아프게 했다.

"쉬었다가 정수 치료하시는 것이 어떻겠습니까?"

노 씨 아저씨의 말대로 좀 쉬어야 할 것 같았다.

그런데 정수의 심장 부근의 붉은색 점이 색이 다시 진해지기 시작했다.

아주 조금이긴 하지만 이대로 뒀다가는 정수의 상태가 다시 나빠질 것 같았다.

"아니요. 할 때 해야겠어요."

몸을 일으켜 정수의 심장 부근의 붉은색 점에 손을 댔다.

하지만 이번에는 몸 안에서 무언가가 빠져나가지 않았다.

시간이 지나야 몸 안의 무언가가 다시 채워지는 것이 확실했다.

이렇게 되면 다람쥐 쳇바퀴 돌 듯 똑같은 상황이 될 것 같았다.

한 번에 정수를 치료하지 않는 한, 내 몸 안의 무언가가 다 소모될 때까지 치료했다가 쉰 다음 또 치료하게 된다.

부우웅.

컨테이너 밖에서 갑자기 들리는 소리였다.

무언가의 날갯짓 같은 소리.

모두 문을 향해 고개를 돌렸다. 그리고 깜짝 놀랐다.

"웜마야! 벌이……."

신세민이 화들짝 놀라 뒤로 펄쩍 뛰었다.

그럴 만한 것이 보통 벌이 아니었기 때문이었다.

최소 손가락 하나 정도의 크기다. 생김새는 꿀벌인데 크기는 말벌보다 더 크다.

하지만 문제는 크기가 아니었다.

한 마리가 빙빙 돌자 밖에 있던 거대 꿀벌들이 안으로 들어왔다.

최소 수백 마리다.

"대장님. 뒤로."

노 씨 아저씨가 일본도를 들고 내 앞으로 왔다.

이연희도 검을 들고 노 씨 아저씨 옆에 섰다.

그런데 이상했다. 거대 꿀벌들은 공격할 의사가 없는 것 같아 보였다.

몸을 세우더니 몸통을 보여 준다.

배 부근의 붉은색 점이 아주 잘 보이도록 하는 것 같았다.

"잠시만요."

나는 일어나서 노 씨 아저씨 앞으로 움직였다.

"대장님. 위험합니다."

"오빠. 저 벌침 주삿바늘보다 커요. 잘못 찔리면……."

내가 손을 내밀자 거대 꿀벌 한 마리가 조심스럽게 다가왔다.

그리고 배를 내 손에 댄다.

몇 번이나 배를 내 손에 댔다가 떼는 거대 꿀벌.

혹시나 하는 생각에 거대 꿀벌의 붉은색 점을 손가락으로 찔렀다. 생각보다 쉽게 푸욱 하고 들어갔다.

그리고 작은 꿀벌로 변해 떨어졌다. 파르르 몸을 떤다. 하지만 곧 떨림이 멈췄다. 죽은 것이다.

대신 내 몸 안에 무언가가 들어왔다. 가로수 괴물만큼은 아니다.

가로수 괴물에게 받은 것이 수박이라면 거대 꿀벌에게 받은 것은 포도 한 알 정도 될까?

다른 거대 꿀벌이 다가왔다. 그리고 배를 내민다. 정수의 능력이 생각났다.

"너희들 정수를 위해 온 것이니?"

내 말을 이해하지 못할 것을 알면서도 물었다.

그런데 거대 꿀벌은 이해하는 것 같았다. 날갯짓을 하며 위아래로 움직였다.

그리고 다시 배를 내민다. 거대 꿀벌 수백 마리에게서 무언가를 흡수하면, 어쩌면 정수를 치료할 수 있을 것 같았다.

내 마음속 깊은 곳에 있던 무언가가 생각을 바꾼 것 같았다.

정수가 살아 있으면 내게 이익이 된다는 것 때문이겠지.

이 거대 꿀벌에게 흡수하는 무언가는 내게 도움이 된다.

앞으로도 정수를 잘 이용하면 필요할 때에 무언가를 흡수할 수 있을 테니까.

망설임 없이 거대 꿀벌의 배를 찔렀다.

똑같이 작아지며 땅에 떨어지는 거대 꿀벌. 아니 작은 꿀벌은 몸을 부르르 떨더니 죽었다.

기다렸다는 듯이 다음 거대 꿀벌이 날아왔다. 배를 내밀자마자 나는 손가락으로 찔렀다. 그렇게 50마리쯤 거대 꿀벌에게 무엇인가를 흡수한 다음 몸을 돌렸다.

거대 꿀벌은 당황하는 것 같았다. 빙빙 돌며 나를 따라온다.

"지금 얼마나 치료할 수 있는지 확인하는 거야."

거대 꿀벌은 그제야 빙빙 도는 것을 멈췄다.

그러자 신세민이 말했다.

"사장님. 이제 꿀벌 괴물하고도 대화를 해요?"

가끔 보면 신세민은 정신력이 강한 것인지…….

아니면 무감각한 것인지 모르겠다.

"조금 전까지만 해도 무섭다고 도망치더니."

"지금은 사장님 말을 따르잖아요. 그리고 손가락으로 푹 찌르니까 죽으니."

신세민도 내가 한 것처럼 손가락으로 거대 꿀벌을 찌르는 것처럼 동작으로 했다.

그런데 거대 꿀벌은 신세민의 동작에 민감하게 반응했다.

피슉. 퍽.

거대 꿀벌의 꼬리 부분의 침이 컨테이너 벽에 박혔다. 그것도 신세민의 머리 옆을 지나서. 공기총을 쏘는 듯한 소리가 나더니 침이 날아간 것이다.

그 위력이 만만치 않은 것 같았다. 금속으로 된 컨테이너 벽에 박힌 것을 보면. 그리고 거대 꿀벌은 침이 한 개가 아니었다. 금방 다시 침이 보였다. 그리고 신세민을 겨눈다.

"사장님!"

신세민은 머리를 감싸며 주저앉았다.

"공격하지 마."

거대 꿀벌은 내 말을 알아듣는 것이 분명했다.

꼬리의 방향을 바꿨다.

그리고 정수의 몸 위를 빙글빙글 돌기 시작했다.

빨리 치료하라는 듯이.

나는 심장 부근의 붉은색 점에 다시 손을 댔다.

몸 안에서 무언가가 빠져나간다.

50마리 거대 꿀벌에게서 흡수한 것이 다 빠져나간 것 같았다.

이번에는 어지럽지 않았다.

심장 부근의 붉은색 점은 다시 옅어졌다.

그리고 목 부근의 붉은색 점도.

"다시 해야겠다."

거대 꿀벌은 그럴 줄 알았다는 듯이 내게 와서 배를 내밀었다.

다시 거대 꿀벌의 배에 손가락을 대기 시작했다.

* * *

500마리.

내 손에 다시 작은 꿀벌이 되어 죽은 숫자다.

50마리 단위로 정수를 치료했다.

정수의 몸에 생겼던 붉은색 점은 거의 사라졌다.

하지만 아직 완벽하게 사라진 것은 아니었다.

내 몸 안의 무엇인가가 빠져나가지 않는데도 심장 부근과 목 부근의 붉은색 점은 더는 옅어지거나 사라지지 않았다. 아무래도 나머지는 정수의 몸이 알아서 치료해야 하는 것 같았다.

그렇게 생각하는 이유는 정수가 더는 땀을 흘리지 않고 편안한 표정으로 잠들어 있기 때문이었다.

이제 문제는 다른 곳에 있었다.

"대장님. 어떻게 할까요?"

"그냥 있어야죠. 숫자가 너무 많아요."

거대 꿀벌은 500마리만 있는 것이 아니었다.

엄청난 숫자의 거대 꿀벌이 컨테이너 숙소 주위를 둘러싸고 있었다.

안에도 한 200마리쯤 있는 것 같았다.

밖으로 나가려고 하면 꼬리의 침을 겨눈다. 한두 마리도 아니고 수백 마리가 쏘는 벌침을 막을 수가 없다.

하지만 가만히 있으면 거대 꿀벌도 가만히 있는다.

"아마 정수가 깨어나면 해결될 겁니다."

"오빠. 만약에 해결이 안 되면요?"

해결될 것이 분명했다. 하지만 다른 상황이 벌어질 수도 있겠지.

그때는 다 죽이는 수밖에 없다.

그런데 거대 꿀벌은 이제 걱정이 안 된다.

정확하게 말해서 위협이 안 되는 것 같았다.

그냥 자신감 하나 가지고 이런 생각을 하는 것이 아니었다.

거대 꿀벌은 나를 제외한 신세민이나 노 씨 아저씨 그리고 이연희만 경계했다.

꼬리 침을 내게 겨누지 않는 것 같았다.

"사장님. 정수 깨어날 때까지 이대로 있어요?"

"세민아. 조금 전 들었잖아."

"배고픈데."

신세민의 말을 들으니 나도 배가 고파졌다.

정수가 쓰러지기 전 모두 배가 고프다고 라면을 끓여 먹으려 했다.

하지만 정수 때문에 정신이 없다 보니 배고픈 것도 잊고 있었다.

잊은 것을 상기시켜 주다니.

"나도 좀 배가 고프긴 하네요. 오빠."

"으음."

노 씨 아저씨는 차마 말을 못 하는 것 같았다.

그런데 배고픔이 조금 이상했다. 급격하게 허기가 진다.

마치 하루를 굶은 것처럼.

"어. 사장님 더워요?"

"아니."

지금 덥다기보다는 약간 춥다는 느낌이 있었다. 마치 감기 몸살이 오기 직전 같았다.

"그런데 왜 그렇게 땀을……."

"내가?"

"네."

신세민은 내가 자신의 말을 믿지 않는 것 같자 노 씨 아저씨를 보며 말했다.

"노 씨 아저씨. 사장님 땀 많이 흘리죠?"

"아마 정수 때문에 무리해서 그런 것 같습니다. 2시간 이상 정수를 치료하셨으니."

노 씨 아저씨의 말이 맞기도 하지만, 내 몸이 점점 안 좋아지는 것은 다른 이유 때문인 것 같았다.

이 증상은 마치 면역력이 떨어져 갑자기 감기가 걸리기 직전과 같았다.

며칠 동안 잠도 제대로 못 자고 힘든 일을 한 다음 나타나는 증상과도 비슷했다.

그럴 때마다 2~3일은 아팠다. 약을 먹고 잠을 푹 잔 다음 영양가 있는 음식을 먹은 후에야 정상으로 돌아왔다.

아니면 이런 증상이 있을 때는 미리 얼큰한 국물이 있는 것을 찾아 먹었다. 영양가 있는 것으로, 순댓국이나 감자탕 또는 육개장 같은. 순댓국에는 청양 고추를 잔뜩 넣어서 먹으면 된다.

"노 씨 아저씨도 땀 흘리네요?"

신세민의 말에 고개를 돌렸다. 신세민의 말대로였다.

그리고 이연희도 땀을 흘리고 있었다.

신세민만 땀을 흘리지 않았다.

이 컨테이너 안에 있는 5명 중 단 1명만이 땀을 흘리지 않는다.

간단하게 도출해 낼 수 있는 결론이 하나 있다.

신세민만 특별한 능력이 없다.

신세민만 땀을 흘리지 않는다.

능력이 있는 사람만 땀을 흘린다.

내 생각에는 능력을 과도하게 사용하면 이런 현상이 나타나는 것 같았다.

"그냥 좀 피곤할 뿐입니다. 걱정 안 하셔도 됩니다. 대장님."

"저도요. 배가 좀 고프기는 하지만요."

이연희만 배가 고플까?

나는 노 씨 아저씨에게 물었다.

"노 씨 아저씨는 배 안 고파요?"

"참을 만합니다."

"배고프다는 거네요."

"그렇기는 합니다."

나와 노씨 아저씨 그리고 이연희는 무조건 무언가를 먹어야 할 것 같았다.

나는 몸을 돌려 거대 꿀벌을 향해 걸었다.

"대장님!"

"오빠. 위험해… 요?"

이연희의 저 반응은 당연했다. 거대 꿀벌이 나에게는 침을 겨누지 않았다. 하지만 비키지도 않았다.

그냥 막는 것 같았다.

"나만 나갔다 올 거야. 먹을 것이 필요해."

이번에는 못 알아듣는 것인가?

거대 꿀벌이 비키지 않았다. 다시 거대 꿀벌을 향해 몸짓까지 하며 말했다.

"배가 고프다고! 먹어야 해."

한 마리 거대 꿀벌의 움직임이 변했다. 부웅 부웅 거리며 춤을 추듯 날기 시작했다.

그 춤을 몇 마리가 따라 한다.

그러더니 거대 꿀벌이 내게 길을 내주기 시작했다.

딱 한 사람만 지나갈 수 있을 정도였다.

"아무래도 나 혼자만 나갔다 올 수 있는 것 같네요. 기다려요."

"대장님."

노진수는 이런 상황이 반복되는 것 같자 짜증이 나기 시작했다.

자신이 이성필을 보호하고 도울 줄 알았다.

이런 난장판 같은 전쟁터를 경험해 봤으니까.

하지만 결론은 계속 이성필의 도움을 받는다.

"금방 올게요."

이성필이 거대 꿀벌 사이를 지나가는 것을 보며 이를 악무는 것밖에 할 수 없다는 것이 싫었다.

* * *

컨테이너 숙소를 나오자 눈에 띄는 것이 있었다.

거대 꿀벌보다 최소 2배는 더 커 보이는 벌.

날개의 모양도 달랐다.

여왕벌이다.

여왕벌에게 다가가자 거대 꿀벌이 이번에는 다른 반응을 했다.

일제히 나를 향해 꼬리의 침을 겨눈 것이다.

하지만 여왕벌이 날갯짓을 하자 거대 꿀벌이 꼬리를 내렸다.

여왕벌은 멈춘 나를 향해 날아왔다.

그리고 내 몸 주위를 빙빙 돌기 시작했다.

마치 영역을 표시하듯.

약간 이상한 냄새도 나는 것 같았다. 몸에 밸 것 같았다.

그리고 떨어졌다.

여왕벌은 다시 거대 꿀벌들의 호위를 받으며 내게서 멀어졌다.

여왕벌은 붉은색 점이 두 군데였다.

배와 머리.

머리는 모르겠지만, 배만 찌른다고 해서 죽을 것 같지 않았다.

"정수 다시 일어날 거야."

여왕벌을 향해 말한 것이다. 여왕벌은 날갯짓을 더 빠르게 했다.

그것을 보며 마트에서 가져온 음식을 보관한 컨테이너 창고로 갔다.

"발전기 연결해서 냉장고 가동해야겠네."

통조림이나 라면 같은 것은 상온에 그냥 놔둬도 된다.

하지만 고기는 아니다. 냉동된 고기가 녹고 있었다. 이 컨테이너 창고에는 대형 냉장고도 있다.

라면과 고기를 이동용 수레에 실었다.

무게야 문제가 안 된다. 하지만 두 손으로 들 수 있는 양은 한계가 있다.

이동용 수레를 번쩍 들어서 컨테이너 창고에서 나왔다.

고기만 15kg이 넘는데 가벼웠다.

그대로 컨테이너 숙소로 갔다. 숙소 안에 휴대용 버너와 각종 주방 기기는 다 있다.

* * *

지글지글.

프라이팬 위에서 기다란 삼겹살이 잘 구워지고 있었다. 구워진 삼겹살은 자르지 않은 그대로 김치에 돌돌 말아서 입에 넣었다.

나만 그런 것이 아니다. 노 씨 아저씨와 이연희도 나와 똑같이 먹고 있었다. 마치 며칠 굶은 사람처럼.

"우와. 이게 다 들어가요? 라면을 10개나 끓여 먹었는데?"

아무도 대답하지 않았다.

입안 가득히 고기와 김치가 있었으니까.

이연희가 입안에 든 것을 꿀꺽 삼키더니 말했다.

"빨리 굽기나 해!"

"알았어요."

배가 부르다고 더는 못 먹겠다고 한 신세민이 고기를 계속 굽고 있다.

프라이팬에 들어가는 삼겹살은 4줄이 최대였다.

2줄은 내가 먹으라는 듯 노 씨 아저씨와 이연희는 손도 대지 않았다.

신세민에게 빨리 더 구우라고 재촉만 했다.

나는 아무런 말도 하지 않고 한 번에 2줄씩 먹었다.

진짜 배가 고팠으니까.

15kg의 고기가 이제 얼마 안 남았을 때쯤 배고픔이 슬슬 사라졌다. 그리고 고기를 먹을수록 나와 노 씨 아저씨 그리고 이연희가 땀을 흘리지 않았다.

"배고… 파요."

"누가 아직도 배가 고프다고……. 정수야!"

신세민이 투덜거리다가 화들짝 놀라며 기뻐했다.

나도 기쁘지만 신세민의 과한 행동에 표현할 기회를 놓쳤다.

신세민이 고기를 굽다 말고 정수를 향해 펄쩍 뛰었으니까.

"정수야. 괜찮아?"

"네. 괜찮아진 것 같아요. 그런데……."

"왜? 어디가 안 좋아?"

"배고파요."

신세민은 뒤로 돌더니 막 구워진 삼겹살을 접시에 담아 정수에게 가져갔다.

"먹어."

정수는 어색하게 웃으며 말했다.

"너무 큰데요?"

"그렇지? 저 사람들이 이상한 거라니까? 뭐가 급한지 한 줄을 그냥 김치에 싸서 먹더라고. 금방 잘라 줄게."

신세민은 삼겹살을 먹기 좋게 잘랐다. 그리고 김치도 잘라 줬다.

"먹어. 많이 먹어. 더 구워 줄게."

신세민이 접시를 내밀었다. 그때 이연희가 접시를 낚아챘다.

"왜요?"

"너는 환자가 제대로 음식을 먹을 것 같냐? 죽이나 끓여."

"누나. 저 삼겹살 먹고 싶어요. 삼겹살 냄새 때문에 일어났어요."

이러면 안 되는데 정수의 말이 조금 웃겼다.

아파서 기절했는데 삼겹살 냄새 때문에 깨어나다니.

나중에 기회가 되면 치킨으로도 가능한가 실험해 보고 싶었다.

다시 정수나 누군가가 쓰러졌으면 하는 것은 아니었다.

"그래? 아! 해."

"네?"

"입에 넣어 줄게. 팔 들 힘도 없잖아. 누워서 먹으면 체할 수 있으니 앉자."

이연희는 고개를 돌려 신세민에게 말했다.

"애 좀 앉혀."

"누나도 팔 있잖아요."

"접시 들고 있잖아."

신세민은 입을 삐쭉 내밀고는 정수를 앉혔다.

그러자 이연희는 손으로 삼겹살을 집어 김치에 싼 다음 정수에게 내밀었다.

"아!"

정수는 당황하는 것 같았다.

"손 깨끗해! 안 죽어."

내가 보기에는 안 깨끗했다.

저 손가락을 입에 넣고 몇 번이나 쪽쪽 빠는 것을 봤는데.

"배고프다며!"

"네."

"아! 해."

"네."

정수는 마지못해 입을 벌렸다. 그러자 이연희는 정수의 입 안에 김치로 싼 삼겹살을 넣었다.

정수는 몇 번 우물거리더니 삼키는 것 같았다.

"체하겠다. 더 씹어서 삼켜."

정수는 대답 대신 입을 벌렸다.

"맛있지? 누나 손맛이 좋다니까?"

정수의 입에 또 김치에 삼겹살을 싸서 넣어 준다.

그것을 보며 신세민이 투덜거렸다.

"내가 구웠는데."

"빨리 가서 고기나 더 구워."

내가 저럴 줄 알았다. 그냥 고기를 굽든지 아무런 말도 하지 말지.

사서 욕을 먹냐.

"대장님."

노 씨 아저씨가 내게 다가왔다.

"네."

"아무래도 그냥 배가 고픈 것이 아닌 것 같습니다."

나는 고개를 끄덕였다.

"저도 그렇게 생각해요."

"역시 그러셨군요. 원래 극도의 스트레스를 받거나 하면 식욕 같은 것이 생기기는 합니다. 그래서 그런 줄만 알았는데 라면을 먹고 삼겹살까지 먹으면서 다르다는 것을 알았습니다."

내가 알기로는 식욕만 생기는 것이 아니다.

사람에 따라 다르지만, 폭력적인 성향이 나타나거나 성욕이 나타나기도 한다.

"이건 마치 기름이 다 떨어진 차에 기름을 넣듯 소모된 에너지를 채워야 하는 것 같습니다."

나도 노 씨 아저씨의 생각과 같았다.

"능력을 과도하게 사용하면 일어나는 부작용 같은 것인가 보네요."

"아무래도 그런 것 같습니다."

이렇게 생각하는 이유가 있었다.

마트에 갈 때나 올 때는 이런 현상이 없었다.

노 씨 아저씨는 가로수 괴물을 상대하고 광기 비슷한 모습을 보이며 이연희를 죽이려 했다.

이연희는 가로수 괴물을 상대하고 광기에 젖은 노 씨 아저씨를 상대했다.

두 사람은 그때 과도하게 힘을 사용했을 것이다.

나는 노 씨 아저씨를 치료하고 정수까지 치료하느라 과도하게 힘을 사용했다.

"그렇다면 정수는 몸이 견디기 힘들 정도로 힘을 사용했다는 거네요."

내 말에 노 씨 아저씨는 고개를 끄덕였다.

지금은 정수에게 왜 그랬는지 묻지 않았다.

지금 정수는 이연희가 싸 주는 김치 삼겹살을 먹느라 바쁘니까.

* * *

남은 삼겹살에 라면 2개까지 먹은 정수는 언제 아팠냐는 듯이 일어났다.

심장 부근과 목 부근의 붉은색 점도 사라졌다.

내가 배고픔까지는 해결해 줄 수 없으니 붉은색 점이 안 사라진 것 같았다.

어떻게 보면 몸을 움직이는 에너지까지는 내가 채워 줄 수 없다는 것이겠지.

대충 헐렁한 신세민의 옷을 입은 정수가 내 앞에 있다.

"정수야. 너무 무리하지 않았으면 해. 그리고 아프면 아프다고 말하고."

내 말에 정수가 고개를 푹 숙였다.

그리고 작은 목소리로 말했다.

"그냥 대장님에게 도움이 되고 싶었어요. 그래서 최대한 많은 친구들을 불렀어요."

나는 뒤에 붕붕거리며 나는 거대 꿀벌을 가리켰다.

"저 애들 말하는 거니?"

고개를 들어 나를 보며 정수는 또 고개를 흔들었다.

"아니요. 저 애들은 제 부하인데요."

"부하?"

"네. 집근처 산에 있던 애들이에요. 가끔 설탕물도 주고 사탕도 줬어요."

정수 집근처는 큰 산이 없다. 그냥 언덕 비슷한 산책로뿐이었다.

"마트에서 다시 만났어요. 그리고 내 명령을 들었어요."

"그래? 어떤 명령?"

"더 강해져서 나를 도와 달라고 했어요."

명령보다는 부탁에 가까운 것 같았다.

"그랬더니 마트에서 어디론가 가더라고요. 그리고 대장님을 만난 거고요."

"처음부터 저렇게 컸어?"

"아니요. 저렇게까지는 안 컸어요."

"그런데 어떻게 정수 네 부하인 줄 알아?"

"그냥요. 내 명령을 들으니까요."

정수가 손짓하자 거대 꿀벌 한 마리가 날아왔다. 그리고 정수의 손바닥 위에 앉았다.

"사실 얘네들 때문에 더 힘들었어요. 특히나 여왕벌은 다른 곳으로 가려고 하더라고요. 그거 말리느라……."

무슨 일이 있었는지 대충 짐작이 간다.

지금은 거대 꿀벌이 신세민이나 노 씨 아저씨 그리고 이연희를 공격하려 하거나 경계하지 않았다.

정수의 명령 때문이었다.

"지금은 정수 네 명령을 잘 따르는 것이 확실하지?"

"네. 진짜 제 명령을 따라요. 그리고 저보다 대장님 명령을 무조건 더 따르라고 했어요."

"나? 내 명령을?"

"네."

어쩐지 거대 꿀벌이나 여왕벌이 나를 적대하지 않는다 싶었다.

"저기……. 대장님."

"왜?"

"저 애들 묻어 주고 싶은데요."

컨테이너 숙소 한편에 수북하게 쌓인 꿀벌의 시체들이었다.

정수는 자신이 어떤 방식으로 치료를 받았는지 들었다.

"그래. 그렇게 해. 대신 앞으로 무리하지 않겠다는 약속은 하고."

"네!"

씩씩하게 대답하는 정수를 보며 나는 웃어 줬다.

나는 정수가 꿀벌 시체를 조심스럽게 작은 통에 담는 것을 보며 컨테이너 숙소에서 나왔다.

거대 꿀벌은 고물상 곳곳을 날아다니고 있었다.

마치 경계를 하듯.

"대장님."

노 씨 아저씨 목소리였다.

"네."

"건전지 좀 고쳐 주셨으면 합니다."

"건전지요? 그건 왜?"

"아무래도 고물상 주변에 누가 접근하면 알 수 있도록 장치를 해야 할 것 같아서요."

"어떤 장치를요?"

"장치라기보다는 부비트랩에 가깝습니다. 그리고 길 건너 농자재 가게에서 이것저것 가지고 오겠습니다."

거긴 왜 가나 싶었다. 농자재 가게는 농업 관련한 물품만 있기 때문이었다.

내가 궁금해하는 것을 아는지 노 씨 아저씨가 말했다.

"휘발유병보다 더 강력한 화염병과 급조 폭발물을 만들 생각입니다."

4. 자연의 공격

손만 대면
다 고쳐

이성필이 정수를 치료하는 동안 노진수는 수많은 생각을 했다.

자신의 경험과 능력이 크게 도움이 되는 것 같지 않아서였다.

하지만 그렇다고 낙심한 것은 아니다. 어떻게 하면 이성필을 더 도울 수 있을까?

그런 고민을 하는 것이었다.

하루아침에 자신이 알던 상식이 통하지 않는 세상이 된 것 같았다.

그렇다면 노진수는 자신이 할 수 있는 데까지 하는 것이 맞다는 결론을 내렸다.

마지막 해결은 이성필이 한다 해도 해결책을 찾는 시간이 필요할 수 있다.

지금까지 보면 그런 경우가 대부분이었다. 그렇다면 그 시간을 벌어 주는 것은 자신이 할 수 있다.

이 고물상을 요새처럼 만드는 것이다.

무언가 접근하면 알 수 있게 소리 나는 부비트랩.

가로수 괴물 같은 불에 약한 괴물에 대응할 더 강력한 화염병.

그리고 정수가 데리고 온 벌 같은 다수의 괴물을 상대할 수 있는 폭발물 등.

이런 것들은 자신이 만들 수 있었다.

하지만 몇 가지는 이성필의 도움이 필요했다. 그리고 허락도.

그래서 지금은 자신이 할 수 있는 것을 하기 위해 이성필을 찾았다.

* * *

노 씨 아저씨가 강력한 화염병과 급조 폭발물 이야기를 하자 농자재 가게에 왜 가는지 이해가 됐다.

이제는 누구나 흔하게 알 수 있는 질소 폭탄.

가장 쉽게 구할 수 있는 곳은 농자재 가게다.

그곳에는 질소 비료가 쌓여 있다.

질소 비료만 있는 것이 아니다. 각종 화공 약품도 있다.

"그런데 건전지는 왜 필요하세요?"

"뇌관을 격발하는 데 필요합니다. 그냥 인장 뇌관을 사용하면 필요할 때 사용하지 못할 수 있습니다."

나는 이해가 되지 않았다.

"필요할 때 사용하지 못하다니요?"

"작은 동물 같은 것이 건드려도 폭발할 가능성이 큽니다. 그리고 그 폭발 때문에 괴물이나 다른 이들의 이목을 끌 수도 있습니다."

이제야 이해가 됐다.

"아. 그렇겠네요. 제가 궁금하면 못 참는 버릇이 있어서."

"괜찮습니다. 그런 것이 대장님의 장점이라고 생각합니다. 그럼 다녀와도 될까요?"

"물론이죠. 조심해서 다녀오세요."

노 씨 아저씨의 말을 들으니 든든했다.

어떻게 보면 노 씨 아저씨가 없었다면 마트에 다녀오는 일은 더 어려웠을 것이다.

어쩌면 돌아오지 못했을 수도 있다.

김규열을 막아 주고 거대 장미 괴물을 먼저 상대했다.

거기에 가로수 괴물을 상대하면서 내가 약점을 찾을 수 있게 해 줬다.

지금은 내가 할 수 없는 것을 해 주려 했다.

그러니 든든할 수밖에.

"그런데 건전지보다는 자동차 배터리가 낫지 않나요?"

"자동차 배터리가 있으면 더 확실하긴 합니다만, 건전지도 필요합니다."

"그럼 두 개 다 고쳐 놓을게요."

거대 가로수 괴물과 거대 꿀벌에게서 흡수한 무엇인가의 양이 적지 않았다. 건전지와 자동차 배터리 정도는 쉽게 고칠 수 있을 것 같았다.

여유가 되면 트럭도 고쳐 볼 생각이었다.

노 씨 아저씨가 마트에서 가져 온 카트를 끌고 나갈 수 있게 철문을 열어 줬다.

정수를 시켜 노 씨 아저씨 주변에 무엇인가 접근하는지 살피고, 노 씨 아저씨가 돌아올 때 철문을 열어 주라고 한 다음 나는 건전지와 자동차 배터리를 찾으러 갔다.

* * *

건전지와 자동차 배터리를 있는 대로 가져 왔다.

평소에도 품목별로 구분해 놔서 찾는 것은 어렵지 않았다.

원래 건전지는 받지 않는다. 하지만 정수의 할머니 같은 노인분들이 돈이 되는 줄 알고 가져온 것을 받아 줬다.

양도 꽤 된다.

하지만 문제는 따로 있었다.

여기 있는 건전지는 1차 전지다. 1차 전지란 1회용이다.

재충전이 가능한 것이 2차 전지다.

대부분 구분을 하지 않고 그냥 가져들 왔다.

"2차 전지는 몇 개 안 되네."

300여 개의 건전지 중에 충전이 가능한 2차 전지는 10개뿐이었다.

노 씨 아저씨가 필요한 개수가 몇 개인지 모른다.

하지만 최대한 확보해 놓는 것이 좋을 것 같았다.

1차 전지는 물론, 2차 전지도 붉은색 점이 보였다.

"세민아!"

조금 기다리자 세민이가 나타났다.

"왜요?"

"랜턴 다 가지고 와."

"날도 밝은데 랜턴은 왜요?"

"그냥 좀 가지고 와라."

"알았어요."

신세민이 랜턴을 가져 왔다. 고물상 전체에 등을 설치해 놓지 않았다.

컨테이너가 있는 곳에만 보안등이 있다.

밤에는 다른 곳에서 비치는 불빛에 어렴풋이 보일 뿐이다.

그래서 밤에는 랜턴을 들고 돌아다녀야 했다.

큰 랜턴이 3개에 작은 휴대용 랜턴이 4개 있었다.

신세민은 그것을 다 가져왔다.

"근데 큰 거는 안 맞을 텐데요."

신세민의 말대로 큰 랜턴에 맞는 건전지는 없었다.

하지만 큰 랜턴이나 작은 휴대용 랜턴은 잘 되던 것이었다.

건전지만 고치면 바로 사용할 수 있다.

"한번 보게."

먼저 큰 랜턴의 건전지를 꺼냈다. 사각형 모양의 건전지.

역시 붉은색 점이 보였다. 붉은색 점은 플러스와 마이너스 표시가 되어 있는 곳에 두 개.

그리고 몸통에 한 개였다. 몸통의 붉은색 점이 더 컸다.

위의 작은 붉은색 점은 손을 대자마자 사라졌다. 몸통의 붉은색 점은 1초 정도 걸렸다.

랜턴에 건전지를 넣고 스위치를 켜자 불이 들어왔다.

"우와. 내가 할 때는 안 됐는데."

"다른 것도 건전지 빼서 줘."

"네. 사장님."

신세민은 정말 신기하다는 표정으로 랜턴에서 건전지를 분리했다.

나는 붉은색 점을 모두 사라지게 했다.

그리고 랜턴에 불이 들어오나 확인까지 했다.

"다 들어오네요. 예전부터 생각한 건데……. 사장님 손은 진짜 금손이에요."

나는 신세민의 말에 반응하지 않았다.

"작은 랜턴에서 건전지 다시 빼라."

"왜요?"

"좀!"

"네."

신세민이 작은 랜턴에서 건전지를 뺐다.

나는 작은 랜턴에 맞는 폐건전지를 찾았다. 이건 붉은색 점이 큰 랜턴의 건전지보다 더 컸다.

폐건전지의 붉은색 점을 사라지게 하는 데 5초 정도 걸린 것 같았다.

그리고 작은 랜턴에 폐건전지를 넣었다.

스위치를 넣자 불이 들어왔다.

"사장님 대박인데요? 폐건전지를 가져다가 팔면……."

신세민의 말에 어이가 없었다.

"어디다가 팔게?"

"팔 곳은 많겠죠."

"지금 이 상황에? 세상이 어떻게 되어 가는지 모르는데?"

신세민은 씨익 웃었다.

"그러니까요. 설마 우리만 살아남았겠어요? 살아남은 사람들에게 팔면 되죠."

신세민을 빤히 봤다.

"왜요?"

"너도 이런 생각을 할 줄은 몰랐다."

내 말에 신세민의 입이 삐쭉 나왔다.

"이런 생각을 할 줄 몰랐다니요? 제가 멍청하다고 말하는 거죠?"

"아니, 단순하다고 생각했거든."

"사장님! 그게 그거거든요!"

신세민의 말대로 건전지는 꽤 좋은 판매 물건이 될 것 같았다.

우리가 나가든 누군가 찾아오든 만나면 필요한 것과 교환하면 된다. 필요한 것을 지니고 있지 않았다면 어쩔 수 없다.

필요한 것을 가지고 오라고 할 수밖에.

아니면 필요한 일을 하든지.

이제는 뭐든지 함부로 줄 수 없다.

"농담이야. 네가 단순했다면, 나하고 같이 일했겠냐? 나 알잖아. 열심히 일하는 것도 중요하지만, 효율을 더 중요하게 여기는 거. 너 효율적으로 일 잘하니까 같이 있었지."

"흠흠. 그렇기는 하죠."

단순하지 않은 듯하면서도 단순한 녀석.

그새 마음이 풀렸다. 이것도 신세민의 성격이다. 그래서 녀석을 좋아하는 지도 모른다.

그리고 진짜로 신세민은 일머리를 안다. 일을 효율적으로 한다는 말이다. 물론, 한 번 해 본 것에 한해서이긴 했다.

그래도 그게 어디인가.

"그래서 또 뭐가 필요한데요?"

은근 눈치도 있다.

이건 학습에 의한 것인 것 같기도 했다.

"자동차 배터리 구멍 뚫게 드릴하고 손 드릴 두 개 다 가져와."

"그냥 드릴만 있으면 되잖아요."

"드릴 못 고치면 손 드릴로 뚫어야지."

손 드릴은 말 그대로 손으로 돌리는 드릴이다.

길쭉한 드릴 중간에 ㄷ모양으로 되어 있다. 그곳을 잡고 돌리면 된다.

"아. 그러네요. 그런데 고치실 거잖아요."

"그냥 다녀와라. 좀!"

"네."

드릴을 가지러 뛰어가는 신세민의 뒤에 대고 소리쳤다.

"연희 씨도 좀 오라고 해!"

"왜요?"

신세민은 뒤도 돌아보지 않고 달려가면서 소리쳤다. 말해 봤자 목만 아프니 대답하지 않았다. 그래도 신세민은 이연희를 데리고 올 것이다.

신세민이 드릴과 이연희 씨를 데리고 오기 전에 자동차 배터리를 봤다. 자동차 배터리에 구멍을 뚫으려 하는 이유가 있다. 자동차 배터리에 붉은색 점이 여러 개인 데다가 좀 컸다.

붉은색 점은 자동차 배터리 안의 셀마다 있었다.

12V 자동차 배터리의 경우 셀이 6개가 있다. 육안으로도 확인할 수 있다. 칸막이처럼 일종의 구역을 나누는 듯 있었다.

그 셀 사이사이에 구멍을 뚫어 배터리액을 보충할 생각이었다.

한 20년 전인가?

내가 어렸을 때 나온 배터리는 위에 구멍이 있어 배터리액을 보충할 수 있었다.

지금은 아니다.

"사장님 드릴이요."

"오빠. 저 찾았어요?"

신세민이 전동 드릴과 손 드릴을 가지고 왔다.

예상대로 이연희도 데리고 왔고.

"연희 씨가 도와줄 일이 있어요."

"네. 뭐든 말하세요."

이연희가 활짝 웃었다. 그러자 신세민이 옆에서 투덜거렸다.

"사장님이 뭐 시킬 줄 알고 그렇게 좋아해요?"

"뭐든 시키면 해야죠. 오빠하고 한 계약인데요."

"자요."

신세민이 손 드릴을 이연희에게 내밀었다.

"이걸 왜 줘요?"

"사장님이 자동차 배터리에 구멍 낸다고 했거든요."

"그래요?"

"세민아. 연희 씨는 구멍 안 뚫어."

신세민은 어리둥절한 표정으로 나를 봤다.

"그럼요? 연희 누나는 뭐 해요? 설마 노래?"

이마에 힘줄 나오게 하네.

"어? 나 노래는 좀……."

"그런 것 아니야."

"그럼요?"

"연희 씨는 약국에 가서 증류수 좀 가져다 줘요."

"증류수요?"

"네. 간 김에 약도 대충 챙겨 오고요."

"에이. 난 또 뭐라고. 그런 거면 내가 가도 되는데. 연희 누나 귀찮게."

약국은 한 300m 정도 떨어진 사거리 모퉁이에 있다.

그렇게 멀지 않은 거리다. 하지만 누군가에게는 먼 거리가 될 수도 있었다.

"너 연희 씨에게 잘 보이려고 하다가 골로 가는 수 있다."

"제가요? 왜요?"

"약국 가다가 갑자기 가로수가 쑤욱 하고 나와서 공격하면 어떻게 할래?"

"……."

그런 일이 벌어지지 않는다고 장담할 수 없다.

여기서 약국까지 가로수가 꽤 많다. 그중 하나라도 갑자기 괴물이 되어 나타나면 신세민은 피하기 어려울 것이다.

"피할 자신 있으면 다녀오고. 그래. 세민아 네가 다녀와라."

신세민은 전동 드릴을 내 앞에 놓고 손 드릴을 잡더니 자동차 배터리 앞으로 갔다.

"사장님! 어디 구멍 뚫으면 돼요?"

신세민의 모습에 나는 웃음이 났다. 이연희도 재밌어 하는 것 같았다.

"자식, 귀엽네."

신세민은 이연희의 말을 모를 척하고 나를 본다.

"여기 뚫으면 돼요?"

"야! 그냥 막 뚫는 것 아니다."

"어디 뚫어요?"

"좀 기다려라."

신세민은 어깨를 축 내릴 체 기다렸다.

"연희 씨는 사무실에서 등산 배낭 가지고 가요."

"알았어요. 첫 번째는 증류수. 두 번째는 약. 이렇게 챙겨 오면 되죠?"

"특히나 소염 진통제, 감기약 비슷한 것은 모두요."

"붕대하고 소독약도 싹 긁어 올게요."

"그렇게 해요."

"다녀올게요."

이연희는 사무실로 뛰어갔다. 그리고 등산 배낭을 가지고 나오더니 노 씨 아저씨처럼 마트에서 가져온 카트 하나를 챙기는 것 같았다.

"세민아. 연희 씨 문 열어 줘라."

"사장님이 가세요."

기운이 없는 목소리였다.

"너답지 않게 왜 그러냐."

"그냥요. 나만 외톨이 된 것 같아서요."

"무슨 소리야?"

"노 씨 아저씨도 정수도……. 특별한 능력이 있는데……."

생각해 보니 신세민이니까 지금까지 아무렇지 않게 행동한 것 같았다.

나와 정수 그리고 이연희는 돌멩이를 만져서 능력을 얻었다.

그리고 확인한 것은 감정이 이상해 졌다는 것이다.

어떤 상황은 아무렇지 않게 생각하는 것과.

지난밤에 있었던 내게 도움이 되는지 안 되는지 냉철해지려는 것.

하지만 신세민은 그가 말한 것처럼 아무런 능력도 없다.

보통 사람이라는 것이다.

"너도 특별한 능력을 갖고 싶어?"

"네."

신세민의 목소리는 아직도 힘이 없었다.

어떻게 말해야 하나 고민하면서 문 쪽을 봤다. 정수가 문을 열어 주고 닫는 것이 보였다.

"특별한 능력을 가지면 진짜 좋을 거라고 생각하는 거야?"

신세민은 무슨 소리냐는 듯 나를 쳐다봤다.

"사장님은 안 좋아요?"

"좋다기보다는 두려워."

"네? 왜요?"

신세민은 진짜 이해가 안 된다는 표정을 지었다.

"으음."

쉽게 말이 안 나왔다. 신세민은 계속 나를 빤히 쳐다보고 있었다.

"왜 두려운데요?"

진짜 궁금하다는 표정.

신세민의 악의 없는 그런 마음이 보였다.

순수하게 진짜 궁금한 것이었다.

"그래. 세민이 너는 믿을 수 있지. 어떤 면에서는 노 씨 아저씨보다 더."

가장 오래 같이 일했고.

수많은 일을 겪었다.

노 씨 아저씨야 제정신이 아니어서 어떤 교감을 나눌 그런 상황이 없었다.

하지만 신세민은 아니었다.

웃고 울고 싸우며 서로를 알아 갔다.

"당연히 노 씨 아저씨보다 저를 더 믿어야죠."

"맞아."

"그래서 왜요?"

이런 집요한 놈 같으니.

"우리가 아무리 소설과 영화를 많이 봤다고 해도 이건 현실이야."

"현실이죠. 누가 아니래요?"

"또 욕먹지 말고 끝까지 좀 들어라."

"넵."

"아무렇지 않은 듯 행동하려고 노력하는 거야."

"그러니까 왜요?"

"너는 알지도 못하는 힘이 생겼어. 그 힘에 따르는 무언가가 있을지도 모른다는 생각은 안 해?"

"정수처럼 부작용이요?"

가끔은 나도 신세민처럼 1차원적인 생각을 하며 살고 싶었다.

하지만 그게 안 된다.

"아니. 책임……. 어쩔 수 없이 고물상 사장이라는 위치 때문에 내가 모두를 책임지는 것이 아닌가. 그런 생각도 들고……. 이 힘으로 어떤 일을 해야 하나 그런 생각도 든다."

"에이. 난 또 뭐라고요."

신세민의 반응에 어이가 없었다.

"사장님이니까 우리 모두를 책임지는 거잖아요."

"사장이면 다 책임져야 하나?"

"다른 사장은 어떤지 몰라도 우리 이성필 사장님은 책임지실 만하다고 생각해요."

신세민이 무슨 생각으로 이런 말을 하는지 모르겠다.

"누가 사장님을 대신해요. 나도 노 씨 아저씨도 사장님 덕분에 여기서 일하고 살아 있는 건데요. 정수도 그렇잖아요. 노 씨 아저씨가 대장 하면 내가 말 잘 들을 것 같아요?"

생각해 보니 신세민은 노 씨 아저씨 말을 잘 안 들을 것 같았다.

"정수는 할머니가 사장님에게 가라고 했다면서요."

어째 내가 신세민에게 말리는 느낌이 들었다.

"뭐 인정하기 싫지만, 연희 누나는 확실하게 사장님에게 마음이 있고요."

"야."

"하지만 저도 아직 포기 안 했어요. 끝가지 가 봐야죠."

신세민은 다짐하듯 주먹을 불끈 쥐었다.

"아. 어쨌든 사장님이 없었으면 저도 노 씨 아저씨도 정수도 연희 누나도 없었어요. 그건 확실하다고 생각해요."

신세민의 말이 맞는가 싶었다. 하지만 맞는다고 해도 저 마음속 깊숙이 감춘 두려움은 쉽게 사라지지 않았다.

"그리고 전 사장님이 한 말을 아직도 기억해요."

"무슨 말?"

"왜 제가 방황하고 힘없어 할 때 있었잖아요."

몇 년 전인가 신세민이 한참 고민할 때가 있었다. 그것만 기억났다.

"너무 깊게 고민하지 말라고요. 지금 앞에 주어진 일을 열심히 하다 보면 다른 길이 보일 거라고요."

이 말을 들으니 기억났다.

"그러니까 매일 매일의 삶을 열심히 살라고 했어요. 그래서 오늘의 제가 있는 겁니다. 순간순간을 열심히 사는 신세민이요."

씨익 웃는 것을 보니 한 대 쥐어박고 싶었다.

"그러니까 단순하고 말 안 듣고 한번 말하면 바로 안 하는 신세민이 나 때문에 된 거다?"

"아마도요?"

"진짜 때릴까 보다."

"사장님이 때리면 맞아야죠. 제가 힘이 있나요? 특별한 능력도 없는데."

"너……."

신세민이 두 팔을 올렸다.

"아. 됐어요. 저도 말하고 나니까 어리석은 생각이었네요. 능력 없으면 없는 대로 살면 되지. 사장님이 저 버리실 것도 아닌데요."

잠시 신세민의 진심이 보인 것 같았다.

"누가? 내가? 너 진짜 내가 안 버릴 거라 생각하면 큰일 난다."

"버리면 쫓아가면 되죠."

"한 마디도 안 지냐!"

"이거 어디 뚫으면 돼요?"

신세민에게 자동차 배터리 뚫을 자리를 말하지 않았다.

"고맙다."

"어디 뚫으면 되냐니까요?"

"그래. 눈앞에 주어진 것부터 하나씩 하자. 그러다 보면 길이 보이겠지."

언젠가는 해야 할 고민을 신세민 덕분에 빨리한 것 같았다.

곪기 전에 터뜨린 기분이 들었다.

"자 어디를 뚫어야 하냐면……. 여기 옆면 보면 칸이 나뉜 것처럼……."

신세민에게 자동차 배터리에 뚫을 구멍 위치를 알려 줬다.

신세민은 전동 드릴은 사용할 생각도 없다는 듯 손 드릴로 구멍을 뚫기 시작했다.

나는 전동 드릴을 들었다.

배터리 부분과 몸체에 붉은색 점이 있다.

그렇게 크지 않았다. 손을 대니 금방 사라졌다.

위이잉.

"희한하네. 사장님이 손만 대면 다 고쳐지네. 가져올 때는 안 되더니."

어쩐지 전동 드릴 달라는 소리를 안 한다 싶었다.

"힘들어요. 전동 드릴 주세요."

"나도 뚫어야지."

"사장님은 저기 도와주시는 것이 나을 것 같은데요?"

신세민의 말에 고개를 돌렸다. 정수가 문을 열어 주고 노 씨 아저씨를 돕고 있었다.

그런데 문 앞에 포대와 물건이 엄청나게 쌓여 있었다.

그것을 고물상 안으로 옮기기 시작한 것 같았다.

"그래야겠네. 양이 많네."

나는 신세민에게 전동 드릴을 주고는 문으로 갔다.

"뭐가 이렇게 많아요?"

노 씨 아저씨는 양손에 20kg짜리 비료 포대 한 개씩을 들고 오면서 말했다.

"있는 대로 다 가져 왔습니다."

"도와 달라고 하시죠."

길 건너에 있다고 하지만 이 많은 것을 문 앞에 옮겨 놓고 다시 가서 가져오는 것은 꽤 귀찮은 일이었을 것 같았다.

비료만 100포대가 넘어가는 것 같았다. 각종 플라스틱 병도 많았다.

"왔다 갔다 하는 시간이 좀 걸려서 그렇지 그렇게 어렵지 않았습니다."

어쩐지 노 씨 아저씨가 늦는다 싶었다.

"정수야 여기 얹어라. 마트에서 했던 것처럼."

"네. 대장님."

거대 꿀벌의 호위를 받는 정수가 비료 포대를 내 양팔에 올렸다.

한 번에 5포대 정도가 최대였다.

그것을 본 노 씨 아저씨도 정수에게 비료 포대를 양팔에 올리라고 해서 옮기기 시작했다.

그때 이연희가 마트 카트에 약을 가득 담아 왔다.

"연희 씨 마침 잘 왔어요."

"왜요? 저 보고 싶었어요? 우리 헤어진 지 얼마 안 됐는데."

이연희 성격이 원래 저런 것인가?

아니면 변한 것인가?

궁금하기는 했지만 묻지는 않았다. 말이 길어질 것이 빤히 보이니까.

"이거 같이 옮기자고요."

"네. 오빠."

등에 맨 배낭을 카트에 올려놓더니 왔다.

"이거 저쪽으로 옮기면 돼요?"

"아니요. 사람이 3명이니까 좀 효율적으로 하게요."

"어떻게요?"

"노 씨 아저씨."

"네. 대장님."

"포대를 던질 테니까 받아서 쌓아 주세요."

"그렇게 하겠습니다."

"연희 씨는 중간에 가서 서 있다가 제가 던지는 포대 받아서 노 씨 아저씨에게 던져 주면 돼요."

"쉽네요."

원래라면 이연희에게 이런 일을 시키지 않았을 것이다.

하지만 능력을 지니게 되면서 힘이 세졌다.

20kg짜리 포대 정도는 우스울 정도로.

"대장님, 저는요?"

정수가 나를 빤히 보며 물었다.

"정수는 카트를 옮기고 저기 자잘한 물건부터 옮겨."

"네. 대장님."

정수는 신이 난 것처럼 뛰어갔다.

그사이 이연희는 15m 정도 떨어진 곳에 가서 서 있었다.

비료 포대는 문으로부터 약 30m 정도 떨어진 안쪽에 쌓고 있었기 때문이었다.

노 씨 아저씨는 20포대 정도 쌓인 곳에 있었다.

"던집니다. 잘 받아요."

"네. 오빠!"

오빠라는 말은 절대 고치지 않을 것 같았다.

그리고 활짝 웃는 것이 그렇게 싫지는 않았다.

웃는 얼굴에 침 못 뱉는다는 속담도 있듯이.

요즘은 아니려나?

어쨌든 비료 포대를 적당한 힘을 줘서 던졌다.

"읏차."

이연희는 가볍게 받았다. 그리고 몸을 돌려 다시 노 씨 아저씨에게 던졌다. 노 씨 아저씨도 가볍게 받아서 내려놨다.

왔다 갔다 하면서 쌓는 것보다 더 빠르고 쉽게 비료 포대를 옮길 수 있었다.

몇 분 걸리지도 않아 끝났다.

"오빠. 이제 뭐 해요?"

"증류수 가져다 줘요."

"네."

이연희는 정수가 옮긴 짐이 있는 곳을 뛰어갔다.

나는 문을 닫고 잠근 다음 신세민이 열심히 구멍 뚫고 있는 곳으로 갔다. 노 씨 아저씨도 신세민이 있는 곳으로 왔다. 정수도 궁금한지 이연희와 함께 왔다.

어쩌다 보니 자동차 배터리 수리하는 곳에 다 모였다.

"사장님. 얼마나 더 뚫어요?"

내가 짐을 옮기는 동안 신세민은 12V 배터리 25개에 구멍을 4개씩 뚫어 놨다.

"증류수가 얼마나 있는지 보고."

내 말에 이연희가 배낭을 내밀었다. 배낭이 꽉 차 있었다.

하지만 열어 보니 12병뿐이었다.

"20개 정도면 될 것 같은데?"

나를 노려보는 신세민.

"왜?"

"25개나 뚫었잖아요."

"나도 증류수가 얼마나 있는지 몰랐어."

그때 이연희가 말했다.

"아. 카트에도 더 있는데."

신세민의 표정이 바뀌었다.

나는 모른 척하고 이연희에게 물었다.

"몇 병이나 있어요?"

"20병 정도 더 있어요."

신세민은 내가 말하기도 전에 자동차 배터리에 구멍을 뚫기 시작했다.

"세민아 그만 뚫어도 돼."

"어차피 뚫어야 하잖아요. 하는 김에 다 뚫게요."

"아니. 해 보고 안 되면 다른 방법으로 하게."

배터리 뚫는 것을 멈춘 신세민은 뒤로 물러났다.

"어떻게 하시게요? 그냥 손으로 스윽 만져서 고치는 거 아니었어요?"

"실험해 볼 것이 있어서."

궁금한 것이 있었다. 자동차 배터리 같은 경우 대부분 안의 배터리액이 소모되어 충전이 안 되는 경우다.

이런 경우 배터리액을 넣어 주면 1년 정도는 더 사용할 수 있다.

재생 배터리도 대부분 이런 방식으로 한다.

물론, 전문 장비와 증류수를 사용하지 않는다.

하지만 증류수로도 배터리액을 대체할 수 있다.

결과만 같으면 되니까.

그러니까 원래 무언가 부족한 것이 있는 물건에 부족한 것을 채워 넣으면 저 붉은색 점이 변하는지가 궁금한 것이다.

"정수아 깔대기……. 어디 있는지 모르겠구나. 세민아."

"가요."

신세민은 자신이 뚫은 구멍에 딱 맞는 깔대기를 가져 왔다.

"이번에는 군말 없이 다녀오네?"

"무슨 말이세요?"

"아니다."

이연희를 힐끗 보는 것을 보니 그녀에게 잘 보이고 싶어 하는 것 같았다.

"여기에 증류수를 넘치지 않게 부으면 돼."

증류수를 12V 배터리에 뚫린 구멍 4곳에 조심스럽게 부었다.

한 곳에 증류수가 찰 때마다 붉은색 점이 옅어지는 것이 보였다.

"구멍을 막아야 하는데……. 세민아 실리콘."

"한 번에 시켜… 요."

신세민은 투덜거리려다가 움직였다. 실리콘을 가져 왔다.

실리콘으로 구멍을 막았다. 그리고 옅어진 붉은색 점에 손을 댔다. 붉은색 점이 사라졌다.

이제 충전이 되는지 확인만 하면 된다.

"세민아!"

"또 뭔데요?"

"이거 충전하러 가자고."

"……."

가끔 이렇게 신세민을 놀리는 것도 재미있었다.

"대장님 진짜 돼요?"

정수도 궁금한 것 같았다.

"몰라. 충전해 봐야지. 가자."

나는 수리한 배터리를 가지고 사무실로 갔다. 그곳에 수리한 발전기가 있기 때문이었다.

발전기를 가동하고 자동차 점프선으로 간단하게 배터리에 연결했다.

충전됐는지 안 됐는지 알아보는 것은 쉽다.

배터리에 연결되지 않은 자동차 점프선 두 가닥을 서로 겹쳐 보면 된다.

파직.

불꽃이 튀었다.

"성공이네."

이렇게 되면 내 몸 안의 무언가를 적게 사용하면서 자동차 배터리를 고칠 수 있다.

"우아. 진짜 되네요."

"오빠. 금손이구나."

"사장님 원래 금손이었거든요?"

노 씨 아저씨만 아무런 말을 하지 않았다.

"노 씨 아저씨, 이거면 될까요?"

"충분합니다."

"몇 개나 필요하세요?"

"음. 저기 밖의 재료로 만들 수 있는 급조 폭발물이……."

조금 생각하더니 고개를 젓는 노 씨 아저씨.

“대장님. 저쪽에 있는 드럼통하고 쇠못……. 아니 금속을 사용해도 될까요?”

“네. 사용해도 되긴 하는데요. 왜 필요한지 물어봐도 될까요?”

“그냥 작은 급조 폭발물보다는 드럼통을 이용한 폭탄을 만드는 것이 나을 것 같아서요.”

나는 조금 놀랐다.

“그게 가능해요?”

“네. 12V 배터리가 있으면 가능합니다. 드럼통 폭탄의 경우 잘만 하면 가로수 괴물 정도는 한 방에 날려 버릴 수도 있을 겁니다.”

예전에 들은 적이 있다.

미국에서 질소 비료와 경유 같은 것을 섞은 드럼통 폭탄을 실은 트럭 한 대가 지하에서 터졌다.

그리고 건물이 붕괴했다나?

“작은 급조 폭발물도 같이 만들 생각이기는 합니다. 수류탄처럼 던져서 폭발하는 방식으로요.”

“괜찮네요. 일단 12V 배터리는 최대한 고쳐 놓을게요. 다른 곳에 사용할 수도 있으니까요.”

“네. 대장님. 그런데 드럼통 폭탄은 시간이 조금 걸립니다.”

“네. 이제 우리 이야기 좀 할까요?”

내 말에 모두가 궁금한 표정을 지었다.

"중요한 이야기가 될 수도 있어요. 왜 갑자기 이런 상황이 벌어졌는지. 그리고 앞으로 어떻게 해야 할지를 이야기하고 싶어요."

신세민과 이야기할 때 마음먹은 것이었다.

어중간하게 되는 대로 살아가면 안 될 것 같았다.

분위기가 착 가라앉았다.

이렇게까지 표정들이 굳어지리라고는 예상하지 못했다.

노 씨 아저씨가 나를 보더니 말했다.

"대장님 말대로 이야기를 하긴 해야 할 것 같습니다. 애써 현실을 외면하고 있었으니까요."

노 씨 아저씨도 나와 같았던 것일까?

아니면 일부러 나를 돕기 위해 말하는 것인가?

뭐가 됐든 노 씨 아저씨 덕분에 말을 하기가 더 편해진 것은 확실했다.

"대장님께서는 왜 이런 일들이 벌어졌다고 생각하십니까?"

노 씨 아저씨의 질문에 나는 순간 당황했다.

사실 내가 먼저 물으려던 질문이었기 때문이었다.

"그러니까……. 그걸 같이 이야기해 보자는 거죠. 그리고 우리가 어떻게 해야 할지도요."

"제가 보기에 지금 이 상황을 가장 많이 아시는 것은 대장님이라고 생각합니다."

"나도 노 씨 아저씨하고 같은 생각이요. 사장님 필립이란 사람 방송 보시고 책도 사셨잖아요."

신세민의 말에 이연희와 정수는 궁금한 표정을 지었다.

노 씨 아저씨만 고개를 끄덕였다.

나는 사무실 책상 한편에 아무렇게 놓여 있는 책을 가리키며 말했다.

"세민아. 저 책 좀 가져와 봐."

신세민은 내 손을 따라 고개를 돌리더니 어이가 없는 표정을 지었다.

"사장님! 혹시 저 책이 그 책이에요?"

"어. 필립이 보내 준 책."

"하아. 그런 중요한 책을 저렇게 두면 어떻게 해요!"

"정신이 없었잖아."

"그래도요. 라면 냄비 받침대로 사용할 뻔했잖아요."

신세민의 말에 내가 어이가 없었다. 하지만 덕분에 분위기가 조금 나아진 것 같았다.

이연희나 정수가 살짝 웃는 것이 보였다.

신세민은 아주 조심스럽게 책을 가져왔다.

나는 돌멩이가 있는 페이지를 펼쳤다.

"연희 씨, 이 돌멩이였어요?"

이연희는 그림을 보더니 고개를 끄덕였다.

"네. 맞아요."

"정수 너도?"

정수 할머니가 준 돌멩이니 같은 것이 분명했다.

하지만 정수에게도 확인하고 싶었다.

“네. 대장님. 할머니가 준 돌멩이에요.”

이번에는 거대 장미 괴물이 있는 페이지를 찾아 펼쳤다.

“이건 마트에서 정수를 만나기 전에 만났던 괴물입니다.”

거대 장미 괴물 안쪽에 작은 꽃봉오리 같은 곳이 약점이라는 듯 표시되어 있었다.

다시 책에서 가로수 괴물이 있는 페이지를 찾았다.

“이건 우리가 같이 만난 가로수 괴물이고요.”

책을 보여 주자 노 씨 아저씨가 말했다.

“책에서 화염병을 생각해 내신 거군요.”

“맞아요. 이 책에 우리가 만났던 괴물에 관한 내용이 있어요.”

내 말에 노 씨 아저씨가 물었다.

“그렇다면 책 앞에는 왜 이런 일이 일어났는지에 관한 내용이 있습니까?”

나는 고개를 저었다.

“아니요. 앞쪽에는 생존에 필요한 준비물과 어떻게 생존할 수 있는지에 관한 것뿐이에요.”

두꺼운 책의 3분의 2나 되는 분량이었다.

나머지 3분의 1이 돌멩이과 괴물 같은 것에 관한 그림이었다.

“대장님이나 저에게는 그렇게 필요하지 않은 부분이군요.”

노 씨 아저씨의 말대로였다.

나는 서바이벌에 관심이 많아 이것저것 많이 공부하고 직접

해 보기도 했다.

노 씨 아저씨는 특수부대 출신이니 더 말할 것이 없다.

"결론은 이 책도 왜 이런 일이 벌어지는지 알려 주지 않는다는 거죠. 하지만 이 책을 보낸 필립은 항상 마지막에 이 말을 했어요."

모두 내가 할 말을 기다리는 것 같은 표정을 지었다.

"지구의 멸망이 다가오니 대비하라고요."

다들 짐작하고 있었던 것 같았다. 당연하겠지.

영화나 소설 속에서 일어날 법한 일이 일어나고 있으니.

"그런데 멸망이 이상한 방식으로 다가오는 것 같다는 생각이 안 드나요?"

"어떻게요?"

이연희가 물었다.

"어떤 이유인지 모르겠지만, 지금까지 만난 괴물은 무조건 사람을 공격했어요."

사람 이야기를 하지 않은 이유가 있다.

사람은 누군가를 죽이고 힘을 얻는 선택을 할 수 있었다.

무조건 누군가를 공격하지 않는다.

"그리고 그 괴물은 우리가 아는 것들이 변한 것이고요. 내 생각에는 자연이 인간을 공격하는 것처럼 보여요."

아직 선부른 결론일지도 모른다. 하지만 현재까지는 그랬다.

그런데 내 생각을 이연희는 받아들이는 것 같았다.

"오빠 말이 맞는 것 같아요. 돌아다니면서 본 것은 모두 나무나 곤충 같은 것들이 괴물처럼 변해서 사람을 공격했거든요."

"저도 대장님 말씀에 동의합니다."

노 씨 아저씨도 고개를 끄덕였다. 그러자 신세민과 정수가 바로 말했다.

"저도 사장님 말에 한 표요."

"대장님 말이라면 전 무조건 믿어요."

하지만 난 이런 반응이 안 좋다고 생각했다.

"무조건 내 생각이 맞는다고 하지 않았으면 해요. 각자의 다른 생각이 모여서 또 다른 것을 알 수도 있어요."

노 씨 아저씨는 내 생각과는 다른 말을 하기 시작했다.

"대장님 말씀이 무조건 맞는다고 생각해서 하는 말이 아닙니다. 지금 가장 많은 정보를 가진 사람이 대장님이십니다. 그 정보를 토대로 결론을 내셨으리라 생각했기 때문에 동의한 겁니다."

이럴 때는 노 씨 아저씨가 적응이 안 된다.

반박할 말이 생각이 안 날 정도로 말을 잘한다.

"에이. 복잡하게 생각할 필요가 뭐 있어요! 전 복잡하게 생각 안 할래요. 사장님이 생각하고 저는 행동하고. 여태까지 그래 왔잖아요."

저 신세민은 정말 속 편하게 사는 것 같았다.

"정수야 안 그러냐? 우리는 그냥 사장님만 믿고 따라가면 되는 거야."

"네. 저도 그럴 생각이었어요. 세민 형."

"그렇지. 그게 편하게 사는 길이야."

정수에게 이상한 것 가르치지 마.

그렇게 소리치고 싶었다. 하지만 이연희까지 이상한 말을 하니 그럴 수 없었다.

"저야 오빠에게 빚진 것이 많아서 다른 생각할 여유가 없네요. 오빠가 어떤 일을 시키든 열심히 해야겠다는 생각만 하거든요."

모두가 이렇게 나오면 다음 말을 할 수가 없다.

마치 내 결정이 모든 것이라는 듯한 반응이기 때문이었다.

내가 고민하자 노 씨 아저씨가 물었다.

"대장님. 하실 말이 있으시면 주저하지 말고 하세요. 그래야 시간을 낭비하지 않게 됩니다."

노 씨 아저씨 말이 맞다.

시간 낭비를 하면 안 된다. 어떤 일이 또 일어날지 모른다.

"음. 제가 할 말은……. 이곳을 베이스 기지로 삼아 살아남을 준비를 해야 한다는 겁니다."

모두 당연한 말을 왜 하느냐는 듯한 표정이었다.

노 씨 아저씨가 말을 하기 전에 내가 먼저 말했다.

"그렇다면 강력한 지휘 체계를 갖춰야 한다고 생각합니다. 그래서 대장을 새로 뽑았으면 합니다. 저보다 경험 많은 사람으로요."

내가 생각하는 사람은 노 씨 아저씨였다.

그의 말이 다 맞는다면 살아남는 기술을 가장 많이 아는 사람은 노 씨 아저씨뿐이었다.

내가 누구를 말하는지 다 알 것이다.

이연희는 외부인이다. 정수는 미성년자다.

신세민은 앞장서서 무언가를 하는 것을 싫어한다. 그러니 맡는다고 안 할 것이다.

"노 씨 아저씨……."

내가 부르자 노 씨 아저씨는 씁쓸하게 웃으며 말했다.

"대장님, 저를 높게 봐 주시는 것은 감사합니다. 하지만 전 그럴 자격이 안 됩니다."

노진수가 씁쓸하게 웃은 이유가 있었다.

사실 처음에는 이성필을 돕는다는 생각이 컸다. 자신이 이성필보다 더 전문가라는 그런 자만심이 있었다.

그리고 이성필의 판단과 행동을 지켜보며 다른 선택을 해야 할 때가 되면 충고할 생각이었다.

그런데 자신의 생각이 틀렸다.

이성필의 행동과 선택은 지금까지 결과가 좋았기 때문이었다.

"자격이 안 되다니요? 경험이 가장 많으시잖아요."

"지금 이 상황의 정보는 대장님이 가장 많이 알고 계십니다."

"그건 참모로 제가 정보를 제공하면 되고요."

노 씨 아저씨는 고개를 흔들었다.

"그 정보를 듣고 결정을……."

갑자기 노 씨 아저씨가 말을 멈추더니 나를 빤히 쳐다봤다.

그러더니 다른 말을 했다.

"혹시 부담이 되시는 건가요? 대장님의 결정이 잘못될까 봐?"

노 씨 아저씨의 말을 들으니 내가 왜 이런 대화를 하는지 정확하게 알았다.

노 씨 아저씨의 말대로였다. 부담이라기보다는 두려움이었다.

"대장님……. 지금까지 대장님의 결정은 틀린 적이 없었습니다. 그리고 틀린 결정을 한다 해도 그것이 대장님의 책임은 아닙니다. 저는 그렇게 생각합니다. 왜냐……. 최선의 선택을 하셨을 테니까요."

과연 그럴까?

솔직하게 나는 자신이 없다. 그저 신세민에게 말했듯 최선을 다했을 뿐이었다.

그런데 노 씨 아저씨는 내가 언젠가 신세민에게 한 말을 기억하는 것 같았다.

"그리고 완벽한 사람은 없습니다. 완벽해지려고 노력하는 것뿐이라고 말하시지 않으셨습니까."

"그래도요."

"거 참. 사장님. 투표로 결정할 건가요?"

갑자기 신세민이 끼어들었다.

"아무래도 그래야겠지?"

"그럼 사장님이 대빵 확정이네요."

"왜?"

"여기 고물상 누구 거예요?"

"내 거지."

"나나 노 씨 아저씨는 사장님이 고용한 직원이고요."

"그렇기는 하지만……."

"나하고 노 씨 아저씨는 무조건 사장님 찍을 거고요."

신세민이 이연희를 쳐다보며 말했다.

"연희 누나는 누구 찍을 거예요?"

"나야 당연히 오빠지. 오빠 아니면 내가 여기 있을 이유가 없어. 다른 사람 명령 듣기는 좀……."

"그럼 정수는?"

"저도 사장… 아니 대장님이요. 저나 할머니나 대장님을 믿거든요."

고개를 돌려 다시 나를 본 신세민은 허리에 양팔을 올리고 말했다.

"무조건 사장님이 대빵이니까 딴생각하지 마세요."

"아니. 그래도 이건 너무 쉽게 결정하는 것 같은데?"

이번에는 노 씨 아저씨가 말했다.

"여기 있는 누구도 쉽게 결정한 것이 아닐 겁니다. 저 역시 대장님에게 고백하자면, 처음에는 대장님을 돕는다고만 생각했지 저보다 뛰어나리라고는 생각하지 않았습니다."

"그건 맞는 말 같은데요?"

"아닙니다. 틀린 생각이었습니다. 대장님이 저보다 더 뛰어나십니다. 제가 또 폭주하면 누가 제어할 수 있습니까? 여기 있는 그 누구도 못 합니다. 대장님만 가능합니다."

노진수는 이연희를 죽이려 했을 때 들렸던 이성필의 목소리를 기억하고 있었다. 아니 강렬하게 머리와 가슴에 남아 있다는 것이 맞을 것이다. 이제는 이성필에게 충성심까지 생기는 것 같았다.

이유는 모른다. 하지만 그것이 싫지는 않았다.

"사장님이 안 한다고 하면 여기 더 복잡해져요. 그냥 사장님이 대빵 해요."

신세민은 너무 쉽게 말하고 있었다. 하지만 신세민의 말도 맞는 것 같았다.

노 씨 아저씨나 이연희가 내 말만 따를 것처럼 말하고 있었다.

"그렇게 찜찜하면 투표해요. 우리 사장님이 대빵되는 것에 찬성하는 사람 손 드세요."

신세민이 가장 먼저 팔을 번쩍 들었다.

정수가 뒤를 이어 번쩍 들었다. 노 씨 아저씨와 이연희는 살짝 올리는 것으로 확실한 의사 표시를 했다.

"자. 지금부터 우리 이성필 사장님이 대빵이십니다."

"세민아."

노 씨 아저씨가 조금은 무서운 표정으로 말하고 있었다.

신세민은 약간 겁먹은 표정으로 대답했다.

"네?"

"대빵이 뭐냐? 사장님이라고 부르는 것은 지금까지 그래 왔으니 참았다. 대장님이라고 불러라."

"어. 그게요. 대장님은 좀 어색해서요. 하하."

신세민의 웃음이 더 어색해 보였다.

"그냥 하던 대로 사장님이라고 부르면 안 될까요?"

"안 돼. 호칭은 통일한다. 너도 대장님을 인정했으니까."

신세민이 울상을 지으며 나를 봤다.

사실 신세민이 나를 대장님이라고 부르는 것은 나 역시 어색했다.

"세민이는 사장님이라고 부르게 하죠."

신세민이 감사하다는 눈빛을 내게 보냈다. 하지만 노 씨 아저씨는 고개를 저었다.

"모두 대장님을 지도자로 인정했으니 호칭은 통일해야 한다고 생각합니다."

"그건 천천히 해요. 세민이는 억지로 하는 것 별로 안 좋아하잖아요. 언젠가는 대장님이라고 부르겠죠."

나는 신세민에게 눈치를 줬다.

"네. 좀 익숙해지면 대장님이라고 부를게요."

노 씨 아저씨는 신세민이 이 상황을 넘어가기 위해 한 말이라는 것을 알면서도 모른 척하는 것 같았다.

"대장님 결정이시라면 그렇게 하겠습니다."

"네. 고마워요."

"아닙니다. 그럼 대장님이 우리를 이끄는 지도자가 되신 것입니다."

이번에는 나도 어색하게 웃을 수밖에 없었다.

"일단은요."

노진수는 고개를 끄덕이며 생각했다.

앞으로도 계속 이성필이 자신의 대장이 될 수밖에 없을 것 같다고.

"대장이 되었다고 하지만, 그냥 명령만 내리는 그런 사람이 될 생각은 없습니다. 같이 의논하고 최선의 결정을 내릴 생각입니다."

노 씨 아저씨 표정이 흐뭇해하는 것 같았다.

"그러실 것 같았습니다. 대장님."

"그래서 말인데요. 한 가지 더 의논해 볼까 해요."

"아. 사장님. 또 이상한 이야기하실 거면 전 안 할래요."

"이상한 것 아니야. 다른 사람들이 이곳으로 오면 어떻게 할 것인지 의논하려고."

노 씨 아저씨와 이연희의 표정이 굳어졌다.

신세민과 정수만 이해가 안 되는 것 같았다.

신세민이 내게 물었다.

"그걸 왜 고민해요? 그냥 사장님이 결정하면 되잖아요."

역시 신세민이란 생각이 드는 말이었다.

그런데 노 씨 아저씨의 반응이.

"하하. 우문에 현답이라더니."

"노 씨 아저씨. 그래도 기준은 정해야 한다고 생각해요!"

“아. 죄송합니다. 대장님.”

내 생각에 어떻게 해서든 살아남은 사람 중 일부는 분명히 이곳으로 올 것 같았다.

살아남은 사람이 이곳에 올 것으로 생각하는 이유가 있다.

아무리 숨기려고 해도 언젠가는 전기를 사용할 수 있다는 것을 들킬 것이다.

그것뿐만 아니다. 트럭도 수리할 예정이다.

언제까지 마트 카트로 물건을 옮길 수 없다.

그렇다고 도로를 막은 차들을 치울 생각은 아니었다. 트럭 수리가 되면 개조까지 할 생각이었다.

어지간한 차는 밀어 버리거나 타고 넘어갈 수 있게.

재료는 차고 넘쳤다.

그때가 되면 흔적만으로 찾아올 사람이 많을 것이다.

“제가 생각하는 것은 그 사람들을 받아들이느냐예요.”

이렇게 말했는데도 노 씨 아저씨나 이연희 그리고 신세민은 아무 말도 안 했다.

정수는 그냥 반짝이는 눈으로 나를 볼 뿐이었다.

“일단 제 생각을 먼저 말할게요.”

이 말을 하게 되면 나를 너무 냉정하다고 생각할지도 모른다.

하지만 냉정할 때는 냉정해져야 했다.

그것이 생존과 직결된 문제라면 더더욱 그랬다.

“현재는 받아들일 생각이 없어요.”

내 말에 충격을 받은 것은 신세민이었다. 노 씨 아저씨나 이연희는 수긍하는 것 같았다.

"진짜요? 사장님이 어렵다고 찾아온 사람을 안 받아 줘요? 에이. 그때 가서 받아 주실 거잖아요."

"아니야."

"사장님이 진짜 그러실 리 없다고 생각해요. 왜 내가 노 씨 아저씨도 받아들이지 말자고 했는데……."

신세민은 순간 노 씨 아저씨 눈치를 보더니 고개를 흔들고는 계속 말했다. 노 씨 아저씨는 아무렇지 않게 생각하는 것 같이 보였다. 표정 변화가 없었다.

"노인들 이상한 것 가지고 오면 그냥 받아 주지 말라고 해도 그냥 받아 줬잖아요. 돈도 안 되는 쓰레기가 한 달에 마대 자루로 10자루가 나와요. 그거 치우는 건 다 내가 하고요. 그런데 사장님이 안 받아 준다고요?"

"세민아. 내 말 잘 들어. 현재는이라고 했다."

"그럼 오늘이 현재니까 미래인 내일은 받아 준다는 거네요."

"장난하지 마라."

"장난 아니에요."

신세민의 말을 들으니 더 정확하게 설명할 필요가 있는 것 같았다.

"만약, 내일 우리뿐만 아니라 다른 사람들이 먹을 식량이 충분하고 지속해서 식량을 확보할 수 있다면 세민이 네 말대로 받아 줄 거다."

"……."

신세민은 먹는 것으로 말을 하니 이해했는지 바로 입을 닫았다.

"세민이 너를 제외하고 나나 노 씨 아저씨는 힘을 사용하면 꽤 많이 먹는다는 것을 봐서 알 거야. 마트를 털다시피 했는데도 내가 보기에는 한 달을 못 넘길 수도 있어."

신세민은 기운이 빠졌다. 자연스럽게 어깨도 축 처졌다.

말은 저렇게 했어도 이성필이 어려운 사람을 계속 외면하지 않을 것으로 생각했었기 때문이었다.

그런데 지금 이성필이 말하는 것을 들으니 진짜로 외면할 것 같았다.

자신이 알던 이성필이 아닌 것 같은 느낌이 들었다.

"세민이 네가 나를 대장으로 생각한다면 내 말을 들어. 난 대장으로서 여기 있는 모두를 지킬 의무가 있어. 누군지도 모를 사람을 위해 내 사람들을 배고프게 하거나 위험에 빠지게 할 생각은 없다."

내 말에 이연희가 손뼉을 쳤다.

"오빠……. 아니 대장님 멋져요. 자기 사람 먼저 챙겨야죠. 그리고 공식적인 자리에서는 대장님이라고 부를게요!"

이연희만 내 생각에 동조하는 것이 아니었다.

노 씨 아저씨 역시 내 생각에 동조했다.

"세민아. 대장님 말이 맞다. 내 경험상 준비되지 않은 도움은

결국 나와 내 동료를 위험에 빠지게 한다."

노진수는 예전 일이 기억났다. 작은 기지에 난민들이 찾아왔다.

식량도 식수도 넉넉하지 않았었다.

하지만 그냥 보내면 게릴라들에게 다 죽을 것을 알기에 기지에 머물게 했다.

얼마 안 있으면 보급 물자가 오기 때문에 그것을 믿고 난민을 머물게 한 이유도 있었다.

하지만 게릴라의 공격에 기지가 고립됐다.

보급도 중간에 차단당했다. 그때 식량과 식수는 기지 인원만 있을 때 3일을 버틸 수 있는 양이었다. 최소한의 식량과 식수로 일주일을 버텼다.

결국, 난민을 살리기 위해 동료 대부분이 죽었다.

노진수는 그때 생각했다.

무엇이 옳은지 그른지 모른다.

하지만 한 가지는 확실했다. 나와 내 동료의 목숨을 줄 수 있으면 해도 된다고 생각했다.

그리고 지금은 더 상황이 안 좋았다.

그때는 지원이라도 와서 살아남았다. 지금은 그 누구도 지원을 올 곳이 없었다.

"아. 몰라요. 사장님이 알아서 하겠죠."

신세민이 저렇게 말해도 항상 이성필의 지시에 따른다는 것을 아는 노진수는 그냥 웃었다.

신세민은 이성필을 존경하며 따르고 있다고 생각해서였다.

안 그랬으면 벌써 고물상을 뛰쳐나갔을 것 같았다.

"저기……. 대장님."

정수가 조심스럽게 손을 들었다.

"왜?"

"애들도 안 받아 주나요?"

순간 고민했다. 하지만 고개를 흔들어 흔들리는 마음을 떨쳐냈다.

"예외는 없어."

"아. 네."

"갑자기 사람이 변하면 안 되는데."

나도 변하고 싶어서 변하는 것이 아니었다.

신세민의 말이 조금 섭섭했다.

그런데 신세민의 말을 내가 오해한 것 같았다.

"사장님 스트레스받으면 안 좋아요. 그냥 하던 대로 하지 못하면 스트레스 엄청나게 받잖아요. 나도 하던 대로 하고 싶은데 사장님이 다르게 하라면 스트레스받거든요."

뒷말만 안 했어도 감동받을 뻔했다.

어쨌든 나를 걱정해서 하는 말 같기는 했다.

"대장님, 그럼 오지 말라고 경고했는데도 접근하는 사람들은 어떻게 할까요?"

노진수는 이성필이 힘들어할 것을 알면서도 일부러 물었다.

이 정도는 충분히 이겨 낼 것을 믿었기 때문이었다.

"되도록 죽이지는 않았으면 해요. 하지만 눈이 붉은 사람이나 위협적인 것 같다는 판단이 들면 주저하지 마세요."

스포츠머리 일당 같은 놈들이 또 없다고 말할 수는 없다.

아니 대부분 그런 놈들일 것이다.

"알겠습니다."

순간 '사람이나 괴물을 많이 죽여 능력이 더 높아진 이들이 쳐들어오면 막을 수 있을까?' 그런 생각이 들었다.

아니면 숫자가 많든지.

하지만 그것을 지금 걱정하는 것은 아니다 싶었다.

최선을 다해 대비하고 준비할 수밖에 없었다.

"오늘은 이 정도만 이야기할까 해요."

솔직히 조금 힘들었다. 이 짐을 메고 싶지 않았다.

"그러시죠. 저는 부비트랩 먼저 설치하겠습니다."

"네. 그러세요."

노 씨 아저씨는 사무실을 나갔다.

"대장님, 저는 뭐 할까요?"

정수가 눈을 반짝이며 말했다.

"너는 세민이 도와서 식사 준비 도와주는 것 어때?"

"네. 그럴게요."

"주변 경계하는 것도 잊지 말고."

정수는 씨익 웃으며 말했다.

"벌들이 잘하고 있어요. 바퀴벌레 친구들도 더 데리고 올까요?"

"지금은 아니야. 무리하다가 또 쓰러진다."

사실 몸을 부르르 떠는 이연희 때문에 바퀴벌레는 데리고 오지 말라고 하는 것이었다.

"정수야 가자. 밥하는 것 가르쳐 줄게."

신세민이 정수를 데리고 나갔다.

"오빠. 나는요?"

이연희에게 시킬 만한 것이 없었다.

"연희 씨도 가서 식사 준비를 돕는 것은 어때요?"

"저는 그냥 오빠 일하는 것 옆에서 보고 싶어요."

이연희의 표정이 조금 이상했다.

아니나 다를까 내 옆에 있고 싶다는 이유가 있었다.

"사실 주변에서 요리는 절대 하지 말라고 해서요. 재료도 건드리지 말래요."

무슨 말인지 알 것 같았다. 가끔 그런 사람이 있다.

같은 재료를 가지고 같은 레시피로 음식을 만들었는데도 전혀 다른 음식이 만들어진다.

"아니면 노 씨 아저씨를 도와줄래요?"

"노 씨 아저씨요? 그건 좀……."

"왜요?"

"노 씨 아저씨 은근 무서워요. 사실 저번에 저 죽이려고 했잖아요. 그때 노 씨 아저씨 눈빛이……. 아휴."

“그러니까 더 노 씨 아저씨를 도우면서 친해져야죠.”

“꼭 그래야만 해요?”

“그럼 계속 어색하게 지낼 거예요?”

“그건 아니지만…….”

“가서 노 씨 아저씨 도와 줘요.”

이연희가 풀이 죽은 것처럼 대답했다.

“네에.”

이연희까지 사무실을 나갔다. 나는 손에 든 책을 들어 올렸다. 이 책을 꼼꼼하게 읽어볼 생각이었다.

* * *

이연희는 사무실에서 나와 노진수가 있는 곳으로 천천히 걸어갔다. 하지만 천천히 걸어간다고 해서 몇 시간이나 걸릴 그런 거리는 아니었다.

“저기……. 도와드릴 것이 있나요?”

노진수는 등이 보이게 앉아서 무언가를 섞고 있었다.

하지만 이연희에게 몸을 돌리지 않았다.

“도와줄 것 없어요.”

“진짜요?”

“네.”

이연희는 잘됐다는 생각에 이성필에게로 돌아갈 생각을 했다.

하지만 한 발자국도 가지 않아 생각을 바꿨다.

이성필의 말대로 노진수와 계속 같이 지내려면 어느 정도는 친해져야 한다고 생각했기 때문이었다.

"그럼 구경이라도 할게요. 나중에 아저씨 없으면 제가 만들어야 할지도 모르잖아요."

이연희의 말을 들은 노진수는 일어나더니 몸을 돌렸다.

그의 눈빛을 본 이연희는 흠칫하며 한 발자국 뒤로 물러났다.

그리고 자신도 모르게 들고 있던 검의 손잡이를 잡았다.

그런 그녀를 보며 노진수는 살기를 풀었다.

"뭐… 뭐예요?"

"테스트한 겁니다."

"무슨 테스트요?"

"감각은 좀 있는 것 같네요."

이연희는 노진수가 무슨 말을 하는지 몰랐다. 그리고 저번에는 반말을 하다가 이번에는 존댓말을 하니 적응도 안 됐다.

"무슨 감각인지 모르겠는데요. 정말 살벌했어요. 그리고 그냥 말은 편하게 하세요."

"그러지."

사양하지 않고 바로 말을 놓는 노진수를 보며 이연희는 어이가 없었다.

하지만 자신이 말을 편하게 하라고 했으니 뭐라 할 수도 없었다.

"검술은 아버지에게 배운 건가?"

"맞아요."

"평범하지 않은 것 같던데."

"당연히 평범하지 않죠. 아버지가 얼마나 검술 연구를 많이 했는데요."

"하지만 비슷하거나 약간 약한 힘을 지닌 진짜 전문가를 만나면 통하지 않을 거야."

이연희는 노진수가 어떤 말을 하는지 알 것 같았다.

"아저씨처럼요?"

"맞아. 그때 대장님이 소리치지 않았다면 지금 이 자리에 없었겠지."

이연희는 머리 앞에서 멈춘 일본도를 떠올리자 몸이 부르르 떨렸다. 그러면서 한편으로는 노진수와 다시 한번 싸워 보고 싶었다.

그런 생각이 노진수에게는 보인 것 같았다.

"그 눈빛 좋군. 두렵지만, 다시 해 보고 싶어 하는 것 같은 그런 눈빛이야."

"어떻게 알았어요?"

"내가 그랬고 내가 가르쳤던 부하 중에도 너와 같은 부하가 있었으니까."

"그럼 그때 그 부하에게는 어떻게 했어요?"

노진수는 이연희의 질문에 다른 것을 물었다.

"너 대장님 좋아하나?"

"……"

전혀 예상하지 못한 질문에 이연희는 당황했다.

예상했다면 무조건 '네.'란 대답을 했을 것이다.

"좋아하는 것 같군. 그렇다면 대장님을 배신하지 않겠다고 맹세할 수 있나?"

이연희는 이번에는 주저하지 않았다.

"당연하죠."

"너의 목숨을 걸고?"

"네. 내가 죽는다 해도 오빠를 배신하지 않을 거예요."

노진수는 이연희의 말이 진심이라는 것을 느꼈다.

그리고 이연희 역시 자신과 비슷하게 이성필에게 충성심을 지녔다는 것도 알았다.

이성필은 모르는 것 같지만, 이것 역시 이성필의 능력 중 하나가 아닐까? 하는 생각을 했다.

"그렇다면 가르쳐 주지."

"뭐를요?"

"네 약점과 내가 아는 기술을."

"진짜요?"

"대장님을 위해서야. 만약을 대비하는 것이고."

노진수는 자신이 이성필의 곁에 없을 때 이연희라도 도움이 되기를 바라는 마음이었다.

앞으로 무슨 일이 일어날지 모른다.

뿔뿔이 흩어져 도망칠 수도 있다. 아니면 자신이 죽을 수도 있다.

그리고 늙은 자신보다는 이성필의 곁에 젊고 예쁜 이연희가 있었으면 하는 마음도 있었다.

"오빠에게 도움이 된다면 더 기쁘게 배울게요. 뭐부터 알려 주실 거예요?"

"지금은 안 되고 틈틈이 알려 주지."

"뭐……. 알겠어요."

"지금은 저거나 저어."

반쯤 잘린 드럼통에 걸쭉한 액체 같은 것이 담겨 있었다.

"저게 뭐예요?"

"화염병 재료. 휘발유와 구두약 같은 것을 넣은 거야."

"윽. 그래서 냄새가……."

"저어."

"네."

이연희는 코를 막으며 드럼통으로 갔다. 그리고 막대기로 휘휘 젓기 시작했다.

이연희는 모르지만, 노진수가 만드는 것은 불이 붙으면 물을 부어도 쉽게 꺼지지 않는 것이었다.

이연희는 한 손으로는 드럼통 안의 액체를 젓고 한 손으로는 코를 막으며 노진수가 쇳조각을 자르는 것을 보고 있었다.

그때 이성필의 목소리가 들렸다.

"노 씨 아저씨! 혹시 씨앗도 가져 왔어요?"

노진수는 쇳조각을 자르다 말고 일어나 대답했다.

"네. 가지고 왔습니다. 정수가 정리했습니다. 그런데 씨앗은 왜?"

"잘하면 식량 문제를 해결할 수 있을 것 같아요!"

필립이 준 책을 앞에서부터 천천히 읽기 시작했다.

앞부분의 내용이 서바이벌에 관한 내용이라는 것은 알고 있다.

혹시라도 서바이벌 이외의 내용이 있을지도 모른다는 생각을 했다.

하지만 별다른 내용은 없었다. 그래서인지 책을 넘기는 속도가 빨라졌다.

속독으로 스윽 훑는 것이다.

서바이벌 내용 부분은 빠르게 넘어갔다.

이제 돌에 관한 부분이었다.

하지만 돌에 관한 것도 몇 페이지 안 됐다.

달랑 3페이지였다.

돌을 크게 그려 놓은 페이지 한 장.

그리고 7가지 색상의 돌을 그려 놓은 페이지 두 장이었다.

빨주노초파남보.

무지개인가?

그런 생각이 문득 들었다. 하지만 무지개와 관련이 있다는 어떤 설명도 없었다.

돌멩이부터는 그림이었다.

식물부터 곤충 그리고 동물까지 없는 것이 없었다.

그런데 평범한 그림이 아니었다.

인간의 키와 비교해서 그린 것들이었다.

대부분 인간의 키를 넘었다. 덩치도 인간보다 컸다.

마트에서 만난 붉은색 장미꽃도 있었다. 긴 채찍을 휘두르는 것 같은 그림도.

꽃봉오리 안에 X자가 있었다. 그 위치는 내가 정신을 잃기 전 손을 댔던 곳이었다.

우연일까?

아니면 필립은 괴물이 되어 버린 것들의 약점을 알고 있는 것일까?

붉은색 장미꽃을 죽이는 방법은 불에 태운 다음 X자 표시가 있는 곳을 갈기갈기 찢는 것이었다.

가로수 괴물도 있었다. 아니 나무다. 나무 종류의 괴물에게도 불을 붙이는 그림이 있었다.

이것은 봤다. 그리고 다음 장에 나무의 뿌리 부분에 X자 여러 곳이 그려져 있었다.

가로수 괴물이 왔을 때는 급해서 다음 장을 안 넘겼었다.

X자 부분만 약점이 아니었다. 완전히 산산조각을 내도 죽는 것 같았다.

대부분 식물류는 불이 최대의 공격 수단인 것 같았다.

괴물이 되었지만, 자연의 큰 법칙에서는 벗어나지 않는다고나 할까?

곤충류도 꽤 있었다. 그중에는 정수를 따르는 벌도 있었다.

벌 같은 군집 생활을 하는 곤충의 최대 약점은 여왕이었다.

여왕이 죽으면 죽거나 흩어지는 것 같았다.

그런데 생각보다 괴물에 관한 그림이 있는 페이지가 적었다.

괴물에 관한 그림 부분이 끝나자 또 다른 그림이 있는 페이지가 나왔다.

이건 마치 무슨 그림 동화 같은 느낌이었다.

사람들이 도망 다니고 그 뒤를 쫓는 사람들.

사람들을 공격하는 온갖 괴물 같은 생물들.

그리고 사람들이 모여 괴물과 대항하며 싸운다.

그런데 나중에는 사람끼리 싸우기도 하는 것 같았다.

의외의 그림이 있었다. 사람이 괴물을 조종하는 것이다.

생각해 보니 어떻게 보면 정수도 괴물을 조종했다.

정수와 같은 능력을 지닌 사람이 없다고는 말할 수 없다.

"어? 뭐야?"

빈 페이지가 존재했다. 약 10장 정도였다. 그러니까 20페이지다.

마치 그림 동화를 쓰다가 끝내지 못한 것 같다고나 할까?

"결말이 정해지지 않은 것인가?"

가끔 그런 소설이나 웹툰 같은 것이 있었다.

결말이 정해지지 않은 것보다 완결을 하지 못한 것들이기는 했다.

너무 재미있게 보다가 어느 순간 휴재를 하더니 완결이 안 된다.

이 그림 동화 같은 것의 결말은 어떻게 끝날까?

아니. 그림으로 표현했지만, 지금 현실을 그려 놓은 것이다.

그러니까 미래가 어떻게 되는지 모른다는 것이 더 맞는 말 같았다.

"이 결말에 내가 있을까?"

그냥 나도 모르게 나온 말이었다.

갈수록 위험한 일이 많이 생길 것이다. 그때마다 잘 헤쳐나간다면 상관없다. 하지만 매번 그럴 수가 있을까?

나는 고개를 흔들었다.

부정적인 생각은 모든 일에 영향을 끼친다.

할 수 있다.

나는 끝까지 살아남을 수 있다.

그런 생각을 하며 애써 불안한 생각을 지웠다.

"내가 결말을 만들지 뭐."

이건 희망 사항이었다. 결말을 만들겠다는 높은 목표를 가지고 하루를 살다 보면 더 오래 살겠지.

어쩌면 진짜 결말을 만들 수 있을 지도 모르고.

빈 페이지 다음 장을 넘겼다.

이제 얼마 안 남았다. 그런데 이번 그림은 조금 이상했다.

사람들이 무언가를 땅에 심는다.

심은 것은 곧 싹을 틔우더니 자라났다.

그리고 괴물이 되어 사람을 공격하는 것과 그렇지 않은 것 두 종류가 있었다.

사람을 공격하는 괴물은 죽였다. 하지만 다른 것은 그대로 키워 열매를 수확해 먹는 그림이었다.

"없네."

그 어디에도 괴물이 되는 씨앗과 아닌 씨앗을 구분해 놓은 그림이 없었다.

필립도 모른다는 것 같았다.

많은 정보가 있는 책이지만, 생각보다 많은 정보가 없었다.

"잠깐만……. 아까 노 씨 아저씨가……."

농자재 상을 싹 털어 가지고 온 것이 기억났다.

나는 바로 사무실 문을 열고 나갔다.

저 멀리 노 씨 아저씨와 드럼통을 젓는 이연희가 보였다.

뛰어가며 소리쳤다.

"노 씨 아저씨! 혹시 씨앗도 가져왔어요?"

내가 도착하자 노 씨 아저씨는 당연하다는 듯 말했다.

"네. 가지고 왔습니다. 정수가 정리했습니다. 그런데 씨앗은 왜?"

"잘하면 식량 문제를 해결할 수 있을 것 같아요!"

"정말이십니까?"

"아직 정확하지는 않아요. 실험해 봐야 해요. 정수 어디 있죠. 아니 제가 가 볼게요."

나는 신세민이 있는 곳으로 뛰어갔다. 정수는 신세민에게 밥하는 것을 배우는 중일 테니까.

숙소로 사용하는 컨테이너에 들어갔다.

"그러니까 압력 밥솥을 사용하면 좋은데 전기가 안 되면 이렇게 냄비에 밥을 해야 해. 사장님이 이것도 고쳐 주면 좋은데……. 바쁘시니까. 이렇게 고체 연료에……."

캠핑용 고체 연료에 불을 붙여 밥을 하는 것 같았다.

가스레인지도 작동이 안 된다. 가스는 나오는데 점화가 안 되는 것이다.

"건전지 고쳐 놓은 것 있잖아. 그거 갈아 끼우면 가스레인지 사용할 수 있어."

내 목소리에 신세민이 반응했다.

"아. 씨. 그걸 까먹었네. 그런데 사장님 왜 오셨어요? 밥 짓는 것 도와주시게요?"

"아니. 정수야. 너 아까 노 씨 아저씨가 가져온 것 중에 씨앗 어디에 뒀는지 알아?"

"네. 제가 저쪽 창고에 따로 놨어요. 마트에서 가져온 식량 있는 창고요."

"어. 고마워."

나는 바로 창고로 뛰었다.

그런데 뒤에서 신세민의 목소리가 들렸다.

"정수야. 가자."

가긴 어딜 가.

밥이나 하지. 내가 왜 그러는지 궁금해서 따라오는 것 같았다.

창고에서 씨앗을 발견했다. 수백 개의 포장된 씨앗들.

가장 먼저 눈에 띄는 것은 상추와 방울토마토 씨앗이었다.

일단 상추와 방울토마토 씨앗 한 봉지씩 잡았다.

"사장님, 씨앗은 왜요?"

"잠깐만 나가서 보고."

나는 신세민의 질문에 제대로 대답하지 않고 밖으로 나갔다.

그리고 씨앗을 심을 만한 곳으로 갔다.

가로세로 약 3m 정도의 공간이 보였다. 땅도 무르고 고물상 뒷담과 붙어 있었다.

그곳에 가서 방울토마토 씨앗 봉지를 뜯었다.

그리고 손에 부었다. 손바닥 위에 작은 씨앗 50개 정도가 떨어졌다.

그런데 씨앗이 이상했다.

"세민아. 너 방울토마토 키워 봤어?"

"아니요?"

"정수는?"

"저는 집에서 할머니가 키웠었어요."

"그래? 그럼 방울토마토 씨앗 색상이 원래 빨갛고 파래?"

"네?"

"아니. 이것처럼 빨간색 씨앗하고 파란색 씨앗이 섞여 있냐고."

나는 정수에게 손을 내밀어 방울토마토 씨앗을 보여 줬다.

정수는 그것을 보더니 어떻게 말해야 할지 몰라 당황하는 것 같았다.

"에이. 사장님. 장난하지 마세요. 초록색 씨앗이 왜 빨갛고 파래요."

신세민은 방울토마토 씨앗이 초록색으로 보이는 것 같았다.

정수도 그렇게 보일까?

"정수야. 이 씨앗 색이 뭐야?"

"음. 초록색이요."

"이건?"

정수는 이상하게 생각하는 것 같으면서도 내가 묻는 것에 대답했다.

"초록색이요."

"빨간색 아니고?"

"네."

50개의 씨앗 중 빨간색은 3개뿐이었다. 나머지는 파란색이었다.

느낌이 왔다. 빨간색 씨앗은 괴물이 되는 것 같았다.

파란색 씨앗은 평범하게 자라고.

다른 사람은 구분하지 못하는 것을 나는 구분하는 것이다.

하지만 확실하게 해야겠지.

"이거 심어 볼 거야."

빨간색 씨앗을 집었다. 그런데 몸 안에서 무언가가 빠져 나갔다.

그리고 빨간색 씨앗이 아주 파랗게 변했다.

다른 파란 씨앗보다 더 파란색이었다.

씨앗의 중심부를 손가락으로 정확하게 잡아서인가 싶었다.

그래서 씨앗의 머리와 아래를 잡았다.

이번에는 빨간색 그대로였다.

"내 정신 좀 봐. 세민아, 씨앗 심을 정도로 땅을 파라."

"저요? 아무것도 없는데요? 맨손으로 파요?"

"대장님. 제가 파겠습니다."

어느새 노 씨 아저씨와 이연희도 와 있었다.

노 씨 아저씨가 일본도로 살짝 땅을 파며 물었다.

"몇 개나 팔까요?"

"50개요. 간격은 30cm 정도로 하고요."

"알겠습니다."

노 씨 아저씨가 땅을 파는 대로 나는 씨앗을 떨어뜨렸다.

가장 먼저 붉은색 씨앗 2개를 심고 그냥 파란색 씨앗 47개를 심었다. 마지막에 아주 파란색으로 변한 씨앗을 심었다.

상추 씨앗은 방울토마토가 어떻게 변하는지 확인한 다음 심어야 할 것 같았다.

"오빠……. 아니 대장님. 진짜 식량 문제 이것으로 해결 가능해요?"

이연희의 말에 신세민과 정수가 놀라는 것 같았다.

"사장님. 진짜에요?"

"대장님. 식량 문제 해결되면 친구들은……."

정수가 말하려던 친구는 또래 학교 친구들 같았다.

"몰라. 확인해 보려는 거야. 지켜보자고. 그리고 여기는 세민이나 정수는 오지 마. 괴물로 변할 수도 있어."

내 말에 신세민이 뒷걸음질 쳤다.

"진… 진짜요? 괴물 키워서 잡아먹는 거예요?"

아. 진짜.

생각을 해도 어쩜 저렇게 엉뚱한지.

그런데 다른 사람도 그런 것 같았다.

"윽. 오빠. 내가 아무리 방울토마토 좋아해도 괴물은 좀……."

"대장님 제가 지켜야 할 것 같습니다. 그런데 괴물도 먹을 수 있을까요?"

"음……. 저는 벌 친구들에게 줄래요. 그래야 강해지니까요."

정수까지 괴물을 잡아먹는 줄 아는 것 같았다.

"괴물로 변하지 않은 것 먹을 거야!"

"왜 화를 내고 그래요. 사장님도 먹기 싫으면서."

말을 하지 말아야지.

"괴물은 안 먹을 거니까. 그렇게 알고 며칠 보자고."

"알았어요. 난 또 급하게 움직이시길래 뭔가 했네. 정수야 밥……. 아! 물 다 졸았겠다."

신세민이 바쁘게 뛰어 갔다. 정수도 뛰어서 따라 갔다.

노 씨 아저씨가 내 옆으로 다가와 물었다.

"대장님, 이것 중에 괴물로 변하는 것과 안 변하는 것이 있다는 것이군요."

"네. 아마도요."

아직 확실하지는 않았다. 필립의 책에 나온 내용대로 되는지는 확인하지 않았으니까.

"제가 신경 써서 살피겠습니다."

"오빠 저도요."

두 사람이라면 방울토마토가 괴물이 된다고 해도 충분히 상대할 수 있을 것 같았다.

"생각해 보니 마음만 앞섰네요."

식량 문제를 해결할 수 있다는 생각에 호들갑 떤 것 같아 머쓱했다.

"일단 하던 것 하죠. 전 밥 짓는 것 도우러 갈게요."

"네. 대장님."

"오빠. 나도 밥……."

이연희는 나를 따라가려는 것 같았다. 하지만 노 씨 아저씨가 가만 두지 않았다.

"어디를 가려고. 마저 저어야지. 안 배울 거야?"

이연희는 힘이 빠졌다는 듯이 어깨를 축 늘어뜨렸다.

"냄새 너무 고약해요."

"그것도 훈련이야. 따라와."

이연희는 나에게 손을 흔들며 노 씨 아저씨를 따라 갔다.

나는 그것을 보고 웃으며 신세민과 정수에게로 갔다.

* * *

식사하고 난 다음 다시 각자의 일을 찾아서 하려고 할 때 정수가 고개를 갸웃거렸다.

"정수야, 왜 그래?"

"꿀벌 친구들이 경고를 보내는 것 같아요."

컨테이너 밖에서 거대 꿀벌이 마구 움직이고 있었다.

"또 괴물이야?"

"그런 것 같아요. 그런데 고물상 안에 있다는데요?"

"뭐?"

내가 깜짝 놀라 소리치자 노 씨 아저씨는 일본도를 들고 바로 컨테이너 밖으로 뛰쳐나갔다.

나도 뒤따라 나갔다. 하지만 노 씨 아저씨는 두리번거리고 있었을 뿐 그 어디에도 괴물은 보이지 않았다.

"정수야, 어디야?"

컨테이너에서 막 나온 정수는 꿀벌을 보더니 팔을 들어 가리켰다.

"저쪽이요."

정수가 가리킨 방향은 방울토마토를 심은 곳이었다.

노 씨 아저씨가 먼저 뛰어갔다.

그 다음은 내가 뛰었다. 정수와 신세민 그리고 이연희도 따라 뛰었다.

그리고 본 것은 내가 심은 방울토마토가 어느새 1m 가까이 자라 있는 것이었다.

그리고 방울토마토가 다른 방울토마토를 잡아먹고 있었다.

붉은색 점이 보이는 방울토마토 2개와 파란색 점이 보이는 방울토마토 1개가 주변의 방울토마토를 말이다.

손만 대면
다 고쳐

5. 괴물 농사

손만 대면
다 고쳐

붉은색 점이 보이는 방울토마토는 빨간색 씨앗이었다.

파란색 점이 보이는 방울토마토는 더 진한 파란색 씨앗이었고.

심은 위치를 생각하면 확실했다.

그리고 놀라운 것은 주변의 방울토마토를 잡아먹을 때마다 쑥쑥 성장한다는 것이었다.

어느새 붉은색 점이 보이는 방울토마토와 파란색 점이 보이는 방울토마토는 2m가까이 자랐다.

일반적인 방울토마토와는 달랐다. 대도 휘어지지 않게 굵었다.

원래는 휘어지지 말라고 지지대를 세워 줘야 했다.

"대장님, 어떻게 할까요?"

노 씨 아저씨가 일본도를 겨누며 말했다.

지금이라면 어렵지 않게 저 방울토마토 괴물을 처리할 수 있을 것 같았다.

하지만 궁금했다. 붉은색 점을 가진 방울토마토와 파란색 점을 가진 방울토마토가 어떻게 될지.

“잠시만 기다려 보게요.”

“알겠습니다. 그럼 조금 더 대비를 하겠습니다.”

노 씨 아저씨는 뒤로 돌아서 뛰어갔다.

나는 계속 방울토마토가 자라는 것을 지켜봤다.

이내 주변 방울토마토를 다 잡아먹은 놈들은 서로를 바라보는 것 같았다.

남은 것은 붉은색 점이 있는 방울토마토와 파란색 점이 있는 방울토마토 3개뿐이었다.

나머지 47개의 방울토마토는 다 잡아먹혔다.

줄기 대 중앙.

그러니까 몸으로 보이는 중앙에 입이 있었다.

“어? 사장님 저거 열매죠?”

신세민의 말대로 방울토마토는 열매를 맺기 시작했다.

붉디붉은 방울토마토가 주렁주렁 매달렸다. 마치 피를 머금은 것처럼.

그리고 보통의 방울토마토보다 3배는 큰 것 같았다. 10초도 안 되어 수많은 가지에 엄청난 방울토마토가 생긴 것이었다.

"대장님."

노 씨 아저씨가 검은 액체가 든 병을 가져 왔다.

그 병을 보자마자 이연희가 인상을 썼다.

"아저씨 그거 쓰시게요?"

"나무니까."

노 씨 아저씨는 간단하게 대답했다. 하지만 노 씨 아저씨도 아는 것 같았다.

식물 종류는 불에 약하다는 것을.

노 씨 아저씨가 가져온 병은 더 강력한 화염병인 것 같았다.

화염병처럼 수건이 위에 꽂혀 있었다.

"신기하군요. 어떻게 할까요?"

노 씨 아저씨는 주렁주렁 열매를 매단 방울토마토를 보며 말했다.

"조금 더 기다려 보게요."

"알겠습니다."

붉은색 점이 있는 방울토마토 2개가 서로를 보더니 입 모양이 웃는 것처럼 변했다.

반면에 파란색 점이 있는 방울토마토는 입 모양이 축 처졌다.

그것을 본 정수가 말했다.

"대장님 쟤네 둘이 편 먹은 것 같아요."

내가 대답하기도 전에 신세민이 엉뚱한 소리를 했다.

"어. 그러네. 사장님이 일부러 저렇게 심은 거예요? 2 대 1은

비겁하잖아."

신세민의 말이 끝나자마자 진짜 2 대 1의 싸움이 시작됐다.

가로수 괴물처럼 움직이며 싸우는 것이 아니었다.

서로의 열매를 총탄처럼 쏘기 시작했다.

먼저 시작한 것은 붉은색 점이 있는 방울토마토였다.

파란색 점이 있는 방울토마토는 공격하는 것을 보고 방어하듯 쏘아 댔다.

중간에서 서로의 열매가 만나 터졌다.

그리고 땅에 떨어지자 치익 소리가 났다. 땅이 타들어 갔다.

염산 같은 산성 물질을 부었을 때 나타나는 현상이었다.

이렇게 되면 멀리 떨어져 있다고 해서 안전한 것은 아니었다.

"모두 뒤로 물러서."

내가 말하기도 전에 신세민과 정수는 뒤로 물러섰다.

오히려 앞으로 나선 것은 노 씨 아저씨와 이연희였다.

일본도와 검을 빼 들고 혹시라도 날아올지 모르는 열매를 막으려는 것 같았다.

하지만 괴물이 되어 버린 방울토마토들은 이쪽에는 관심이 없어 보였다.

서로를 공격하는 것에 집중했다.

또 신기한 것은 쏘아 버린 열매가 순식간에 다시 열린다는 것이었다.

2 대 1의 싸움.

결과는 정해져 있었다.

붉은색 점이 있는 방울토마토 열매의 개수가 많으니 파란색 점이 있는 방울토마토는 날아오는 열매를 다 막을 수가 없었다.

파란색 방울토마토는 줄기에 열매를 맞았다.

줄기가 타들어 가며 떨어진다.

당연히 만들 수 있는 열매의 개수가 줄어들었다.

더 악화되는 상황.

그런데 파란색 점이 있는 방울토마토가 나를 보는 것 같았다.

정확하게 말하자면 입이 나를 향하고 있었다.

그리고 끔뻑이듯 움직인다.

'도와줘요.'

왜인지 모르겠지만, 도와 달라는 말처럼 느껴졌다.

'주인님 도와줘요.'

주인님이란 말이 확 와닿는 것 같았다.

파란색 점이 있는 방울토마토가 죽어 버리면 안 될 것 같았다.

"노 씨 아저씨. 저쪽 숫자 하나를 줄이죠."

"알겠습니다."

노 씨 아저씨는 다른 한 손에 들고 있던 화염병에 불을 붙였다. 그리고 붉은색 점이 있는 방울토마토를 향해 던졌다.

꽤 빠르게 날아가 붉은색 점이 있는 방울토마토의 몸에 정확하게 명중했다.

순식간에 타오르는 불꽃.

붉은색 점이 있는 방울토마토가 기괴한 괴성을 지르기 시작했다.

몸을 꺾어 바닥에 비비지만 불은 꺼지지 않았다.

옆에 있던 다른 붉은색 점이 있는 방울토마토가 열매를 불이 붙은 놈에게 던지기 시작했다. 불을 끄려는 건가?

그런 것 같았다. 열매가 맞은 부분의 불이 꺼지기 시작한 것이었다. 산성액으로 불을 끌 수 있다니. 아마 노 씨 아저씨가 만든 검은색 액체를 녹이기 때문인 것 같았다.

동시에 타들어 가는 몸도 녹여서 아예 불이 붙지 않게 하는 것 같기도 했다.

하지만 동료의 불을 끄는 것도 더는 할 수 없었다. 파란색 점이 있는 방울토마토가 회복해 열매를 던지기 시작했기 때문이었다.

파란색 점이 있는 방울토마토의 열매를 맞은 놈은 가지가 몇 개 떨어져 나가자 동료의 불을 끄지 않고 방어하기 시작했다.

다시 타오르는 붉은색 점이 있는 방울토마토.

결국, 몸통부터 가지까지 모두 타 버렸다. 하지만 아직 죽지는 않은 것 같았다.

죽었다면 몸이 작아져야 했으니까.

지금까지 모든 괴물은 다 그랬다.

죽는 순간 원래의 모습으로 돌아온다.

다시 팽팽해진 두 방울토마토 괴물의 열매 싸움.

이대로 가다가는 누가 이길지 모를 것 같았다. 그래서 나는 노 씨 아저씨의 옆에 있는 화염병을 집어 들었다.

그리고 붉은색 점이 있는 방울토마토를 향해 던지는 척했다. 그러자 붉은색 점이 있는 방울토마토가 나를 향해 열매를 던졌다.

"사장님!"

신세민이 깜짝 놀라 외친다. 하지만 이미 예상하고 있었다.

내 뒤편에는 아무도 없다. 옆으로 피하려는 순간 노 씨 아저씨가 내 앞을 막아서더니 일본도로 열매를 쳐 냈다.

자른 것이 아니었다. 옆면으로 쳐 낸 것이다.

그것도 3개나.

"대장님. 위험한 일을 하실 때는 미리 말해 주세요."

노 씨 아저씨의 목소리가 좋지 않았다.

"아. 네. 몇 번 더 할 건데……."

"제가 막겠습니다."

"부탁할게요."

다시 화염병을 던지는 척하자 붉은색 점이 있는 방울토마토는 나를 향해 열매를 던졌다. 이번에는 5개나 된다.

노 씨 아저씨가 막을 수 있을까?

그런 생각이 들 때 노 씨 아저씨는 아무렇지 않게 열매를 다른 곳으로 쳐 냈다.

덕분에 파란색 점이 있는 방울토마토는 수월하게 방어하며 공격까지 했다.

몇 번 더 화염병을 던지는 척하자 이번에는 붉은색 방울토마토가 열이 받았는지 아예 나를 향해 모든 열매를 던졌다.

"대장님! 피하세요."

노 씨 아저씨가 소리쳤다. 하지만 피할 수 없었다. 노 씨 아저씨만 두고 간다는 것 때문에 망설여졌다.

"아. 오빠. 피해야죠. 그래야 노 씨 아저씨도 피하면서 막죠."

이연희가 끼어들었다. 노 씨 아저씨의 앞으로 가더니 열매를 잘랐다.

노 씨 아저씨처럼 쳐 내지는 못하는 것 같았다. 아니 너무 숫자가 많아서 그런 것일지도 모른다.

얼핏 봐도 20개가 넘어갔다.

"무리 안 해도 된다. 할 수 있는 것만 해라."

노 씨 아저씨는 말한 다음 이연희가 놓치는 열매만 옆으로 쳐 냈다.

그리고 붉은색 점이 있는 방울토마토는 더는 우리를 공격하지 않았다.

아니 못 했다.

파란색 점이 있는 방울토마토의 열매 공격에 가지가 모두 떨어졌기 때문이었다.

그래도 파란색 점이 있는 방울토마토는 공격을 멈추지 않았다.

붉은색 점이 있는 방울토마토의 몸에 계속 열매를 던졌다.

붉은색 점이 있는 방울토마토는 급기야 괴성을 지르더니 축 늘어졌다.

"어어? 사장님 저거 움직여요!"

신세민이 말하지 않아도 보였다. 파란색 점이 있는 방울토마토가 땅에서 뿌리를 뽑아내더니 붉은색 점이 있는 방울토마토에게로 갔다.

그리고 씹어 먹기 시작했다.

"사장님. 저거 그냥 둬도 돼요?"

신세민의 말에 노 씨 아저씨가 뒤로 살짝 물러나 내 옆에 서서 말했다.

"지금이라도 공격할까요?"

"아니요."

"더 커지면 위험할 수 있습니다. 대장님."

"안 위험할 것 같은 느낌이 드네요."

저 파란색 방울토마토가 내게 주인님이라고 말한 것 때문에 기다려 볼 생각이었다.

"그렇습니까? 알겠습니다."

노진수는 이성필의 말대로 움직이지 않았다.

이성필이 이렇게 하는 것은 다 이유가 있다고 생각했기 때문이었다. 하지만 그렇다고 경계를 늦추지는 않았다.

그 어떤 경우에도 이성필을 지켜야 하는 것은 변함없었다.

"사장님 더 커지는데요? 진짜 그냥 놔둬요?"

파란색 방울토마토는 이제 키가 2m를 넘어섰다.

그리고 가지가 더 많이 생겼다. 당연히 열매도 더 많아졌다.

붉은색 점이 있는 방울토마토 2개를 다 먹어 치워서 그런 것 같았다.

파란색 방울토마토가 내 쪽으로 방향을 틀었다.

그리고 가지를 흔들었다.

노 씨 아저씨와 이연희가 긴장하며 일본도와 검을 들었다.

하지만 열매는 날아오지 않았다.

파란색 방울토마토는 가지를 앞으로 모았다.

그 모양이 마치.

"사장님 저거 팔을 모아서 인사하는 것 같은데요?"

안다. 알아.

누가 봐도 고맙다고 숙이는 것처럼 보였다.

그리고 몸에 있는 입이 움직였다.

'정말 고마워요. 주인님.'

"으윽. 징그러워. 저 뾰족한 입으로 우리 씹어 먹으면……."

"세민아, 그럴 일 없을 것 같다."

"왜요? 모르잖아요."

"저거 내게 주인님이라고 부르는 것 같거든."

내 말에 정수가 반응했다.

"어? 대장님. 저 방울토마토 괴물의 말 들리세요? 제가 친구들 말 들리는 것처럼요?"

나는 고개를 돌려 정수에게 물었다.

"친구들 말이 어떻게 들리는데?"

"으음. 다 달라요. 꿀벌은 날갯짓하면 목소리가 들리는 것 같고요. 바퀴벌레는 더듬이를 움직이면 들리는 것 같아요."

내 경우는 방울토마토의 입이겠지.

파란색 방울토마토가 다시 뿌리를 땅에 박기 시작했다.

저 파란색 점이 있는 방울토마토가 내 말을 알아들을까?

"왜 땅에 뿌리를 박지?"

파란색 점이 있는 방울토마토가 입을 움직였다.

'그래야 열매를 던질 수 있어요. 땅에 뿌리가 박혀 있지 않으면 열매가 안 생겨요.'

그러니까 열매를 던지고 난 다음 열매가 다시 열리려면 땅에서 영양분을 흡수해야 하는 것 같았다.

"우와. 저거 사장님 말에 대답하는 건가요?"

"세민아, 놀랄 일도 많다."

"놀랍죠. 저거 진짜 사장님 부하에요?"

"아마도?"

"그럼 제 부하겠네요."

"왜?"

"고물상 서열 2위가 저잖아요."

"누가? 세민이 네가?"

"네. 사장님하고 오래 일한 사람도 저고, 사장님을 가장 잘 알고 가려운 곳 긁어 주는 사람도 전데요."

이곳에서 오래 같이 일한 사람은 신세민이 맞다.

하지만 가려운 곳 긁어 주는 것보다는 신경을 긁는 것이 더 많아서 문제였다.

그렇다고 해서 선을 넘거나 하지는 않았다.

적정한 선에서 자기주장이나 안 해도 되는 말을 할 뿐이었다.

"야! 너 내 부하다. 사장님 다음으로 내 말을 들어야 해!"

장난하냐?

세민이 네 말을…….

"어라. 저거 지금 고개 끄덕이는 것 맞죠."

파란색 점이 있는 방울토마토는 세민이의 말을 알아듣는 것 같았다. 하지만 세민이의 말처럼 끄덕이는 것은 아니었다.

'주인, 어떻게 할까요? 공격해요?'

"아니. 공격하지 마."

파란색 점이 있는 방울토마토에게 다가가려던 세민이는 화들짝 놀라며 뒤로 물러섰다.

"나 공격하려고 그런 거예요?"

"공격할까 물어보길래 하지 말라고 했어."

"에이. 부하 하나 생기나 했는데……."

세민이가 실망하는 것 같았다. 아까 세민이와 했던 대화가 생각났다. 자신도 능력이 있었으면 좋겠다고 했었다.

"방울토마토에게 세민이 네 말 들으라고 할게."

"정말이요? 그럼 저런 방울토마토 몇 개 더 심어요."

그렇지 않아도 세민이 말처럼 할까 생각 중이었다.

고물상을 지키는 수단이 하나 더 생기게 되니까.

"아예 담장을 따라서 심죠. 그러면 내 부하가……."

세민이는 히죽거리며 좋아했다.

조금 전까지만 해도 입을 보며 징그럽다고 하더니.

"자. 그럼 식량 문제를 어느 정도는 해결할 수 있을 것 같네요. 다른 방울토마토는 빨리 자라기만 했으니까요."

3개의 방울토마토를 제외한 나머지 47개의 방울토마토는 아무런 움직임도 없었다.

한 2시간 정도 걸리면 다 성장하는 것 같았다.

방울토마토를 심고 식사까지 한 시간을 생각하면 그랬다.

"정수야. 창고에 가서 방울토마토 씨앗 있으면 가져 올래?"

"네. 대장님."

정수가 창고로 뛰어갔다.

그러자 신세민이 좋아 죽겠다는 표정으로 말했다.

"저 부하 더 만들어 주시게요?"

"아니. 괴물이 되지 않는 방울토마토는 어떤가 보려고."

신세민이 약간 실망하는 것 같았다.

정수가 곧 방울토마토 씨앗 봉지를 가져 왔다. 봉지를 뜯어 손에 씨앗을 올렸다. 이번에는 빨간색 씨앗이 5개였다. 나머지 45개는 그냥 파란색이었다.

"노 씨 아저씨 땅 좀 다시 파 주세요."

"저 괴물 근처에 말입니까?"

"네."

"알겠습니다."

노 씨 아저씨는 그냥 무덤덤하게 파란색 점이 있는 방울토마토 근처로 갔다.

방울토마토가 공격하느냐고 물었다. 하지만 나는 하지 말라고 했다.

여기 있는 모두를 기억하라고 했다.

친구이고 명령을 따라야 한다고도 했다.

노 씨 아저씨가 땅을 파는 동안 나는 빨간색 씨앗을 모두 더 파란색 씨앗으로 만들었다.

그리고 새로운 구멍에 하나씩 떨어뜨렸다.

"이제 기다려 보죠."

조용히 기다린 지 10분 정도 지났을까?

싹이 나오기 시작했다. 10분 정도가 더 지나자 30cm 정도 커졌다.

'나 먹어도 돼요?'

"아니. 네가 지켜야 해."

파란 점이 있는 방울토마토는 입맛을 다시는 것 같았다.

그리고 곧 다른 것도 말했다.

'형제다. 주인님이 형제를 줬다.'

5개의 방울토마토에 파란색 점이 생기기 시작했다.

그리고 2시간이 약간 안 됐을 때 파란색 점이 있는 방울토마토도 완전히 자라 열매를 맺었다.

그것들 역시 나에게 주인님이라고 말했다.

나머지 45개의 방울토마토는 그냥 자라서 먹음직스러운 열매를 맺었다.

[까악!]

'지킨다.'

파란색 점이 있는 방울토마토가 모두 하늘을 향해 가지를 들어 올렸다.

까마귀 5마리 정도가 고물상 위를 빙빙 돌고 있었다.

덩치가 컸다.

갑자기 까마귀가 급강하하기 시작했다.

그때 파란색 점이 있는 방울토마토들이 일제히 열매를 날리기 시작했다.

거의 사람만 한 크기의 까마귀가 엄청난 속도로 내려오는 것은 공포에 가까웠다.

부딪치기만 해도 큰 상처를 입을 것 같았다.

그런데 까마귀들의 목표는 나와 노 씨 아저씨 등이 아니었다.

방울토마토를 노리는 것이 분명했다.

파란색 점이 있는 방울토마토가 날리는 열매는 마치 탄막처럼 까마귀의 강하 지역으로 날아갔다.

까마귀들은 무시하는 것 같았다.

그런데 가장 앞에 있던 까마귀가 방울토마토 열매를 맞더니 휘청거리기 시작했다. 그리고 한쪽 날개가 접혔다.

한쪽 날개가 접히니 제대로 자세를 못 잡고 빙그르르 돌면서 추락하기 시작했다.

나머지 4마리는 급하게 방향을 바꿔 방울토마토의 사정거리를 벗어났다.

꽝.

한쪽 날개가 접혀 추락한 까마귀가 고물과 부딪치면서 난 소리였다. 거의 자동차끼리 충돌한 것 같은 굉음이었다.

"우와. 사장님……. 지금 괴물 까마귀 저 녀석들이 막은 거예요?"

"아직 안 끝난 것 같다."

까마귀는 우리 머리 위를 계속 선회하고 있었다.

방울토마토가 열매를 쏘아 보지만 닿지 않았다.

"노 씨 아저씨. 추락한 까마귀 날개만 잘라서 가져와 주세요."

"네. 대장님."

노 씨 아저씨는 달려가서 까마귀 날개와 다리를 잘랐다. 추락하면서 기절한 것 같았다. 노 씨 아저씨는 까마귀의 목을 잡아끌고 왔다. 그리고 우리와 조금 떨어진 곳에 내려놨다.

그때 까마귀가 깨어났다. 눈뜬 까마귀는 어떻게 해서든 도망치려는 것 같이 몸부림쳤다.

하지만 날개와 다리가 없는 새는 절대 도망갈 수 없었다.

"으윽. 이게 새에요?"

신세민이 몸을 부르르 떨었다. 나도 까마귀가 이렇게 크니 좀 징그러웠다.

다른 괴물을 만났을 때는 이런 생각을 할 겨를이 없었다.

하지만 지금은 여유가 있나 보다.

"대장님, 어떻게 하실 생각이십니까?"

나는 까마귀의 몸과 머리에 있는 붉은색 점을 볼 수 있었다.

까마귀는 별다른 약점이 없는 것 같았다. 목을 자르면 죽는 것 같았다.

붉은색 점을 피해 자르면 어떻게 될까?

그런 생각을 할 때 정수의 목소리가 들렸다.

"대장님. 저거 죽여요."

모두 의외라는 표정으로 정수를 봤다.

정수는 약간 붉어진 얼굴로 계속 말했다.

"쟤네들 내 친구 공격해서 먹었대요."

정수 옆에 어느새 거대 꿀벌이 모여 있었다. 여왕벌까지 와 있었다.

수백 마리의 꿀벌들이 흥분한 것처럼 날아다녔다. 그리고 꼬리의 침은 까마귀를 향해 있었다.

저렇게 많은 거대 꿀벌이라면 까마귀 정도는 쉽게 물리치지 않았을까?

그런 생각으로 정수에게 물었다.

"친구들이 까마귀 못 이긴대?"

"너무 빠르대요. 그리고 숫자가 많다고 해요."

"숫자가?"

지금 머리 위를 빙빙 도는 까마귀는 4마리뿐이었다.

"네."

까악! 까악!

까마귀들이 갑자기 소리 내어 울기 시작했다.

느낌이 싸했다.

그리고 내 느낌은 정확했다. 어디선가 까마귀가 모여들기 시작한 것이었다.

어느새 10마리 가까이 됐다.

"대장님. 아무래도 피해야 할 것 같습니다."

노 씨 아저씨도 위험하다고 느끼는 것 같았다.

"저 방울토마토가 하나라도 뽑히는 순간 막을 수 없습니다."

노진수는 정확하게 상황 파악을 하고 있었다.

까마귀를 공격할 수 있는 방울토마토는 6그루.

까마귀의 숫자는 10마리.

단순하게 6 대 10의 싸움이라고 생각하면 안 된다.

방울토마토가 1그루가 뽑히는 순간 5개가 된다.

피해를 입어도 까마귀는 죽지만 않으면 5 대 10의 상황이 된다.

2배의 전력 차이.

그때부터는 순식간에 차이가 벌어진다.

방울토마토가 사라지면 다음은 인간 차례가 분명했다.

하늘로부터 급강하해서 공격하는 까마귀를 쉽게 막을 수 있을 리가 없었다.

더군다나 까마귀는 더 모이고 있었다.

15마리 정도가 되었다.

"일단 피한 다음 다른 방법을 찾아보셔야 할 것 같습니다."

노 씨 아저씨가 일본도를 꽉 쥐는 것이 보였다.

이연희도 검을 양손으로 잡았다.

거대 꿀벌들은 정수와 내 주변에 자리 잡았다.

마치 대신 죽어 주겠다는 듯이.

노 씨 아저씨의 말이 맞는 것 같았다. 저렇게 많은 까마귀를 상대할 수 없는 것은 분명했다.

하지만 내 마음은 도망치지 말라고 하는 것 같았다.

이성적으로 생각하면 이기기 힘든 싸움이 될 것이다.

이긴다 해도 피해가 클 것 같았다.

그런데 왜 나는 피하면 안 될 것 같은 생각이 드는 것일까?

"대장님!"

노 씨 아저씨의 다급한 목소리가 들렸다.

나는 고개를 흔들었다. 다른 생각을 떨쳐 내기 위해서였다. 그리고 생각나는 대로 말했다.

"피하지 않았으면 해요. 여기서 피한다면 이 고물상을 잃을 것 같아요."

이것이었다. 나도 모르게 생각하고 있었던 것이.

그것이 나온 것이었다.

"까마귀 지능이 뛰어나다는 것 아실 거예요."

알든 말든 상관없다. 실제로 까마귀의 지능은 상당히 뛰어나기 때문이었다.

"이곳을 장악한 까마귀는 기다렸다가 우리를 사냥할 겁니다. 그런 피 말리는 일을 당할 바에는 싸워 보죠."

노 씨 아저씨가 한숨을 내쉬었다.

"후우. 알겠습니다. 어쩔 수 없다는 것을 알면서도 해야 할 때가 있지요. 지금처럼요."

"오빠. 아니 대장님. 저도 죽을 때까지 싸울게요."

"대장님. 전 친구들 다 모이라고 할게요."

"사장님. 전 뭐 할까요?"

"세민이 너는 잘 보고 있다가 위험하다 싶으면 소리쳐."

사실 신세민이 할 일은 없었다. 무기를 사용할 줄 아는 것도 아니었다. 그렇다고 능력이 있는 것도 아니다.

그 전에 나도 무언가를 해야 할 것 같았다. 단단한 쇠파이프라도 들어서 공격할 생각이었다. 나는 주변을 두리번거리다가 방울토마토를 우연히 봤다. 그런데 입이 움직이고 있었다.

'열매가 부족해요.'

방울토마토가 내게 말하는 것이 분명했다.

순간 스치는 생각이 있었다.

나는 방울토마토를 보며 소리쳤다.

"너희들 그거 다 먹어. 그리고 열매를 더 많이 만들어!"

"에이. 대장님. 저놈들이……. 어라? 먹네."

신세민이 황당한 표정을 지었다. 노 씨 아저씨와 이연희 그리고 정수도 신기하게 쳐다봤다.

6그루의 방울토마토는 근처의 입이 없는 방울토마토를 잡아먹기 시작했다.

가장 먼저 심었던 파란색 점이 있는 방울토마토의 성장 속도가 빨랐다.

많이 먹어서 그런 것인가?

이건 방울토마토 수준이 아니다. 그냥 나무처럼 성장해 버렸다.

그때 까마귀들의 공격이 시작됐다.

까마귀들도 방울토마토가 더 커지면 안 된다고 생각하는 것 같았다.

10마리의 까마귀가 급강하했다.

이제 나무가 되어 버린 방울토마토가 일제히 모든 가지를 까마귀를 향해 뻗었다.

10마리 까마귀는 급강하하다가 옆으로 방향을 바꿨다.

방향을 바꾼 위치가 대충 조금 전 방울토마토의 열매가 닿지 않은 곳이었다.

하지만 까마귀가 간과한 것 있었다.

방울토마토가 아름드리나무처럼 성장한 것이다. 당연히 작은 나무일 때 던지던 열매의 속도와 높이가 아니었다.

퍼억.

까마귀 1마리가 미처 피하지 못하고 열매를 맞았다. 그런데 순식간에 까마귀의 털이 녹아내렸다. 그리고 쿵 소리를 내며 땅에 추락했다.

까악!

"대장님!"

노 씨 아저씨가 내 옆으로 움직이며 일본도를 겨눴다.

까마귀의 급강하 공격은 속임수였다. 뒷담장 뒤에서 까마귀 5마리가 나타나 방울토마토를 향해 날았다.

거대해진 방울토마토는 몰라도 아직 성장 중인 방울토마토는 까마귀를 막을 수 없었다.

순식간에 방울토마토 5그루를 발로 낚아채더니 날아올랐다.

공중에서 대기하고 있던 다른 까마귀들이 달려들어 방울토마토 5그루를 분해해서 먹어 버렸다.

어떻게 해 볼 사이도 없이 일어난 일이었다.

"저 나무 밑으로 가죠."

안전한 곳은 거대해진 방울토마토뿐이었다.

내가 먼저 달리자 모두 방울토마토 밑으로 달렸다.

까마귀는 쉽게 공격할 수 없다고 생각했는지 계속 우리 머리 위를 선회하기만 했다.

그렇게 한참을 대치했다.

그러던 중 까마귀들이 다른 곳으로 날아가기 시작했다.

"사장님. 저놈들 포기한 것 같은데요?"

신세민의 말에 노 씨 아저씨가 대답했다.

"아니. 저놈들 잠시 물러간 것뿐이야. 다른 좋은 먹잇감이 있거나."

나도 노 씨 아저씨와 같은 생각이었다. 그리고 의외의 소리가 들렸다.

투다당. 투다당.

군대를 다녀오거나 슈팅 게임을 한 사람이라면 누구든지 알 수 있는 소리였다.

소총을 3연사에 놓고 쏘는 소리였다.

"M 계열이군요."

전문가답게 노 씨 아저씨는 어떤 총인지 아는 것 같았다.

총은 망가지지 않은 건가?

그런 생각이 들었다. 그런데 생각해보니 전자 제품 관련한 것들만 망가졌다.

일반적인 총에는 전자 제품이 들어가지 않는다.

"총기류는 그대로 사용할 수 있는 것 같습니다. 대장님."

"그런 것 같네요. 그리고 까마귀의 목표가……."

뒷말은 하지 않았다. 하지만 그 누구도 다른 말을 하지 않는 것으로 봐서는 나와 같은 생각을 하는 것이 분명했다.

곧 총 소리가 멈췄다.

둘 중 하나일 것이다. 까마귀가 전멸했거나 총을 든 사람들이 전멸했거나.

까악!

멀리서 까마귀 우는 소리가 들렸다.

그렇다면 까마귀가 이긴 것이다. 그럴 것 같았다. 평범한 무기로는 괴물로 변한 것들을 상대할 수 없었다.

가로수 괴물 같은 경우에도 불을 지른 다음에 약점을 공격하거나 산산이 조각내야지만 죽일 수 있었다.

"노 씨 아저씨."

"네. 대장님."

"아무래도 까마귀들 잡아야겠어요."

노진수는 이성필의 말이 맞는다고 생각했다. 까마귀들은 다시 돌아올 것이 분명했다.

하지만 하늘 높이 떠 있는 까마귀를 어떻게 잡을지는 궁금했다.

총으로도 잡을 수 없다는 것을 조금 전 알았다.

이성필이 또 어떤 방법을 내놓을지 기대가 됐다.

"아까 그 안 꺼지는 불 아직 많이 남아 있어요?"

"네. 한 드럼 만들었으니 많이 있습니다."

"그럼 함정을 파죠."

"어떤 함정을……."

* * *

까마귀가 다른 곳에 가 있는 동안 우리는 함정을 준비했다.

함정은 간단했다. 괴물로 변한 놈들은 다른 괴물이나 사람을 사냥했다.

그렇다면 까마귀가 혹할 만한 미끼를 준비하면 된다.

고물상 한쪽을 비워 놓고 그곳에 방울토마토와 고추 씨앗을 심었다.

붉은색 씨앗은 모두 파란색으로 만들었다. 파란색 점을 지닌 방울토마토 5그루와 고추나무 4그루가 자라났다. 그리고 일반 방울토마토 45그루와 고추나무 26그루도 자라났다.

그리고 방울토마토 나무와 고추나무 사이에 노 씨 아저씨가 만든 화염병을 놨다.

파란색 점을 지닌 것들은 내 명령을 아주 잘 들었다. 다른 것들을 잡아먹지 않고 지키라고 했다.

우리는 아름드리 방울토마토 나무 밑에서 까마귀를 기다렸다.

해가 지기 시작했다. 정수와 신세민은 저녁 식사 준비를 할 겸 컨테이너 숙소로 보냈다.

해가 완전히 졌다. 너무 어두웠다. 컨테이너 숙소에서 커튼 사이로 어렴풋이 나오는 불빛이 아니었다면 아무것도 안 보일 정도였다. 오늘은 안 오나 싶었다.

"대장님. 여기는 제가 지킬 테니 들어가서 식사하시고 쉬시는 것이 어떠십니까?"

"그럴까요?"

"네. 혼자 있어도 됩니다."

말은 안 했지만, 옆에 있는 이연희도 같이 들어가라는 것 같았다.

"연희 씨도 같이 들어가죠."

"그게 낫겠네요. 저도 오빠하고 들어갔다가 밥만 먹고 교대하러 올게요."

"대장님이라고 부르라니까."

노 씨 아저씨의 목소리는 나직했다. 이연희는 움찔하는 것 같았다.

어두운데도 바로 옆에 있어서 그런지 그것이 느껴졌다.

"알았어요. 오… 아니 대장님. 가요."

목소리가 삐친 것 같이 들렸다.

"아저씨. 금방 교대해 드릴게요."

"아닙니다. 매복 같은 일은 많이 해 봐서 괜찮습니다. 편히 푹 쉬시다가 나오세요."

노 씨 아저씨 말이 맞는다 해도 그럴 생각은 없었다.

"금방 올게요."

내가 움직이자 이연희도 따라왔다.

컨테이너 숙소에서 불빛이 새어나오니 길을 헤맬 일이 없었다.

뭐 고물상 안에서 살던 내가 길을 헤맨다는 것 자체가 말이 안 된다. 눈 감고도 다닐 수 있었다.

이연희와 컨테이너 숙소로 걸어가다가 멈췄다.

이상한 소리가 들렸기 때문이었다.

푸드득.

새의 날갯짓 소리다.

이연희도 들은 것 같았다. 그녀가 작게 말했다.

"오빠. 들었어요?"

"네."

순간 반짝이는 것들이 나타났다. TV에서나 봤던 것이다.

어두운 밤에 반짝이는 동물의 눈동자.

정확하게 10쌍이었다. 5마리인 것 같았다.

까악.

까마귀 울음이 마치 우리를 비웃는 것 같이 느껴졌다.

까마귀 놈들도 함정을 판 것이다.

그런데 어쩌지?

"세민아!"

나는 있는 힘껏 소리치며 눈을 감았다.

화악!

내가 판 함정은 한 개가 아니었다.

순식간에 어둠이 사라졌다. 눈을 감았는데도 환하게 느껴질 정도로 밝아졌다.

푸드덕. 까악.

까마귀가 놀라며 날아오르는 소리가 들렸다.

"어딜!"

이연희가 땅을 박차는 소리도 들렸다.

당황한 것과 당황하지 않은 것의 결과 차이는 무척 크다.

어두운 곳에 있다가 밝은 LED 등을 보면 눈을 제대로 뜰 수 없게 된다.

눈을 뜨고 있다 해도 안 보인다.

괴물이 되어 버린 까마귀라도 예외는 아닌 것 같았다.

내가 눈을 떴을 때는 벌써 까마귀 2마리가 목이 잘려 있었다.

나머지 3마리는 이연희가 잡지 못한 것 같았다.

하지만 그렇다고 나머지 3마리를 놓친 것은 아니었다.

퍼퍼버버벅.

아름드리 방울토마토 나무에서 열매가 날아가 까마귀를 맞히는 소리였다.

어두워서 안 보였다면 몰라도, 밝은 데다가 열매의 사정거리 안에 있으니 열매의 숫자만 많으면 무조건 맞을 수밖에 없었다.

문제는.

"피해요."

나와 이연희가 옆으로 뛰었다. 방울토마토 열매는 산성을 띈다.

아름드리나무가 된 이후 그 산성이 더 진해졌다.

그 파편을 맞으면 안 된다.

다행히 파편을 피한 것 같았다.

그때 다른 곳에서 소리가 들렸다.

퍼엉. 화르륵.

까아아악.

다른 함정이 있는 곳에서 불길이 치솟아 올랐다.

놀랍게도 10마리 정도 되는 까마귀가 불에 타고 있었다.

날아오르는 까마귀는 곧 깃털이 타 버려서 다시 땅에 추락했다.

그것을 놓칠 아름드리 방울토마토가 아니었다.

다시 10마리 까마귀를 향해 방울토마토 열매가 날아갔다.

괴성에 가까운 소리를 내며 몸부림치는 까마귀들.

"연희 씨 거기 3마리 좀 부탁해요."

"네. 오빠."

이연희는 땅에 떨어진 까마귀 3마리의 목을 베러 갔다.

나는 아름드리 방울토마토 나무 밑으로 달려갔다. 노 씨 아저씨에게로 말이다.

"대장님 예상대로 된 것 같습니다."

"안 매워요?"

"조금 맵기는 합니다."

조금 맵다고 하면서 노 씨 아저씨는 눈물을 흘리고 있었다.

이제는 나도 피부가 따끔할 정도로 매웠다. 이 매운 것은 고추나무 때문이었다. 파란색 점을 지닌 고추나무는 자신의 열매를 터뜨린다.

고추가 터지면서 매운 가루가 사방으로 퍼지는 것이었다. 가까운 곳에서 터지면 그냥 눈과 얼굴을 만지며 쓰러질 정도였다.

조금 전 펑 하고 터지는 소리는 화염병이 아니었다.

고추가 일제히 터지는 소리였다. 그때 노 씨 아저씨가 불붙인 화염병을 던져 설치한 화염병에 불을 지른 것이었다.

"어떻게 아셨습니까?"

노진수는 진짜 궁금했다. 까마귀가 성동격서의 작전을 사용할 줄 이성필이 어떻게 알았는지.

"그냥요. 할 수 있는 준비는 다 해 볼 생각이었어요. 저놈들 생각보다 똑똑하거든요. 왜 낮에 몰래 담장 뒤에 숨었다가 나온 것 봐요. 일부가 시선을 끄는 동안 다른 놈들이 공격하는 패턴이더라고요."

노진수는 까마귀가 똑똑한 것보다 이성필이 핵심을 꿰뚫는 것이 대단하다고 생각했다.

노진수는 이성필의 능력은 무언가를 고치는 것보다 이런 것이지 아닐까라는 생각이 들었다. 이런 기본 위에 능력을 얻게 되니 더 큰 효과가 나오는 것 같았다.

"그래도 이렇게까지 잘될 줄은 몰랐어요."

"전 잘될 줄 알았습니다."

"그래요? 아우 매워."

"사장님. 여기 물수건이요."

신세민이 물을 묻힌 수건을 들고 왔다. 그렇지 않아도 말하기 힘들었는데 잘됐다.

신세민이 준 물수건으로 입과 코를 막았다. 그래도 눈이 따가운 것은 막을 수 없었다.

노 씨 아저씨도 입과 코를 막았다.

"어우. 저는 눈이 매워서……."

신세민은 도망치듯 컨테이너 숙소로 달려갔다.

이제 할 일은 저 까마귀를 마무리 짓는 것이었다.

불 정도로는 절대 괴물이 되어 버린 놈들을 죽일 수 없었다.

낮에 날개와 다리를 자른 까마귀도 아직 한쪽에 살아 있었다.

"노 씨 아저씨. 저놈들 목 자르세요."

노 씨 아저씨는 움직이지 않았다. 내게 일본도를 내밀었다.

"저보다는 대장님이 죽이시는 것이 나을 것 같습니다."

"왜요? 혹시 또 그런 일이 일어날 것 같아 그러는 거예요?"

노 씨 아저씨가 이연희를 죽이려 했을 때를 말하는 것이다.

제정신이 아니었다.

노 씨 아저씨는 고개를 흔들었다.

"아닙니다. 이제는 그렇게 안 될 것 같습니다. 그리고 대장님이 옆에 계시는데 그런 일이 일어난다 해도 걱정이 안 됩니다."

노진수는 확신하고 있었다. 이성필의 목소리에 자신의 정신이 맑아지는 것을. 지금 옆에 있는 것만으로도 마음이 편안했다.

"그럼 왜?"

"괴물을 죽일 때도 능력이 강해지지 않습니까."

"아."

노 씨 아저씨는 내 능력이 더 강해지기를 바라는 것 같았다.

"고맙기는 한데요. 반씩 했으면 해요. 저는 어제 꿀벌에게 받은 것이 있어서요."

"아닙니다. 대장님이 강해지시는 것이 더 낫습니다."

"저는 다르게 생각해요. 노 씨 아저씨가 강해져야 저를 더 잘 지키죠. 그래야 시간을 벌 수 있거든요. 가요."

아무리 생각해 봐도 노 씨 아저씨가 강해지는 것이 맞는 것 같았다.

나는 노 씨 아저씨와 함께 가서 까마귀 10마리의 머리를 사이좋게 반씩 잘랐다.

까마귀 역시 죽으면서 덩치가 작아졌다.

까마귀 시체는 그냥 두고 오다가 날개와 다리가 잘린 까마귀는 아름드리 방울토마토 나무에게 던져 줬다.

조금 징그럽지만 아름드리 방울토마토 나무는 까마귀를 아주 잘 씹어 먹었다.

노 씨 아저씨와 이연희는 바로 컨테이너 숙소로 갔다.

나는 LED 등에 연결된 발전기를 끈 다음 컨테이너 숙소로 가서 모두와 꽤 맛있는 식사를 했다.

20마리 가까이 되는 까마귀를 모두 처리했으니 마음이 편해서인 것 같았다. 그렇다고 아무런 경계를 하지 않은 것은 아니었다. 정수가 거대 꿀벌을 사방에 뿌려 뒀다.

그리고 돌아가면서 불침번을 서며 쉬었다.

* * *

다음 날 아침 해가 뜨자마자 모두는 까마귀 시체가 있는 곳으로 갔다.

그런데 까마귀 시체가 보이지 않았다. 대신 완전히 회복한 방울토마토 나무와 고추나무가 있었다.

괴물이 되어 버린 나무뿐만 아니었다.

그냥 열매를 맺는 나무들 역시 다 회복한 것 같았다.

아주 맛있어 보이는 방울토마토와 고추가 주렁주렁 달려 있었다.

"사장님, 이거 먹어도 될까요?"

파란색 점이 있는 방울토마토 나무와 고추나무는 신세민이 접근해도 공격하지 않았다.

여기 있는 모두를 자기편으로 생각하기 때문이었다.

그렇게 하라고 말한 것은 나였지만.

"먹어 봐."

신세민이 거의 어린아이 주먹만 한 방울토마토 하나를 땄다.

이제는 방울토마토라고 부를 수 없는 크기였다.

하지만 모양은 완벽하게 방울토마토였다.

신세민이 한 입 베어 물려는 순간 이연희의 목소리가 들렸다.

"그것 먹다가 죽는 것 아니야?"

신세민의 입이 방울토마토 앞에서 멈췄다.

그리고는 그대로 나를 쳐다봤다.

말은 안 했지만, 눈은 나에게 말하고 있었다.

'나 이거 먹다가 죽으면 어떻게 해요?'

"줘 봐. 설마 죽겠어?"

나는 신세민의 손에 들린 방울토마토를 빼앗듯 가져왔다.

그리고 한 입 물려는 순간.

“오빠! 혹시 모르니까 잘라 봐요. 산성액이 들었을 수도 있잖아요.”

방울토마토 나무가 날린 열매가 터지면서 나오는 산성액을 말하는 것 같았다.

나도 신세민과 똑같이 방울토마토 앞에서 멈췄다.

그리고 멋쩍게 웃으면서 떨어졌다.

“하하. 잘라 보죠.”

노 씨 아저씨가 방울토마토 하나를 따더니 공중으로 던졌다. 그리고 일본도로 베었다.

정확하게 반으로 갈라지며 떨어졌다.

“우와. 맛있을 것 같아요.”

반으로 갈라진 방울토마토는 과즙이 흘러내릴 정도로 잘 익어 있었다. 그것을 본 정수가 말한 것이었다.

노 씨 아저씨는 조심스럽게 일본도로 방울토마토의 과즙을 찍었다. 하지만 아무런 일도 일어나지 않았다.

“괜찮은 것 같습니다. 제가 먹어 보겠습니다.”

노 씨 아저씨는 새로 방울토마토를 따서 말릴 사이도 없이 한입 베어 먹었다.

그러더니 묘한 표정을 지었다.

“왜요? 이상해요?”

“으윽.”

"이상하면 뱉어요!"

내가 소리치자 입안에 든 방울토마토를 꿀꺽 삼킨 노 씨 아저씨는 웃으면서 말했다.

"정말 맛있습니다. 대장님. 이렇게 맛있는 방울토마토는 처음 먹어 봅니다."

"놀랐잖아요."

노 씨 아저씨가 장난을 다 치다니.

아니면 진짜 방울토마토가 너무 맛있어서 그런 것일지도 모른다.

나도 방울토마토 하나를 따서 한 입 베어 물었다.

그리고 노 씨 아저씨가 왜 그런 반응을 했는지 알 것 같았다.

정말 맛있었다.

신선한 토마토가 입안 가득히 차면서 시원한 느낌을 줬다.

거기에 약간 달콤한 맛까지 났다.

마치 토마토에 설탕을 뿌린 것처럼.

토마토에 설탕을 뿌려 먹으면 정말 맛있다.

"사장님 괜찮아요?"

"으윽."

"어?"

순진하기는.

방금 노 씨 아저씨와 한 이야기 들었으면서.

"너무 맛있어."

"아. 진짜."

“너는 그걸 속냐? 노 씨 아저씨가 조금 전에 한 건데.”

“노 씨 아저씨는 아저씨고! 사장님은 사장님이잖아요. 사장님이 그러면 진짜 무서워요. 진짜로 무슨 일 난 줄 안다고요.”

이거 내가 잘못한 것 같았다.

“아. 미안. 진짜 맛있다.”

나는 방울토마토 하나를 따서 신세민에게 내밀었다. 하지만 신세민은 고개를 돌렸다.

“안 먹어요!”

“삐졌냐?”

“안 삐졌어요.”

이연희는 우리 둘을 보며 웃었다. 그러면서 그녀 역시 방울토마토 하나를 따서 한 입 베어 먹었다.

“진짜 맛있네요. 세민아 안 먹어 볼래? 누나가 이런 것 잘 안 주는데.”

신세민은 고민하는 것 같았다. 그러자 이연희가 방울토마토를 정수에게 내밀며 말했다.

“싫음 말고. 정수야 네가 먹을래?”

“저요?”

정수가 망설이면서 받으려 하자 신세민이 획하고 돌아서며 손을 뻗었다.

“나 준다면서요.”

“단순하기는.”

"누가요!"

이런 마음의 소리가 나도 모르게 입 밖으로 나왔다.

그런데 이 상황을 재미있어 하는 것 같았다. 노 씨 아저씨는 물론, 이연희와 정수까지 웃고 있었다.

"아 진짜. 사장님도 그렇고 연희 누나도 그렇고."

말은 저렇게 하면서도 이연희가 주는 방울토마토를 받아 베어 물고 있었다.

"우와. 진짜 맛있네? 사장님, 식량 문제 진짜로 해결된 것 같은데요? 어제 불에 탔는데 아침에 다시 이렇게 멀쩡하게 열리다니. 신기하네요."

나도 신기하기는 했다.

"이제 밭을 만들면 될 것 같은데."

"뒤쪽 개천가에 만들면 되겠네요."

신세민의 말대로 나도 고물상 뒤편 개천가를 생각하고 있었다.

고물상 뒤로 산책로가 있는 개천이 있었다.

고물상과 산책로 사이에 경사가 있는 땅이 있다. 그곳에 농작물을 심으면 된다.

"제 부하들 잔뜩 심어 놓으면 누가 와서 몰래 가져갈 수도 없잖아요."

방울토마토와 고추의 능력을 봐서는 다른 것들도 꽤 괜찮은 능력을 지녔을 것 같았다.

"그것뿐만 아니지. 고물상 주변으로 방울토마토와 고추를 심으면 훌륭한 경비병이 될 것 같아."

내 말에 노 씨 아저씨 표정이 안 좋아졌다.

"노 씨 아저씨. 왜 그러세요?"

"그냥 좀 허무해서 그렇습니다."

"허무해요? 왜요?"

"열심히 부비트랩 만들 준비를 하고 있었는데 필요가 없어진 것 같아서요."

생각해 보니 굳이 부비트랩 같은 것을 설치할 필요가 없어 보였다.

내 편이 된 괴물들이 주변을 지켜 줄 테니까.

하지만 나는 고개를 저었다.

"아니에요. 바둑에 버리는 돌은 없다고 하는 말이 있잖아요. 다 쓰임새가 있다고 생각해요. 부비트랩도 설치하죠."

"그럴까요?"

노진수는 이성필이 자신을 생각해서 말하고 있다고 생각했다.

이성필은 상대방을 배려하는 그런 사람이니까.

그래도 기분은 좋았다. 이런 배려가 온전히 느껴지는 것이 좋았기 때문이었다.

"일단 방울토마토하고 고추 그리고 상추만 고물상 한편에 더 심어 보죠. 개천가 밭은 시간을 두고 만들고요."

내 말에 노 씨 아저씨가 궁금한 표정으로 말했다.

"다른 할 일이 있으신가요?"

"네. 기름을 가져와야 해요."

"아. 죄송합니다. 대장님."

노 씨 아저씨가 죄송하다고 말하는 이유가 있었다. 화염병과 급조 폭발물을 만든다고 기름을 꽤 많이 사용했기 때문이었다. 그리고도 급조 폭발물을 더 만들려면 기름이 모자란 것은 사실이었다.

"차는 고쳐도 움직이기 그러니까 어쩔 수 없이 걸어가야겠네요."

도로에 멈춘 차들 때문에 지금은 트럭을 고쳐도 움직일 수 없었다. 나중에 바퀴를 개조할 계획이었다. 멈춘 차를 타고 넘을 수 있게.

"몇 번 왔다 갔다 하더라도 최대한 많이 가져올 생각이에요. 노 씨 아저씨하고 나만 다녀올 테니까 연희 씨는 이곳 지키고 있어요."

"네. 오… 대장님."

"점심 전에는 돌아오도록 할게요. 가요. 노 씨 아저씨."

"네. 대장님."

노 씨 아저씨와 나는 빈 드럼통에 줄을 매서 하나씩 등에 메고 주유소로 출발했다.

주유소는 북쪽에 있는 곳이 가장 가까웠다.

마트가 있는 곳을 지나야만 했다.

이미 한 번 갔다 온 길이라서 그런지 노 씨 아저씨와 나는 크게 긴장하지 않았다.

하지만 곧 긴장할 수밖에 없었다.

가로수 괴물들이 돌아다니고 있었다.

“두 마리씩 짝지어 다니네요.”

“그런 것 같습니다. 저쪽에도 두 마리가 있습니다.”

노 씨 아저씨가 가리키는 곳을 보니 진짜 두 마리가 어슬렁거리고 있었다.

“그러고 보니 시체가 없네요.”

엊그제 마트에 가면서 봤었던 시체들이 사라졌다. 옷만 남아 있었다.

그것뿐만 아니었다. 거대한 가로수 괴물이 움직이기 편하게 하려고 그랬는지 자동차가 한쪽으로 치워져 있었다.

아니면 지나가면서 치웠는지도.

가로수 괴물 두 마리가 편하게 돌아다닐 수 있을 정도의 넓이였다. 커다란 트럭 한 대쯤은 무난하게 통과할 수 있을 것 같았다.

그리고 시체가 왜 없는지 알 것 같았다.

“대장님, 저기 보세요. 시체를 먹는 것 같습니다.”

가로수 괴물은 뿌리를 시체에 빨대 꽂듯이 꽂아 넣었다. 시체는 곧 흔적도 없이 사라졌다.

뼈는 어떻게 먹는 것인지 모르겠지만, 뼈까지 완전히 사라졌다. 남은 것은 입었던 옷뿐이었다.

“좋은 일인지 나쁜 일인지 모르겠네요.”

“무슨 말이신지.”

"저놈들 덕분에 전염병이 발생할 위험이 줄잖아요."

내 말에 노 씨 아저씨는 고개를 끄덕였다.

"그렇겠군요. 시체가 없으니."

"최대한 저놈들 피해서 가는 것이 나을 것 같아요. 청소부 역할을 하는 것 같은데."

나나 노 씨 아저씨가 시체를 치울 것이 아니라면 굳이 가로수 괴물을 죽일 필요는 없는 것 같았다.

그리고 가로수 괴물은 움직임이 느리다.

피하려고 마음만 먹으면 피할 수 있었다.

"빨리 뛰어가죠."

"알겠습니다."

나는 노 씨 아저씨를 쳐다봤다. 노 씨 아저씨도 나를 쳐다봤다.

누가 먼저 뛰는지 기다리는 것 같았다.

순간적으로 웃음이 나왔다.

"노 씨 아저씨가 먼저 뛰세요."

"네."

아무래도 가로수 괴물을 피할 동선을 파악하는 것은 노 씨 아저씨가 나을 것 같았다.

노 씨 아저씨가 땅을 박차고 뛰었다. 생각보다 빨랐다.

나도 땅을 박차는 순간 '어?' 할 수밖에 없었다.

한걸음에 노 씨 아저씨를 따라잡은 것이었다.

노 씨 아저씨가 너무 멀리 가기 전에 따라잡아야 한다는 생각에 다리에 신경 써서 힘을 준 것뿐이었다.

어느새 노 씨 아저씨 옆에서 나란히 달리고 있었다.

"대장님, 속도 좀 더 내겠습니다."

나는 대답 대신 고개를 끄덕였다.

노 씨 아저씨가 다시 내 앞으로 뻗어 나갔다.

나도 다리에 힘을 더 주자 노 씨 아저씨 옆에 다시 설 수 있었다.

어느새 가로수 괴물이 있는 곳을 지나쳤다.

가로수 괴물이 반응했다. 하지만 조금 따라오다가 다시 자신이 있던 곳으로 돌아가는 것을 확인했다.

"이제 천천히 가죠."

"네. 대장님."

나와 노 씨 아저씨는 걷기 시작했다.

500m 정도를 20초도 안 걸린 것 같았다.

"신체 능력이 좋아지니 달리기도 빨라진 것 같네요."

내 말에 노 씨 아저씨도 동의했다.

"그런 것 같습니다. 대장님이 있는 힘껏 뛰시면 저보다 빠르실 것 같습니다."

"그건 모르죠. 아저씨도 최선을 다해 뛴 것 아니잖아요."

"그렇기는 합니다. 하지만 단거리는 몰라도 장거리는 대장님이 이기실 것 같습니다."

노진수는 이성필이 처음 자신을 따라잡았을 때 놀랐다.

사실 이성필이 따라오지 못할까 봐 천천히 달린 것이었다.

그래서 조금 더 속도를 내자고 하면서 이성필이 달리는 것을 봤다.

조금 더 속도를 내도 힘들지 않게 따라오고 있었다.

하지만 요령이 부족한 것 같았다. 그냥 힘으로만 달리는 것이 분명했다.

땅을 박찰 때 힘을 폭발적으로 사용하면 속도가 달라진다.

그 방법을 모르고 있었다.

"나중에 달리는 방법을 알려 드리겠습니다."

"방법이요? 달리는 것도 방법이 있어요?"

"네. 일단 자신이 얼마나 달릴 수 있는지 알아야 합니다. 그래야 장거리를 뛸 때는 어떻게 힘을 배분하고 단거리를 뛸 때는 어떻게 폭발적으로 뛰어야 하는지 알게 됩니다."

"신기하네요."

"신기한 일이 아닙니다. 훈련을 받은 사람은 대부분 알고 있습니다."

생각해 보니 노 씨 아저씨가 일본도를 들고 이연희와 싸울 때 엄청 빠르게 움직였었다.

"가면서 간단히 설명해 줘요."

"그럴까요?"

신기한 생각에 노 씨 아저씨에게 알려 달라고 한 것이었다.

"갑자기 힘을 줘서 뛰는 것이나 빠르게 달리는 것은 발의 앞만 사용합니다. 대장님은 달리실 때 거의 발 전체를 사용하시더군요."

생각해 보니 처음 땅을 박찰 때는 발의 앞부분을 사용했었다.

하지만 그다음부터는 발을 전부 사용하거나 절반 정도를 사용했다.

"훈련하게 되면 엄지발가락 부분과 그 근처만을 이용해 가볍고 빠르게 뛰거나 방향 전환을 빠르게 할 수도 있습니다. 이렇게요."

나는 노 씨 아저씨의 발을 잘 살폈다.

확실히 발의 앞부분만 사용하니 가볍게 움직이는 것 같았다.

방향 전환도 쉽고 빠르기까지 했다.

"직선으로 달릴 때도 몸을 약간 앞으로 기울여서 앞부분으로 땅을 누르듯 뛰면 됩니다."

한 번에 거의 3m 가까이 뛰는 것 같았다.

10m 앞에 멈춘 노 씨 아저씨는 나에게 손짓했다.

"한번 해 보시겠어요?"

"네."

그러니까 앞발로 땅을 누른다는 생각으로 힘껏.

어어.

이게 뭐지?

그런 생각이 들 정도로 내 몸이 앞으로 빠르게 나아가고 있었다.

본능적으로 다른 발을 땅에 디딜 때 앞부분으로 땅을 누르듯 힘을 줬다.

그리고 노 씨 아저씨를 약간 지나쳤다.

"대장님……. 어떻게 두 걸음 만에 10m 가까이를……."

나도 모르는 것을 노 씨 아저씨에게 설명할 수가 없었다.

"그냥 되던데요."

내 말에 노 씨 아저씨는 웃기 시작했다.

"하하. 언제나 제 생각을 뛰어넘으시는군요. 어지간한 사람은 반응도 못 할 것 같습니다."

"그 어지간한 사람을 뛰어넘는 사람이 아저씨와 이연희 씨겠죠?"

"으음. 그건 봐야겠죠."

노진수는 이성필도 여러 가지를 가르쳐야 할 것 같은 생각이 들었다. 잘만 하면…… 아니 무조건 자신보다 뛰어난 능력을 지니게 될 것이 분명했다.

"돌아가서 여유가 생기면 이연희 씨와 같이 훈련받으시는 것이 어떠십니까?"

"그럴까요?"

사실 노 씨 아저씨나 이연희의 움직임이 부럽기는 했다.

그리고 많이 알아 둘수록 손해나는 것은 없다.

"네. 그러시……."

갑자기 노 씨 아저씨가 자세를 낮추며 말했다.

"무언가 있습니다."

나도 자세를 낮췄다. 하지만 등에 멘 드럼통을 생각 못 했다.

드럼통이 땅에 닿으며 깡 소리가 났다.

까악!

까마귀였다. 드럼통 소리에 놀라 날아오르는 까마귀는 3마리였다.

그리고 나와 노 씨 아저씨를 발견하고는 날아왔다.

노 씨 아저씨가 등에 멘 드럼통을 빠르게 내려놓고 일본도를 양손으로 잡았다.

내 실수 때문에 까마귀의 공격 대상이 됐다는 사실에 미안했다.

그리고 도망칠 수도 없었다.

아무리 빠르게 달려 봐도 하늘을 나는 까마귀보다는 빠르지 않을 테니까.

그런데 까마귀들이 날아오다가 공중에서 급정지하듯 퍼덕이더니 무언가에 놀란 듯이 뒤로 날아갔다.

도망치는 것이 분명했다. 필사적으로 날아가는 것 같더니 곧 안 보였다. 이 상황을 노 씨 아저씨도 어리둥절한 것 같았다.

"저놈들 이상하네요. 대장님."

나도 이상하긴 했다. 어제만 해도 무조건 공격부터 하는 놈들이었다.

갑자기 스쳐 지나가는 생각이 있었다.

"어제 까마귀 놈 중 살아남은 일부가 아닐까요?"

"아무래도 그런 것 같습니다. 확실히 대장님을 보더니 멈췄었습니다."

"저를요?"

"네. 3마리 모두 대장님을 본 것이 확실합니다. 시선이 대장님

쪽을 향해 있었습니다. 무거운 것을 등에 메고 있으니 가장 먼저 공격하려던 것 같았습니다."

나를 약한 상대로 생각하고 공격하려던 것 같았다.

"그런데 저놈들 저기서 뭐 하고 있었을까요?"

나는 까마귀를 발견하지 못해 어떤 행동을 하고 있었는지 몰랐다. 이해하지 못한다는 표정을 지어 주자 노 씨 아저씨가 말했다.

"저쪽에서 땅을 돌아다니고 있었습니다."

한 200m 정도 되는 거리를 가리키는 것 같았다.

이런 것을 보면 노 씨 아저씨의 능력을 알 수 있었다.

버려진 차들 사이로 움직이는 물체를 파악한 것이니까.

그것도 멀리서.

"가 보죠."

나와 노 씨 아저씨는 조심스럽게 접근했다. 그리고 까마귀들이 왜 땅에 있었는지 알 것 같았다.

시체가 있었다. 그것도 군복을 입은 시체가.

"어제 들린 총소리가 여기서 난 것이었군요. 8명이면 한 분대가 당했습니다."

"8명이요?"

내 눈에는 시체가 5구밖에 없었다.

"네. 시체는 5구인데 총이 8자루입니다."

노 씨 아저씨의 말대로였다. 대한민국 군인이라면 다 아는 K2 소총 8자루가 여기저기 흩어져 있었다.

"쓸 만한 것이 있나 살펴보겠습니다."

"네."

노 씨 아저씨는 K2 소총을 가져와 점검하면서 말했다.

"운이 좋군요. 망가지지 않은 것이 5자루나 됩니다."

노 씨 아저씨의 말을 들으면서 조금 씁쓸했다.

누군가의 죽음으로 남긴 것이 나와 노 씨 아저씨에게는 이득이 된다는 사실 때문이었다.

"혹시 모르니 다 챙기겠습니다. 부품을 분해해서 조립하면 몇 자루 더 생길 것 같습니다."

"그렇게 하세요."

노 씨 아저씨는 아무렇지 않게 군인 시체를 뒤지기 시작했다.

탄창을 챙기고 찢어지지 않은 배낭을 찾아 그 안을 비우고 넣었다.

그리고 K2 소총과 배낭을 드럼통 안에 넣었다.

"가시죠."

나는 노 씨 아저씨의 말에 움직이지 않았다.

"대장님?"

"묻어 주고 가도 될까요?"

잠시 나를 보던 노 씨 아저씨는 드럼통을 내려놨다.

"그러시죠. 저쪽에 묻겠습니다."

도로 한쪽에 공터가 있었다.

"네. 제가 옮길게요."

"아닙니다. 이런 일 해 보신 적 없으시잖아요."

"해 봐야죠."

이런 일이 앞으로는 많이 일어날 것이 분명했다.

그리고 내가 이런 행동을 하는 이유가 있었다. 자꾸 인간으로서의 마음을 잃어 가는 것 같기 때문이었다.

기본적인 마음은 잃기 싫었다. 그렇게 되면 내가 지금까지 살아온 삶이 아무것도 아닌 게 될 것 같았다.

나는 심하게 훼손된 시체를 들어 공터로 옮겼다.

노 씨 아저씨도 같이 옮기니 금방이었다. 이제 땅을 파야 했다.

노 씨 아저씨는 근처 가드레일을 손으로 잡더니 뜯어냈다.

힘이 확실히 강해진 것 같았다.

그것으로 땅을 파고 군인들 시체를 묻었다.

이제 떠나려고 할 때 노 씨 아저씨가 조그마한 목소리로 내게 말했다.

"저 안에 사람이 있는 것 같습니다."

"어디요?"

내가 고개를 돌리며 주변을 보자 노 씨 아저씨는 정확하게 말해 줬다.

"저기 어린이집 미니버스 안이요."

조금 떨어진 곳에 노란색 버스가 있었다. 그리고 내가 쳐다보자 누군가 아래로 쏙 숨는 것이 보였다.

"어떻게 할까요?"

노진수는 그냥 지나칠 수 있었음에도 일부러 미니버스 안에 사람이 있다는 것을 이성필에게 알렸다.

이성필이 괴로워하지 않았으면 하는 마음 때문이었다.

식량 문제도 그랬다. 고물상 안의 사람들을 우선으로 생각하는 것이 맞다. 그래서 이성필은 감성적인 것보다 이성적인 판단을 내렸었다.

그런데 식량을 해결할 방법을 찾아냈다.

그리고 너무 좋아했다. 이성필이 어려운 사람을 돕는 것은 천성 같은 것이었다.

나중에 그냥 버리고 갔다는 것을 알게 된다면 이성필이 혼자 괴로워할 것을 알기 때문이었다.

"확인만 하죠."

"확인만요?"

"네. 확인한 다음에 우리에게 필요한 사람이라면 데려갈 생각이에요."

나는 일부러 목소리를 크게 냈다.

미니버스 안에 숨은 사람들이 충분히 들을 만큼.

"따라가지 않겠다고 하면 그냥 두고 갈 겁니다."

일부러 목소리를 크게 냈는데도 미니버스 안에서는 반응이 없었다.

나는 노 씨 아저씨에게 말했다.

"이렇게 말했는데도 반응이 없는 것을 보니, 우리를 무서워하거나 따라갈 생각이 없는 것 같네요."

"그런 것 같습니다."

미니버스 안에 숨은 이들은 사람을 두려워하는 것 같았다.

그럴 것 같았다. 하루아침에 사람이 사람을 죽여 힘을 얻는 세상이 됐다.

나와 노 씨 아저씨를 못 믿는다는 것이 조금 씁쓸하기는 했다.

하지만 그렇다고 도움을 바라지 않는 이들에게 손을 내밀기에는 지금 상황이 안 좋았다.

"가죠."

나는 드럼통을 챙겨 몸을 돌렸다. 노 씨 아저씨도 미련 없이 몸을 돌렸다.

한 발자국 걸었을 때 여자아이의 목소리가 들렸다.

"도와주세요!"

나와 노 씨 아저씨는 몸을 돌렸다. 미니버스 창문에 학생으로 보이는 여자애가 있었다.

"엄마가 다쳤어요!"

여자애 뒤로 작은 머리도 하나 보였다. 동생인 것 같았다.

여자애는 울먹이며 소리쳤다.

"제발요!"

"제가 먼저 가 보겠습니다."

노 씨 아저씨는 들었던 드럼통을 내려놓고 미니버스로 달려갔다.

그리고 문을 억지로 열었다.

나도 드럼통을 내려놓고 미니버스 안으로 뒤따라 들어갔다.

여자애의 말대로 아주머니 한 명이 누워 있었다. 기절한 것 같았다. 아무런 반응을 하지 않았지만, 숨은 쉬고 있었다.

다리에 피 묻은 옷이 메여 있는 것이 보였다.

노 씨 아저씨가 다가가 아주머니의 다리를 살폈다. 옷을 풀더니 나를 봤다.

내가 보기에도 다리 상처는 심각했다. 다행인 것은 허벅지 위쪽이 많이 찢어진 것뿐이었다.

동맥을 다쳤다면 출혈 과다로 벌써 죽었을 것이다.

그리고 상처는 허벅지만 있는 것이 아니었다. 팔과 목 그리고 머리카락도 무언가에 뜯긴 것 같은 자국이 있었다.

짐작 가는 것은 까마귀였다.

그런데 아주머니 얼굴이 낯이 익었다.

"으음."

노 씨 아저씨가 상처를 건드려서 그런지 아주머니가 신음을 내며 눈을 떴다. 그리고 화들짝 놀랐다.

"누…… 누구세요!"

아이들이 있는 곳을 확인하더니 필사적으로 움직이려고 했다. 하지만 다친 몸이라 그런지 잘 움직이지 못했다.

그리고 아주머니가 누구인지 기억났다.

"아주머니 정인 갈비 사장님 아니세요? 저 모르시겠어요?"

아주머니는 나를 빤히 보더니 표정이 밝아졌다.

"이 사장님."

아주머니는 정인 갈비라는 식당 주인이었다.

저녁에는 주로 고기를 팔고 점심에는 한식 뷔페를 하고 있었다.

5,500원짜리 한식 뷔페치고는 반찬의 종류도 많고 질도 좋아 자주 이용했다.

세민이도 좋아했고 노 씨 아저씨는 항상 밥을 산처럼 쌓아서 먹었다.

아주머니는 나를 보면 항상 이 사장님이라고 불렀다.

직원들이 노 씨 아저씨를 탐탁지 않게 생각할 때도 아주머니만은 다르게 행동했다.

모자란 것이 있으면 얼마든지 가져다 먹으라고 하면서 자주 오라고 했었다.

직원 눈치가 보여 일주일에 3번 가면 많이 가게 됐지만.

"이 사장님, 우리 애들 좀 애 아빠에게 데려다줘요."

이런 상황이 될지는 예상하지 못했다.

아이 둘을 어딘가에 데려다줄 상황은 아니란 생각이 들었다.

내가 대답하지 않자 아주머니가 울먹이며 말했다.

"애 아빠가 군인이에요. 우리 데리러 군인들 보냈는데……. 갑자기 새가 공격해서."

예상대로 까마귀가 공격한 것이 맞는 것 같았다.

"애들 아빠가 있는 곳까지 가면, 이 사장님도 같이 보호받을 수 있을 거예요. 애들 아빠가 보낸 군인들 말을 들으니 거긴 큰 피해가 없었대요."

"애들 아빠가 어디 있는데요?"

"길 따라서 가다 보면 포천 가기 직전에 우측으로……. 거기가 어디더라……."

아주머니가 말하지 않아도 어디인지 알 것 같았다.

예전에 길을 잘못 들어 그곳까지 간 적이 있었다.

꽤 큰 군부대가 하나 있었다.

경기 북쪽에 군부대가 많기는 해도 그 정도 규모는 보기 힘들었다.

문제는 걸어서 가기에는 너무 멀다는 것이었다.

더군다나 아이들을 데리고서는 더더욱 힘들었다.

"죄송하지만 거기까지는 데려다주기 힘들 것 같습니다."

"제가 같이 갈 수 없어서 그래요. 이렇게 다치지만 않았으면 제가 데리고 갔을 거예요. 그러니 애들만 좀 데려다줘요. 네?"

"현실적으로 애들 데리고 그곳까지 갈 수가 없어서 그래요. 아주머니도 보셨잖아요. 총 든 군인들도 상대 못 하는 것을요."

"……."

아주머니가 입을 다물었다.

그때 우리를 부른 여자아이가 말했다.

"엄마. 까마귀가 아저씨들 피해서 도망가는 것 봤어요. 그리고 군인 아저씨들 다 묻어 주는 것도요."

딸의 말을 들은 아주머니의 표정이 밝아졌다.

“제발 부탁입니다. 아이들 좀 애들 아빠가 있는 곳으로…….”

나는 단호하게 말했다.

“그곳까지 가는 데 안전하다는 장담이 없습니다. 그런 위험이 있는 일은 할 수 없습니다.”

“그럼 우리를 그냥 버리고 갈 건가요!”

물에 빠진 사람 건져 줬더니 보따리 내놓으라는 말이 있다.

지금 상황이 그런 것 같았다.

아직은 안 건진 건가?

그렇다면 건져 주고 어떻게 할 것인지 결정하라고 할 생각이었다.

“그냥 버리고 갈 생각은 없습니다. 상처 좀 보죠.”

나는 아주머니에게 다가갔다. 그리고 다리 상처를 봤다.

치료해야겠다는 생각을 하니 아주머니 상처 부위에 붉은색 점과 파란색 점이 보였다.

붉은색 점은 파란색 점 사이에 퍼져 있었다. 마치 길을 끊어 놓은 것처럼 보였다.

길을 이어 주면 될 것 같았다.

“손을 대겠습니다.”

아주머니는 움찔하면서도 안 된다는 말을 하지 않았다.

나는 파란색 점과 가장 가까이 있는 붉은색 점부터 손으로 만졌다.

그러자 몸 안에서 또 무언가가 빠져나간다.

앞으로는 에너지라고 말해야 할 것 같았다.

붉은색 점이 옅어지기 시작했다.

"어?"

아주머니가 이상하다는 듯 나를 봤다.

붉은색 점 하나가 파란색 점으로 바뀌자 상처가 확연하게 나아지기 시작했다.

"이게 어떻게……."

아주머니는 놀라고 있었다. 옆에 선 여자아이와 남자아이도 눈을 크게 떴다.

나는 아무런 말도 하지 않고 다음 붉은색 점을 손으로 만졌다.

점점 더 옅어지는 붉은색 점.

두 번째 붉은색 점이 사라지자 새살이 돋은 것처럼 상처가 나아졌다. 이제 남은 붉은색 점은 2개였다.

나머지 2개의 붉은색 점도 만져서 파란색 점으로 만들었다.

"이제 일어나 보세요."

아주머니는 믿기 힘들다는 표정으로 일어났다. 그리고 다리를 움직이며 상처가 나은 것인지 확인했다.

"여기까지만입니다. 남편분 만나시기를 바라겠습니다. 아저씨 가요."

나는 단호하게 말하며 더는 아주머니의 말을 듣기 싫다는 듯 몸을 돌렸다.

"네. 대장님."

아주머니가 뭐라고 하려다가 마는 것 같았다. 하지만 애써 외면하며 노 씨 아저씨와 미니버스에서 내려 다시 드럼통을 등에 멨다. 그리고 걸어갔다.

"마음에 걸리시면 주유소까지 같이 가자고 하시지 그러셨습니까."

노진수는 이성필이 걸어가는 이유를 짐작하고 있었다.

미니버스에서 내려 조금 떨어져 따라오는 아주머니와 아이들 때문이라는 것을.

"미련이 남을 것 같아서요. 돌아가야죠. 고물상으로."

"무슨 말이신지 알 것 같습니다."

노진수는 이성필이 갈등하는 것이 안타까우면서도 좋은 일이라고 생각했다. 그러면서 더욱 성장할 테니까.

자신은 이성필이 어떤 결정을 내리든 따르면 됐다.

"아저씨. 저 때문에 시간이 조금 더 걸리게 됐네요."

"아닙니다."

뛰어가면 10분도 안 걸릴 거리를 걸어가는 중이었다.

그렇게 20분 정도 걸어가자 주유소가 보였다.

다행인 것은 주유소에 도착할 때까지 그 어떤 공격도 없었다는 것이다.

괴물도 사람도 보이지 않았다.

나와 노 씨 아저씨가 주유소에 멈추자 아주머니와 아이들도 조금 떨어진 곳에 멈췄다.

나는 몸을 돌려 그들을 향해 말했다.

"여기까지입니다. 우리는 여기서 기름을 가져갈 겁니다. 이 도로를 따라가다가 보면 송우리 좀 지나서 우측으로 빠지는 길이 있습니다. 그 길 따라가다 보면 군부대가 나올 겁니다."

아주머니가 다가왔다. 그러더니 허리를 숙였다.

"이 사장님 고마워요. 아까는 내가 너무 정신이 없어서……. 무리한 부탁을 한 것 같아요."

"아닙니다. 무사히 도착하시기를 바랄게요."

"그럴게요."

아주머니는 아이들과 함께 길을 따라 가려고 했다.

나는 가만히 보다가 그들을 불렀다.

"잠시만요."

아주머니가 몸을 돌렸다. 무언가 기대하는 표정이었다.

하지만 군부대까지 같이 갈 생각은 없었다.

"주유소 안에 생수가 있을지도 몰라요. 생수라도 챙겨 가세요."

아주머니가 모르는 것이 있었다.

군부대는 차로 가면 1시간 안에 도착하는 곳이기는 했다.

하지만 걸어가면 오늘 안에 도착한다는 보장이 없었다.

성인 남성 기준으로 부지런히 걸으면 5~6시간 정도 걸리는 거리다.

그 거리를 아무것도 없이, 그것도 아이 둘을 데리고 가는 일이 쉬울 리가 없다.

더군다나 땀을 많이 흘릴 텐데 물은 필수였다.

"아. 네. 감사해요."

"잠시만 기다리세요."

나와 노 씨 아저씨는 드럼통을 내려놓고 주유소 안으로 들어갔다.

건물 유리창은 깨져 있었다. 안에도 난장판이었다.

하지만 사람은 없었다. 그리고 한쪽에 쌓아 둔 휴지와 생수가 보였다.

기름을 넣는 손님에게 주는 사은품이었다.

사무실에서 가방을 찾아 생수와 휴지 그리고 과자 같은 것을 넣었다.

그것을 아주머니에게 줬다.

"여기요. 이 정도면 군부대까지 가는데 부족하지 않을 겁니다."

"네. 감사해요. 치료도 해 주고……. 이렇게 챙겨도 주고……."

감사하다는 말을 들으면서도 마음이 편하지 않았다.

가는 길에 어떤 일을 당할지 모르기 때문이었다.

"아닙니다."

일부러 냉정한 표정을 지었다. 아주머니는 고개를 숙이고는 아이들과 함께 떠났다.

나는 그 모습을 보지 않고 기름을 챙기는 일에 집중하려고 했다.

그런데 막상 기름을 챙기려고 하니 문제가 있었다.

"대장님. 주유기 작동이 안 됩니다."

주유기도 전자식 장비였다. 모니터가 켜져야 작동되는 것 같았다. 역시 여기저기 붉은색 점이 가득했다. 뜯어 보면 안에도 붉은색 점이 있을 것 같았다.

"그냥 호스를 뽑아 볼까요?"

노 씨 아저씨 말대로 주유 호스를 뽑아서 기름을 가져갈 수 있는지 봐야 할 것 같았다.

"아무래도……."

내 눈에 띄는 것이 있었다. 건물 옆에 살짝 튀어나온 차의 뒷모습이었다.

둥근 모양의 차량은 분명 작은 주유차였다.

기름 배달용이었다.

"잠시만요. 저기 기름이 있나 보고요."

나는 주유차를 향해 뛰었다. 주유차 위로 올라가 보니 작은 뚜껑 두 개가 있었다. 두 개 다 열어 보니 거의 가득 차 있었다.

"아저씨. 이거 가져가면 될 것 같은데요?"

"네? 이걸 밀고 가자는 말이신가요?"

나는 씨익 웃었다.

"이걸 어떻게 밀고 가요. 타고 가야죠."

"하지만 안 움직이지 않습니까."

"이게 전자 장비 가득한 비싼 차가 아니라서요. 아마 배터리만 손보면 될 것 같아요."

“그렇다면 다행입니다만……. 도로도 좋지 않은데.”

“이리저리 잘 피해서 가면 되죠. 그리고 가로수 괴물이 길을 만들었잖아요.”

노 씨 아저씨는 이제야 기억난 것 같았다.

“그렇군요. 1km 정도만 가면……. 가능할 것 같습니다. 중간에 몇 대는 치워야겠지만요.”

나도 같은 생각이었다.

자동차를 몇 대 정도는 치워야 주유차가 이동할 수 있었다.

그나마 다행인 것은 주유차가 2.5톤 트럭이라는 것이다. 차가 크지 않았다. 그렇다고 안에 든 기름이 적은 것은 아니었다.

3,000L의 경유가 들어 있었다.

나중에는 양수기를 가져다가 기름 저장 탱크에서 직접 기름을 빼 가면 될 것 같았다.

주유기 고쳐 놓으면 누군가 와서 다 빼 갈 수도 있다는 생각이 들었다.

“제가 차를 고칠 테니 챙길 수 있는 것은 다 챙기죠. 차 위에 싣고 가게요.”

“좋은 생각이십니다.”

노 씨 아저씨는 주유소 건물 안으로 들어갔다.

나는 주유차의 배터리를 찾았다. 대부분 옆면에 배터리 박스가 있었다.

배터리 박스를 찾아 열어 보니 역시 붉은색 점이 있었다.

손을 대서 붉은색 점을 없앴다. 이제 배터리 2개 정도는 쉽게 고치는 것 같았다.

다음은 주유차 보닛을 열고 엔진을 살펴볼 차례였다.

엔진 부분은 문제가 없는 것 같았다. 문제는 다른 곳이었다. 퓨즈 상자를 열었다. 아무리 전자식 기기가 없는 트럭이라고 하지만 퓨즈가 안 되면 시동이 안 걸린다.

퓨즈는 온통 붉은색이었다. 그것을 일일이 손으로 만져 다 없앴다.

퓨즈 자체가 작아서 그런지 몸 안의 에너지가 그렇게 많이 소모되는 것 같지는 않았다.

운전석 문을 열고 차 키가 있나 봤다. 하지만 없었다.

"아저씨. 혹시 차 키 사무실에서 보셨어요?"

노 씨 아저씨는 생수와 휴지 그리고 과자 같은 것을 상자에 담고 있었다.

"책상에 차 키가 있던데요. 가져와 보겠습니다."

노 씨 아저씨가 차 키를 가져왔다. 딱 봐도 투박한 것이 트럭 차 키였다.

운전석에 올라 차 키를 넣고 '제발 시동아 걸려라.'라는 마음으로 키를 돌렸다.

키끼기기……. 부르릉…….

나는 두 손을 들었다.

"만세!"

진짜 안 되면 어떻게 하나 싶었기 때문이었다.

노 씨 아저씨가 운전석 쪽으로 왔다.

"진짜 되는군요."

"네. 짐 올리죠."

우리는 드럼통 안에까지 쓸 만한 것을 다 채웠다. 겨울에 입는 방한복도 있었다.

드럼통과 상자를 주유차 위에 올린 다음 밧줄을 가져다가 꽁꽁 묶었다. 심한 움직임에도 절대 떨어지지 않도록.

"자. 이제 가 볼까요!"

운전석에 올라타려는 순간 까마귀의 소리가 들렸다.

까악!

그리고 다른 소리도.

"아저씨! 도와주세요!"

나와 노 씨 아저씨는 반사적으로 뛰었다. 그리고 어디서 구했는지 모를 쇠파이프를 휘두르며 도망치는 아주머니와 아이들을 볼 수 있었다.

그냥 아무 생각 없이 아주머니와 아이들을 향해 뛰었다.

그러자 까마귀들이 공격하려는 것을 멈추고 달아났다.

"괜찮으세요?"

"헉…… 헉……. 네."

이상하게 까마귀의 공격을 받았는데도 멀쩡한 것 같았다.

"까마귀가 공격하지 않았나요?"

"여기 근처에 왔을 때 갑자기 나타났어요. 아저씨."

아주머니가 대답하기도 전에 여자아이가 대답했다.

"그래? 그런데 왜 다시 돌아온 거니?"

여자아이는 뒤를 가리켰다.

"저기 엄청나게 큰 나무가 쫓아와요."

가로수 괴물인가 싶었다. 하지만 아니었다.

가로수 괴물은 비교도 되지 않을 만큼 컸다. 그러니 이렇게 멀리 있는데도 보이지.

최소 3배에서 4배는 되는 것이 분명했다.

저놈하고 싸우면 안 될 것 같았다. 그리고 저놈만 있는 것이 아니었다.

그 뒤로 얼핏 봐도 수십 마리의 나무가 뒤따르고 있었다.

〈2권에서 계속〉

동아
COMMUNICATION
GROUP

동아
COMMUNICATION
GROUP

동아
COMMUNICATION
GROUP

동아
COMMUNICATION
GROUP